Gunter Haug

HÜTTEN-
ZAUBER

Inhalt

Die Heilbronner Hütte in den Vorarlberger Alpen feiert ihr 75-jähriges Bestehen. Mitten drin im Getümmel: Kommissar Horst »Hotte« Meyer. Nein, nicht bei den Feierlichkeiten, bei denen man – wie er sich ausdrückt – »an jedem Maulwurfshaufen über einen Heilbronner stolpert«, sondern vorsichtshalber schon ein halbes Jahr zuvor, im Herbst des Jahres 2002.
Der gemütlich-zünftige Ausflug in die Berge nimmt allerdings rasch eine völlig ungeplante und dramatische Wende: Kollege Michael Protnik samt seiner Partnerin Bebele spurlos verschollen, ein nackter ohnmächtiger Mann am Gipfelkreuz, eine Wasserleiche im Bergsee, ein eifersüchtiger Ehemann und eine spannungsgeladene Atmosphäre in der Hütte, die sich jederzeit in einer gewaltigen Explosion entladen kann. Von Bergidylle keine Spur!

Krimis im Gmeiner-Verlag:
die mit dem besonderen Pfiff!

Gunter Haug, in Schwaigern bei Heilbronn lebender Autor, ist erfolgreicher Vorreiter der Reihe »Krimi im Gmeiner-Verlag«. Mit »Hüttenzauber« veröffentlicht er bereits seinen achten Kriminalroman. Schon die bisherigen Fälle seines typisch schwäbischen Kommissars Horst »Hotte« Meyer sind sowohl bei Rezensenten als auch Lesern auf begeisterte Zustimmung gestoßen.

Gunter Haug

HÜTTEN-ZAUBER

Kriminalroman

KRIMI IM GMEINER-VERLAG

Bibliografische Information
Der Deutschen Bibliothek
Die Deutsche Bibliothek verzeichnet diese
Publikation in der Deutschen Nationalbibliografie;
detaillierte bibliografische Daten sind im Internet über
http://dnb.ddb.de abrufbar.

Besuchen Sie uns im Internet:
www.gmeiner-verlag.de

Im Ehnried 5, 88605 Meßkirch
Telefon 0 75 75/20 95-0
info@gmeiner-verlag.de

1. Auflage 2003

Lektorat: Isabell Michelberger, Meßkirch
Umschlaggestaltung: Heine und Eberle, Stuttgart
Gesetzt aus der 10/14 Punkt GV Garamond
Druck: Druckerei C. H. Beck, Nördlingen
Printed in Germany
ISBN 3-89977-600-3

In Wirklichkeit ist natürlich alles anders – fast ganz anders …

… und der Hüttenwirt sowie die Köchin sind in diesem Roman natürlich nur der Fantasie des Autors entsprungen!

1

»Da, schau mal, Horst, da schwimmt tatsächlich einer im See!« Kopfschüttelnd deutete Claudia Meyer mit dem ausgestreckten Arm in das milchig-fahle Licht des zwischen den Bergspitzen herauf dämmernden neuen Tages.

»Blödsinn«, knurrte Horst ärgerlich. Eine Superidee seiner besseren Hälfte, ausgerechnet gleich am ersten Morgen die Natur pur genießen zu wollen. Ein Sonnenaufgang in den Bergen! Und dies ausgerechnet nach einer viel zu kurzen, halb durchzechten Nacht, die mit einem viel zu kleinen Bett begann und begleitet von einem gewaltigen Kater vor wenigen Minuten jäh endete. Der Wein! Dieser Wein! Er hätte sich ohrfeigen können! Wie konnte ein halbwegs erwachsener Mensch denn nur so blöde sein und dieses Zeugs in sich hinein schütten. Unkontrolliert! Und dann auch noch literweise! Wo er doch schon seit gut und gerne 20 Jahren nur allzu genau über sich und seine empfindlichen Magennerven leidvoll Bescheid wusste! Lieblich! Du meine Güte! Was für eine Bezeichnung für ein Getränk, das sich nunmehr höchst säuerlich in seinen Eingeweiden bemerkbar machte. Und dann noch dieser Druck! Dieses unbarmherzige Pochen im Kopf! Müde und vor Kälte fröstelnd fuhr sich Horst mit der Rechten über die Stirn. »Wer soll denn um halb sieben am Morgen in einem Bergsee schwimmen? Lächerlich! Bei den Temperaturen hier draußen! Normale Leute liegen da noch friedlich im warmen Bett!« Eindeutig, es musste sich um einen Traum handeln, in dem er sich gerade befand. Einen Albtraum, um genau zu sein. Von wegen! Aufgeregt rüttelte Claudia an der Schulter ihres Mannes.

»Jetzt mach halt mal die Augen auf! Da! Guck! Da drüben! Unglaublich!« Sie fasste seinen Kopf mit beiden Händen und drehte ihn genau in jene Richtung, auf die Horst nun gefälligst sein Augenmerk zu richten hatte!

»Lass das, Claudia! Mir ist hundeübel – und außerdem weiß ich nicht, was ...« Er unterbrach sich abrupt, als sein Blick das Objekt gefunden hatte, das für die frühmorgendliche Aufregung seiner Ehefrau verantwortlich war. Nein! Unmöglich! Ein Höhenkoller! Was sonst? Aber beide Meyers gemeinsam und auch noch gleichzeitig? Also ein Verrückter! Ein Verrückter? Horst versuchte, sich trotz der unsäglichen Kopfschmerzen und seines erbärmlichen Allgemeinbefindens zu konzentrieren. Angestrengt kniff er die Augen zusammen und nahm die Stelle, an der sich etwas befand, was sich dort eigentlich nicht befinden konnte, neuerlich scharf ins Visier.

Tatsächlich: Genau dort hinten, an einem der kleinen Scheidseen, vielleicht 200 Meter von den beiden Meyers entfernt, trieb ein Schwimmer auf der Wasseroberfläche. Offenbar völlig auf einen bestimmten Punkt unter sich fixiert und absolut regungslos schien er die Szenerie in Augenschein zu nehmen. Die Sache hatte nur einen einzigen Haken: Es war Ende September. Freitag, der 27.9., um genau zu sein. Und man befand sich auch nicht irgendwo an den sonnig-warmen Gestaden des Mittelmeeres, sondern auf der Heilbronner Hütte in den Montafoner Alpen. Doch diese Hütte wiederum, das wusste Horst, der in solchen Dingen fast schon zur Pedanterie neigte, ganz genau, die liegt auf 2320 Metern Meereshöhe. Also längst im hochalpinen Bereich. Was sich im Übrigen unschwer durch die Tatsache bestätigen ließ, dass die Landschaft ringsum von einer dicken weißen Schneeschicht überzogen war, denn vorgestern hatte es zum ersten Mal in der beginnenden Wintersaison geschneit. Wintersaison! Jetzt, wo man sich im Unterland, in den Rebhängen rund um Heilbronn allmählich daran machte, mit der Weinlese zu beginnen! Und zu exakt derselben Zeit, nur gute 350 Kilometer südlicher und 2200 Meter höher, auf der Heilbronner Hütte dagegen »Ski und Rodel gut!« Ganz aktuell, heute Morgen kurz nach 6 Uhr 20, unmittelbar nachdem ihn Claudia aus dem Bett gezerrt hatte, da zeigte das Außenthermometer auf der Hüttenterrasse 5 Grad an. Minus, versteht sich! Eine Erkenntnis, die sie ihm gerade vorher ja noch freudestrahlend ins verkaterte Gesicht gejubelt hatte.

»Der Kerl hat ja wohl nicht mehr alle Tassen im Schrank! Selbst mit einem Neoprenanzug! Der friert sich doch den Arsch ab!« In Horst kroch beim bloßen Anblick des Spinners neuerlich und unbarmherzig die Kälte hoch.

»Und dann auch noch ohne Kopfhaube! Der spinnt wohl! Also, wenn der danach keine Probleme mit den Ohren bekommt, dann weiß ich auch nicht!« Claudia, die Kinderärztin, tippte sich vielsagend an die Stirn und schüttelte den Kopf. »Also Leute gibt's hier! Das gibt's gar nicht!«

Noch immer bewegte sich der Frühschwimmer mit keiner Faser seines Körpers. Zumindest konnte man aus dieser Entfernung nicht die geringste Bewegung des Mannes im schwarzblauen Wasser erkennen. Welcher Anblick konnte den dermaßen gefesselt haben? Der musste doch frieren. Frieren wie ein Schneider. Erfrieren! Langsam, ganz langsam, aber dennoch gnadenlos und unerbittlich brach sich die Erkenntnis ihre Bahn. Erfrieren! Der Kriminalkommissar straffte seinen Rücken und blinzelte vorsichtig. Gerade so, als wolle er sich noch einmal ganz genau vergewissern, dass es sich bei der Szenerie da unmittelbar vor ihren Augen weder um eine Fatamorgana noch um einen Höhenkoller oder sonst irgendeine übersinnliche Wahrnehmung handeln konnte. Dann legte er bedächtig und schwer die Hand auf die Schulter seiner Frau, ehe er mit belegter Stimme zu sprechen begann. »Claudia, das ist kein Neoprenanzug!«

Irritiert fuhr die Angesprochene herum. »Ja was denn sonst! Bei dieser Temperatur! Das hält doch kein Mensch aus! Ist ja ohne Haube schon irrsinnig genug. Das Wasser hat doch auf gar keinen Fall mehr als drei Grad. Da, guck mal«, sie deutete mit einem Kopfnicken zum Uferbereich hinüber, »da hat sich am Rand sogar schon eine

Eisschicht gebildet! Der würde sich ohne Anzug doch glatt den Tod holen!

»Bingo!«, murmelte Horst und fixierte seine Ehefrau mit ernster Miene. »Ich fürchte, du hast da mitten ins Schwarze getroffen!«

Es dauerte eine gute Sekunde, bevor Claudia verstand. »Wie? Ins Schwarze getroffen? Was soll das heißen? Meinst du ... du meinst ... ich meine, du glaubst ... der Mann da unten, das ist gar kein Spinner? Der ist gar nicht freiwillig da im Wasser? Du meinst ... du denkst ... du willst damit sagen ... der ist tot?« Betroffen wandte sie sich um und starrte ins Gesicht ihres Mannes. Ein geradezu flehentlicher Ausdruck hatte sich auf ihre Miene gelegt, gerade so, als wolle sie Horst bitten, ihr zu widersprechen. Zu sagen, der Mann sei am Leben. Ein Spinner halt! Aber am Leben! »Tot? Glaubst du wirklich?« Es klang fast wie eine flehentliche Bitte! Bitte, bitte lieber Gott, lass es nicht wahr sein! »Wirklich tot?!«

»Toter geht's nicht!«, bestätigte der Kriminalkommissar mit resigniertem Nicken. »Das habe ich – leider – schon viel zu oft gesehen! Das rieche ich förmlich!«

Schlagartig also war es vorbei mit dem romantischen Hüttenzauber in den Alpen! Ausgerechnet hier, einige hundert Kilometer von seinem Dienstort entfernt, hatte den Kommissar das Grauen eingeholt, das ihn auch nach so vielen Berufsjahren immer noch erfasste, wenn er wieder einmal eine Leiche in Augenschein nehmen musste. Die nächsten Stunden würden zum Albtraum werden! Was heißt werden? Sie waren schon mittendrin!

2

»Also, dann fassen wir noch einmal zusammen!« Erschöpft ließ sich Claudia Meyer eine halbe Stunde später auf einen der Holzstühle hinter dem großen langen Tisch in der Mitte der Stube sinken und musterte ihren Mann mit einem langen durchdringenden Blick. »Jetzt würde ich nämlich doch ganz gerne wissen, was da eigentlich gerade gespielt wird!«

Horst, der seine eiskalten Hände aneinander rieb, zuckte ratlos mit der Schulter. »Was da gerade gespielt wird? Das wissen die Götter! Wenn die es wissen ...«, setzte er missgelaunt noch dazu.

»Komm, ich bitte dich! Da stinkt doch irgendwas zum Himmel! Man kann es ja förmlich riechen!« Claudia warf den Kopf in den Nacken und schnupperte angestrengt. »Du, da riecht wirklich was!«

Auch Horst drang der Geruch in diesem Moment in die Nase. Immer rascher breitete sich dieser im Esszimmer der Heilbronner Hütte aus, immer stärker, immer unangenehmer, immer künstlicher. Künstlicher? Genau! Plastik! Es musste sich um Plastik handeln! Schmorendes Plastik! »Du, da schmort grade etwas durch! Das muss aus der Küche drüben kommen. Ein Kabel oder so!«

Im selben Moment, als Horst und Claudia sich erhoben, um nach der Ursache des Brandgeruchs zu suchen, da dröhnte auch schon eine lautstarke Verwünschung durch die Stube. »Mist, verfluchter! So eine Sauerei aber auch!« Ein schepperndes Geräusch, begleitet von splitterndem Glas, vermischte sich Sekundenbruchteile später mit der zornigen männlichen Stimme. »Wer hat das denn wieder verbockt? Wollt ihr uns jetzt auch noch in die Luft jagen, oder was?« Josef Tschofen, der Hüttenwirt, war kurz zuvor in die Küche gestürmt und hatte mit einem raschen Blick die Situation erfasst. Verdrießlich starrte er auf die Bescherung zu seinen Füßen. »Das ist jetzt schon der dritte Wasserkocher in dieser Saison! Du liebe Güte! Jadranka! Wo steckst du denn? Jadranka!«, donnerte er aus Leibeskräften, während er sich suchend umsah. Doch von der Gerufenen war nichts zu erblicken. »Typisch! Die weiß schon, warum sie mir jetzt nicht unter die Augen kommt«, murmelte der Wirt, während er sich mit einem resignierten Seufzer dem Tisch der Meyers näherte. »Aber aufkehren kann sie die Sauerei nachher selber, das sag ich euch! Schon das dritte Mal, dass sie den Wasserkocher für das Personal anstellt und vergisst, Wasser in den Behälter zu füllen. Und bei dem Ding da«, er nickte mit dem Kinn zu der Stelle hinüber, an der die Trümmer des Wasserkochers auf dem Küchenboden lagen, »da kannst du genauso gut ein Streichholz an einen Papierstapel halten, so schnell, wie das durchschmort, wenn kein Wasser drin ist! Irgend so ein Billigteil, das sie immer aus Kroatien mitbringt. Ich hab ihr schon tausend Mal gesagt, dass ich so was nicht hier haben will, aber ich könnte genauso gut gegen die Wand reden. Aber jetzt ist endgültig Schluss, versprochen! Als wenn wir nicht schon Probleme genug hätten und dazu auch noch Himmelfahrt spielen müssten, oder?!«

Die beiden Meyers nickten stumm, während sich Josef Tschofen nachdenklich am Kopf kratzte. »Tja, ich bin ja mal gespannt, wie das jetzt heute weitergeht! Ist ja nicht unbedingt mein Ding, einen Toten bergen zu müssen. Ob das nun ein Bergunfall war oder sonst etwas: Also mir wird da jedes Mal ganz anders dabei!« Fröstelnd zog der Hüttenwirt den Reißverschluss seines Fleecepullovers nach oben.

3

Es war ja in der Tat eine geradezu apokalyptische Situation gewesen, in der sich die drei noch vor wenigen Minuten befunden hatten.

Im gleißend-gelben Licht der hinter den bizarr gezackten blau-grauen Bergspitzen aufgehenden Sonne, die einen wunderschönen Tag in den märchenhaft verschneiten Montafoner Alpen anbrechen ließ, mühten sich die drei verzweifelten Menschen am vereisten Ufer des Scheidsees mit langen Holzstangen, um den verunglückten Schwimmer zu bergen. Verunglückt? Schwimmer? Horst war da völlig anderer Meinung als der von ihnen alarmierte Hüttenwirt Josef »Sepp« Tschofen, der glücklicherweise im selben Moment auf die Terrasse der Heilbronner Hütte getreten war, als die Meyers gerade hineinstürmten.

»Wenn es sich aber um kein Unglück gehandelt hat, sondern um etwas Schlimmeres, dann sind wir hinterher diejenigen, die sämtliche Spuren vernichtet haben«, gab der erfahrene Kriminalist zu bedenken, als sich Sepp Tschofen, kaum dass er sich ein flüchtiges Bild von der Lage verschafft hatte, eilig daran machte, die Holzstangen zur Bergung des Verunglückten aus dem Lager zu holen.

»Was heißt hier Spuren vernichten? Vielleicht lebt der ja noch«, hatte Sepp unwirsch geantwortet und Horst eine weitere Stange in die Hand gedrückt. »Und jetzt komm und hilf mir!«

»Mensch, Sepp, das bringt doch nichts! Da ist doch nichts mehr zu machen!«

Doch der Hüttenwirt war längst davon gestürmt, ohne sich weiter um Horst und dessen Einwände zu kümmern.

Schon nach wenigen Sekunden waren die drei Retter knöcheltief in den eiskalten Uferschlamm des Sees eingesunken. Die Eisschicht, die sich rund um den Rand gebildet hatte, war viel zu dünn, als dass sie einen Menschen hätte tragen können. Mühsam machten sie sich mit den schweren langen Holzstangen zu schaffen, mehr als einmal kurz davor, das Gleichgewicht zu verlieren und in das schwarzblaue Wasser zu stürzen. Es war fast unmöglich, den regungslosen Mann mit der Spitze einer Stange zu touchieren und ihn somit in Richtung Ufer zu bugsieren. Immer wieder klatschten die Stangenspitzen ins Wasser, bevor sie sich in einem Kleidungsstück des »Schwimmers« hätten verfangen können. »Pass auf, sonst treibt der uns womöglich noch davon!« mahnte Sepp zur Vorsicht, als Claudia erschöpft und mit schmerzenden Unterarmen die Stange abermals ins Wasser sinken ließ. »Können vor lachen!« Es war ein ekelhaftes Gefühl, als Claudia ihren völlig durchnässten Schuh aus dem eiskalten Schlick des Sees zog, um sich mit einer Gewichtsverlagerung wieder mehr Standfestigkeit zu verschaffen.

»Da – ich glaub, ich hab ihn!«, ließ sich in diesem Moment Horsts Stimme vernehmen. »Ich hab einen Zipfel von seiner Jacke erwischt. Die Kapuze wahrscheinlich!« Trotz der Kälte standen dicke Schweißtropfen auf seiner Stirn, während er keuchend vor Anstrengung versuchte, die Stange ganz langsam und vorsichtig zu sich heranzuziehen.

»Warte! Vorsicht! Ich krieg ihn jetzt gleich an den Füßen!« Langsam senkte Sepp das Holz ins Wasser und näherte dessen Spitze Zentimeter um Zentimeter vorsichtig der leblosen Gestalt. »Ja, jetzt! Ich hab ihn!« Der Hüttenwirt warf Horst einen aufmunternden Blick hinüber. »Und jetzt gleichzeitig: Immer eine Hand nach der anderen!«

Es dauerte nur noch wenige Sekunden, die den angestrengt arbeitenden Männern freilich wie Minuten vorkamen, dann dümpelte der Körper begleitet von einem leichten Kräuseln des Wassers vor ihre Füße.

»So! Nimm du jetzt die Stangen, Claudia, und lege sie dann parallel nebeneinander auf den Boden!« Tschofen bückte sich und packte den Verunglückten an der Jacke. »Nimm du die andere Schulter! Hast du ihn? Also dann: vorsichtig jetzt! Und: Ziehen!«

Beide zogen den steif gefrorenen Toten über dessen linke Seite nun langsam aus dem Wasser und schoben ihn auf die Holzstangen. »Das sieht ja nicht gut aus!« Der Hüttenwirt kauerte sich nieder und drehte den Mann auf den Rücken. Ein erstaunter Ausruf folgte. »Das gibt's ja nicht! Wie kommt der denn hierher?!«

Auch die beiden anderen starrten entgeistert in die

verzerrten Gesichtszüge des schätzungsweise knapp vierzigjährigen Mannes, dessen blicklose blaue Augen in den kalten Morgen starrten. »Weiß ich auch nicht!« Claudia räusperte sich vernehmlich, um den Kloß hinunterzuschlucken, der sich beim Anblick des Mannes in ihrer Kehle festgesetzt hatte. »Ich weiß nur eines: Der ist tot!« Sie machte eine kurze Pause und setzte ihre Expertenmiene auf. »Exitus! Eindeutig! Und zwar schon seit Stunden! Der ist so tot, toter geht's gar nicht!«

»Sieht ganz so aus«, pflichtete Horst seiner Ehefrau bei. Hilflos breitete er die Arme aus und deutete auf den Uferbereich vor ihren Füßen. »Und sämtliche Spuren sind nun auch von uns erfolgreich niedergetrampelt worden – falls es jemals welche gegeben hat! Perfekte Arbeit! Da werden sich die Kollegen aber freuen!«

4

»Ekelige Angelegenheit!«, schüttelte sich Sepp Tschofen schaudernd, während er die Arme auf die Tischplatte gestemmt fragend von Claudia zu Horst hinüber sah: »Aber das Leben geht weiter! Jetzt müssen wir erstmal wieder zu Kräften kommen und unsere sieben Sinne zusammenbringen. Also: Was kann ich euch bringen? Kaffee? Tee? Oder sonst etwas? Eine heiße Milch vielleicht?«

Horsts Magen machte sich bereits beim bloßen Zuhören wieder rebellierend bemerkbar. Doch egal wie schlimm es um das körperliche Wohlbefinden des Kommissars auch immer stehen mochte, sein Mundwerk hatte sich – nicht immer zum Vorteil des Inhabers – vom übrigen Gesamtzustand noch nie beeinträchtigen lassen.

»Erst ersäufen, dann auch noch vergiften!« Er fuhr sich müde mit der Hand über die Augen. »Also, ich für meinen Teil kriege keinen Schluck herunter!«

»... und die anderen können schauen, wo sie bleiben!«, ereiferte sich Claudia über die wenig diplomatische Ausdrucksweise ihres Angetrauten. »Für mich einen Tee bitte, wenn's recht ist!«

»Logisch!« Der Wirt nickte irritiert, während er ganz

offensichtlich immer noch damit beschäftigt war, Horsts harsche Replik auf sein gut gemeintes Angebot zu interpretieren.

»Die Tür zum Keller hast du abgeschlossen?«, erkundigte sich Claudia, die über die Antwort bereits im Bilde war, den Mann aber auf andere Gedanken bringen wollte.

»Wie? Ja, natürlich, wie abgemacht! Und eine Plastiktüte hab ich ihm noch über das Gesicht gelegt. Ich hab's einfach nicht mit anschauen können, wie er da so regungslos in die Luft gestarrt hat!«

»Meine Güte«, streute Horst einen weiteren jammervollen Beweis seiner Anwesenheit in die Runde. »Mir wird immer flauer im Magen.«

»Also vielleicht doch einen Kaffee?«

»Hör bloß auf!«

Kopfschüttelnd schaltete der Wirt den Kaffeeautomaten ein. »Also, das verstehe ich nicht! Ich denke, du arbeitest bei der Kripo, hast du doch gestern Abend erzählt! Da müsstest du Leichen doch eigentlich gewöhnt sein!«

»Leichen schon! Aber nicht deinen Wein!«

»Meinen Wein?!« Überrascht wandte sich Tschofen um. »Was ist denn mit meinem Wein?«

»Schauderhaft ist der: Dein Wein!« Schmerzlich verzog Horst das Gesicht.

»Aber das ist doch ein Heilbronner!«

»Von wegen Heilbronner! Der war doch gestern Abend gleich alle! Und was ist uns dann geblieben? Ein Vernatsch!« Der Kommissar spie das Wort förmlich aus dem Mund. »Ein Vernatsch! Und so was auf der Heilbronner Hütte!«

»Und was ist da großartig für ein Unterschied?« Sepp Tschofen hatte sich ganz offenkundig damit abgefunden, in einen verbalen önologischen Schlagabtausch zwischen Württemberg und Vorarlberg einsteigen zu müssen. Triumphierend spielte er seine Trumpfkarte aus. »Schließlich ist der Vernatsch ja auch ein Trollinger!«

»Ein Trollinger!«

»Genau, ein Trollinger! Beziehungsweise ist es ja umgekehrt: Der Trollinger stammt in Wirklichkeit aus Südtirol, nur heißt er da Vernatsch! Nur bei euch heißt der Vernatsch nicht Vernatsch, sondern Trollinger! Abgewandelt aus Tyrolinger, also aus Südtirol!«

»Südtirol!« Horsts Miene sprach Bände.

»Ja! Südtirol!« Unwirsch fegte der Hüttenwirt einen Krümel von der Theke. Bevor Horst neuerlich zu einer Replik ansetzen konnte, mischte sich Claudia nun vermittelnd in die Debatte: »Ihm ist sterbenselend, das kann ich bestätigen. Und auch, dass der Wein daran schuld ist.« Die finstere Miene ihres Gegenübers ließ sie rasch fortfahren. »Aber ich glaube eher, wegen der Menge als wegen der Qualität!«

Horst fühlte sich im Augenblick ausnahmsweise zu schwach, um sich zur Wehr zu setzen.

Sepp Tschofen jedoch hatte verstanden. Trotz der Situation, in die sie so unverhofft am heutigen Morgen geraten waren, zog sich ein breites Grinsen über sein Gesicht. »Ach so ist das! Also, was soll's denn dann sein?

Meiner Meinung nach hilft da eigentlich nur noch Kamillentee!« Kanaille!

»Dann garantiere ich für gar nichts!«, stöhnte Horst. »Aber glaub ja nicht, dass ich die Sauerei dann aufwische!« Urlaub pur – hätte es zumindest werden sollen: und dann stolperte man solchen raubeinigen hochalpinen Banausen in die Hände!

»Tja dann ...«, der famose Wirt gab sich ratlos – bis ihn dann doch noch der Hauch der Erkenntnis zu streifen schien. »Also dann gibt's wirklich nur noch eins.«

Er unterbrach sich und glotzte bedeutungsvoll in die Runde.

»Und was soll das sein?«

»Am besten macht man da weiter, wo man aufgehört hat.«, trompetete der Alpenbewohner mit diabolischem Gekicher.

Claudia glaubte, nicht richtig verstanden zu haben. »Also wirklich! Jetzt macht aber mal einen Punkt – und zwar alle beide!«, setzte sie mit bösem Zischen noch hinzu, während sie langsam und durchdringend beide Sparringspartner nacheinander ins Visier nahm. »Das wäre ja noch schöner. Da geht einer hops hier oben, und die beiden Herren der Schöpfung saufen einfach fröhlich weiter!«

»Claudia! Bitte!« Schon wieder regten sich Horsts Magennerven, während Sepp nunmehr einen versöhnlicheren Ton anschlug.

»Wäre eh nicht gegangen«, bekannte er mit Unschuldsmiene. »Ihr habt heute Nacht nämlich alles niedergemacht! Ratzeputz!«

Horst stöhnte gequält auf: »Gestern Nacht! Erinnere mich bloß nicht mehr an gestern Nacht!«

»Wird dir aber nicht erspart bleiben, mein Göttergatte!« Claudia konnte manchmal wirklich so richtig gemein sein! »Spätestens dann, wenn die Kollegen aufkreuzen.«

Wie Recht sie dennoch hatte! Gestern Nacht! Was war denn da alles gewesen? Und, weshalb waren denn der Protnik und das Bebele nicht angekommen? Gestern Nacht! Gestern Nacht? Langsam und nebulös, aber unerbittlich, bahnte sich die Erinnerung ihren Weg durch die verkaterten Gehirnwindungen des Kommissars.

5

Horst und Claudia Meyer hatten einen spontanen Entschluss gefasst. Spontane Entschlüsse waren ja sowieso immer die besten. Der in diesem Jahr nicht allzu sonnige Sommer neigte sich unaufhaltsam seinem Ende entgegen. So weit Ausgangspunkt A. Claudia hatte noch drei freie Tage angespart, die sie am besten vor Beginn der Grippesaison in der Kinderarztpraxis abfeiern sollte. Bevor die ansonsten auf Nimmerwiedersehen verschwunden wären. Kannte man ja schließlich alles! Ausgangspunkt B also. Auch Horst schien es, als entwickelten sich die Dinge in Sachen »Mord und Totschlag rund um Heilbronn« im Augenblick eher etwas zögerlich. Angesichts der Latte an freien Tagen, auf die er zähneknirschend verweisen konnte, ohne sich jemals Hoffnungen zu machen, sie entscheidend abschmelzen zu können, läge zumindest ein Kurzurlaub im Bereich des Machbaren. Ausgangspunkt C. Die Kinder? Die tippten sich vielsagend an die Stirn, als Claudia behutsam vorgefühlt hatte, inwieweit sich diese einen Kurztrip in die Berge vorzustellen vermochten, bei dem man auf Schusters Rappen die 2300 Meter hoch liegende »Heilbronner Hütte« erklimmen wollte. Zu Fuß?! Die Antwort war eindeutig und führte geradewegs zu Ausgangspunkt D, der dann noch mühelos ergänzt werden konnte durch die Buchstaben E und F, gleichbedeutend mit der Verfügbarkeit der Oma als Betreuungsperson für die Meyerschen Plagen und F, letzter zu finden in der Tatsache, dass die Weinernte dank der von Horst in seinem Miniweinberg angebauten frühreifen Sorten längst und (hoffentlich) erfolgreich über die Bühne gegangen war. Und so hatte man die Tour perfekt gemacht: Ein Wander-Kurzurlaub Ende September auf der Heilbronner Hütte in den Vorarlberger Alpen. Warum eigentlich nicht? Immerhin wäre man so auch noch rechtzeitig, nämlich noch ein gutes halbes Jahr vor dem großen Jubiläumsrummel des Jahres 2003, auf der Hütte gewesen. Und als Bewohner des Unterlands rund um Heilbronn gehörte es ja sozusagen eigentlich schon zum guten Ton, wenigstens einmal in diesem schnöden Erdendasein auch zu jener Hütte zu wallfahren, die ja immerhin stolz den Namen der (immer noch) ungekrönten Rotweinhauptstadt von Deutschland in die alpine Bergwelt trug. Die Meyers also durften sich bislang noch nicht zu jenen Glücklichen zählen, die das Innenleben der Hütte samt ihrer tollen Bergwelt ringsum bisher hatten erleben können. Im nächsten Frühjahr (2003 also) würde das 75-jährige Bestehen der »Heilbronner Hütte« gefeiert werden und somit, das zumindest stand zu vermuten, eine wahre Völkerwanderung vom Unterland in Richtung Montafon losbrechen. Was wohl bedeutete, dass man dann an jedem mehr oder minder alpinen Maulwurfshügel über einen Heilbronner stolpern würde. Nein, da wollte man die legendenumwobene Bergeinsamkeit doch lieber schon einige Monate zuvor in aller Ruhe genießen, und so war aus dem vagen Gedanken dank der Ausgangspunkte A bis F in der letzten Septemberwoche des Jahres 2002 tatsächlich Realität geworden.

Zu allem Überfluss hatten – wieder einmal gerade noch rechtzeitig – auch die lieben Freunde und Kollegen aus Ulm, also Uschi Abele (das »Bebele«) und Michael (der »Sputnik«) Protnik, via der Meyerschen Kinder Wind von der Sache bekommen und genauso ungefragt wie freudig ihren Entschluss bekannt gegeben, die Meyers beim verlängerten Wochenende auf der Hütte treffen zu wollen. Mit anderen Worten: Einem romantischen, naturverbundenen oder (je nach Standpunkt) auch feuchtfröhlichen Kurzurlaub in den österreichischen Alpen stand nichts mehr im Wege!

Selbst der ordnungsgemäße Erwerb eines Pickerls, das für jeden Autofahrer, der die Autobahnen der Republik Österreich herauf- oder herunterzubrettern gedachte, verlief erstaunlicherweise völlig komplikationsfrei. Und das, obwohl Horst jedes Mal eine Gänsehaut den Rücken hinunterlief, als er sich an die geradezu albtraumhafte Situation bei Kufstein zurückerinnerte, in die ihn die österreichischen Kollegen im November des Jahres 1997 einmal gebracht hatten, als er den Kauf des »Pickerls« schlichtweg vergessen hatte. Zu Horsts großer Enttäuschung war er auf der Fahrt von Bregenz bis nach Gaschurn/Partenen und zur Silvretta-Hochalpenstraße noch nicht einmal in eine Pickerlkontrolle geraten. Wäre eben auch allzu schön gewesen, die nervigen (und bundesdeutschen Autofahrern gegenüber immer misstrauischen) Polizeikollegen verbunden mit einer lässig-gelangweilten Handbewegung auf das an der Windschutzscheibe prangende Pickerl hinweisen zu können.

»28!«, riss Claudias Stimme Horst mit einem Mal aus seinen kriminalhistorischen Gedankengängen.

Irritiert drehte er sich zum Beifahrersitz hinüber. »28 was?«

»28 Kurven – oder vielmehr Spitzenkehren! Kurven sind's ja in Wirklichkeit noch mehr! Da kann man ja wirklich einen Koller bekommen, bis man da oben ist!«

»Aber der spielt schon längst bei Dortmund!«

Jetzt war es an Claudia, die Stirn zu runzeln und ihren Mann fragend zu betrachten.

Horst lachte. »Ich sag's ja immer wieder. Ein bisschen Wissen über den Fußball gehört halt auch zur Allgemeinbildung. Sonst steht man genau so auf dem Schlauch, wie du jetzt im Moment!«

»Aha!« Claudias Miene signalisierte nach wie vor die totale Verständnislosigkeit.

»Jan Koller, tschechischer Fußball-Nationalspieler und Stürmer bei Borussia Dortmund!«, klärte der gönnerhaft lächelnde Horst den Sachverhalt auf.

»Und was ist mit diesem Koller?« Claudia war noch immer das Rätselraten in Person. »Was hat der mit dem Silvretta-Stausee zu schaffen?«

»Oh, heilige Einfalt!« Der Kommissar verdrehte die Augen, während er in den zweiten Gang herunterschaltete. »Natürlich gar nichts!«

»Wieso redest du dann plötzlich von dem? Wie aus heiterem Himmel!« Claudia entwickelte für einen Moment ihrer Meinung nach berechtigte Zweifel an der Zurechnungsfähigkeit ihres Ehegesponses.

»Weil jetzt die 29 kommt! Eine Kehre noch, dann sind wir oben!« Horst zog es vor, nicht weiter auf der so gnadenlos an die Wand gefahrenen Pointe herumzureiten.

»Aha! Ich verstehe zwar immer nur noch Bahnhof, aber das wird die Höhenluft hier oben sein. Sauerstoffmangel und so!« Sie setzte ihr strahlendstes Lächeln auf und schlug Horst unternehmungslustig auf den Oberschenkel. »War wirklich eine Superidee von uns beiden, das mit dem Kurztrip hierher ins Montafon. Da, schau dich mal um: Wie im März! Fantastisch!«

In der Tat bot sich den beiden jetzt, wo sie die letzte Kehre auf der Silvretta-Hochalpenstraße gemeistert hatten, ein atemberaubender Anblick. Es war kurz vor Mittag und die von einer dicken weißen Pulverschneeschicht frisch überzogenen Berge glitzerten im gleißenden Sonnenlicht. »Eine Landschaft wie aus dem Bilderbuch!«, nickte Horst begeistert. »Du hast Recht, grade so, als wäre man im März hier im Skiurlaub: Schnee und Sonne, Ski und Rodel gut! Und das Ende September!«

»Wenn man bedenkt, dass wir gestern Mittag noch daran gezweifelt haben, ob unser Ausflug nicht der miserablen Witterung zum Opfer fällt! Und jetzt so ein Kaiserwetter! Wahnsinn!« Fröhlich deutete Claudia zum Silvrettasee hinüber. »Da, guck mal, was da los ist! Da wuselt's ja fast mehr als in Stuttgart auf der Königstraße!«

»Stimmt! Ich glaube, da ist es besser, wir fahren noch ein paar Minuten weiter, bis wir am Parkplatz beim

Kopsstausee angelangt sind, und essen dann im Zeinisjochhaus zu Mittag! Da wird es wesentlich ruhiger zugehen als hier. Schließlich sind wir ja auch der Ruhe wegen in die Berge gefahren, oder?«

»Wo du Recht hast, hast du Recht!«, pflichtete Claudia ihrem Mann bei und schnalzte genießerisch mit der Zunge. »Und ich weiß auch schon, was ich dort zu Mittag essen werde ...«

»Lass mich raten«, grinste Horst. »Ein Tiroler Gröstl mit Spiegelei, stimmt's?«

»Bingo! Der Kandidat hat 100 Punkte! Drück auf die Tube, los. Ich halt's kaum noch aus vor Hunger!«

Lachend drückte Horst mit dem rechten Fuß das Gaspedal ihres Wagens tief durch, und so sausten die Meyers beschwingt und in bester Ferienlaune durch die schneeweiß überzuckerte Wintermärchenlandschaft der Montafoner Alpen.

6

Von wegen nichts los! Die Enttäuschung stand den beiden Meyers förmlich ins Gesicht geschrieben, kaum dass sie um die letzte Kurve gebogen waren und ihr Blick auf den Parkplatz vor dem Restaurant am Zeinisjoch fiel. Eine mehr oder minder ordentlich aufgereihte und durchaus stattliche Anzahl von Autos präsentierte sich hier den entgeisterten Betrachtern. »Was um Himmels willen ist denn hier los? Gibt's hier womöglich was umsonst?« Horst kniff die Augen zusammen und suchte angestrengt nach einer Lücke in der Blechparade, um ihren Wagen abstellen zu können. Was sich durchaus nicht ganz einfach gestaltete.

»Da! Guck mal! Da drüben, da scheint noch was frei zu sein!« Claudia deutete ganz nach hinten, wo meterhoch zusammen geschobene Schneehaufen das Ende des Parkplatzes markierten.

»Mitten rein in die Sauerei!«, kommentierte Horst säuerlich, angesichts der Wasserpfützen, die sich durch den allmählich wieder schmelzenden Schnee gebildet hatten. »Das ist ja wie beim Weltcupslalom!« So gut es eben ging, kurvte er an den zahlreichen Schlaglöchern vorbei.

»Ja, genau! Da ist tatsächlich noch ein Platz, dort

zwischen den beiden pinkfarbenen Autos! Siehst du's?«

»Bin ja nicht blind«, knurrte der Wagenlenker, der sich gerade fragte, weshalb um alles in der Welt er denn kurz vor Beginn ihres Montafontrips auf die Idee verfallen war, noch schnell in der Autowaschstraße vorbeizuschauen. Samt Unterbodenwäsche! Und Felgenreinigung! »Was ist das denn für ein Schweinchenrosa?«, schüttelte er den Kopf als er das Auto zwischen die beiden knallig rosa lackierten Wagen, einen Smart und einen Sharan, steuerte.

»Das ist pink!«, verbesserte Claudia.

»Na ja! Ein Riesenunterschied, oder? Und dann noch mit Radträgern! Unglaublich!«

»Aber anscheinend möglich! Hab ich ehrlich gesagt ja auch noch nie gesehen, einen Smart mit Fahrradträgern. Das eröffnet ja ganz neue Perspektiven!«, strahlte Claudia, deren heimlicher Wunsch schon immer so ein kleiner, wendiger Flitzer gewesen war – was von Horst regelmäßig mit dem Verweis auf fehlende Transportmöglichkeiten verworfen wurde.

»Scheiße!«

»Was ist denn, Horst!«

»Da, guck mal! So eine elende Sauerei!« Ärgerlich hieb sich Horst mit der Faust auf den Oberschenkel, denn vor lauter Staunen über den merkwürdig ausgestatteten Smart hatte er beim Aussteigen doch tatsächlich vergessen, einen vorsichtigen Blick auf den Untergrund zu werfen, auf den er seinen Fuß gesetzt hatte. Dieser Untergrund war zwar durchaus vorhanden – logisch – nur leider erst in zirka 15 Zentimetern Tiefe.

Wassertiefe, wohlgemerkt! »Jetzt bin ich doch tatsächlich mitten in diese blöde Pfütze getreten, der ganze linke Fuß ist nass! Pfui Teufel!«

»Halb so wild! Dann hole ich dir aus dem Koffer halt ein neues Paar Socken – und der Schuh wird bis morgen ja auch wieder trocken sein. Du hättest doch für den Aufstieg eh die Wanderstiefel angezogen, oder? Übrigens«, Claudia wies zu dem pinkfarbenen Wunder hinüber »die haben auch ein HN-Kennzeichen. Womöglich kennen wir die sogar!«

»Ich kenn keinen mit einem schweinchenrosafarbenen Smart!«, murmelte Horst verdrießlich, während er sich daran machte, den schlammüberzogenen, durch und durch nassen Schuh vom Fuß zu ziehen.

»Und die da drüben mit dem Sharan, die scheinen auch aus Heilbronn zu sein!«

»Ich kenn auch keinen mit einem schweinchenrosafarbenen Sharan!« Auch die einstmals weiße Tennissocke war durchweicht wie eine Badehose. Und eiskalt dazu!

»Aber diese Firma, den Namen hab ich schon mal gehört«, ließ Claudia nicht locker. »Immo-Star! Irgendwie sagt mir das was!«

»Zum Beispiel, dass die mit dem Firmenwagen in den Urlaub gefahren sind und das dann hinterher sicher wieder beim Finanzamt als Dienstfahrt abrechnen! Das möchte ich auch mal können! Aber als kleiner Beamter hast du da nicht die Spur einer Chance. Das schaffen immer nur die, die sowieso schon genug Kohle haben.«

»Ach, mein armer Mann! Völlig depressiv und gefrustet, wegen so einem kleinen Malheur!« Claudia stemmte die Hände in die Hüften und betrachtete den Miesepeter mit einem amüsierten Lächeln. »Vielleicht sind das ja auch Leute vom Alpenverein, die etwas an der Hütte fertig bauen müssen und sich dafür das Werkzeug und den Wagen von denen ausgeliehen haben. Du hast doch selber gesagt, dass die vom Alpenverein da unwahrscheinlich viel selber gemacht haben.«

»Aber eigentlich hab ich ja schon gehofft, dass die fertig sind mit der Bauerei«, unterbrach Horst den Redefluss. »Das hätte mir grade noch gefehlt, dass dann womöglich den ganzen Tag über auch noch gebohrt und gehämmert wird!«

Claudia verdrehte Hilfe suchend die Augen. »Er kann halt nicht aufhören! Komm Horst: erstmal abwarten und Tee trinken! Dann sehen wir weiter!«

»Ein Bier wär mir aber lieber«, knurrte die Nervensäge. Er betätigte den Knopf für die Zentralverriegelung und strebte anschließend, ausgerüstet mit nunmehr trockenen Socken und Schuhen, Hand in Hand mit seiner Ehefrau dem Restaurant am Zeinisjoch entgegen, wo sie ein frisch eingeschenktes Bier und dampfender Tiroler Gröstl erwartete.

7

»Ist das vielleicht eine elende Latscherei!« Horst hielt inne und wischte sich mit dem Ärmel seiner Jacke den Schweiß von der Stirn. »Ohne Anorak ist's zu kalt und mit dem Teil, da fühlst du dich wie in der Sauna! Und das bei dem Aufstieg! Dass das aber auch dermaßen steil ist! Also wirklich!«

»Dann gleich die ersten Meter! Und zu allem Überfluss direkt nach dem Mittagessen!« Auch Claudia war stehen geblieben und atmete einige Male tief durch. »Wie lang soll das dauern, bis wir dann oben sind? Zwei Stunden oder so, glaub ich.« Sie hielt sich den linken Arm vor die Augen und betrachtete intensiv die Zeiger ihrer Armbanduhr. »Und davon haben wir erst eine knappe Viertelstunde hinter uns gebracht! Unglaublich!«

»Das kann ja heiter werden!« Eigentlich wäre es das Vernünftigste, auf der Stelle kehrt zu machen, sich in irgendeinem schönen Hotel am Silvretta-Stausee oder unten in Gaschurn einzuquartieren und auf die ganze schweißtreibende Herumtapperei zu verzichten! Und so was im Urlaub! Und dann auch noch im Tiefschnee! Wo die Spuren der vorangegangenen Wanderer den schmalen matschigen Pfad immer glitschiger werden ließen und man bei jedem Schritt automatisch einige

Zentimeter zurückglitt, um dann, verbunden mit einem schmatzenden Geräusch, den Wanderschuh aus dem Schlamm zu ziehen! Ein wunderbares Bergerlebnis! Donnerwetter! Aber, wer würde den Vorschlag mit dem Umdrehen machen? Er, Horst, auf keinen Fall! So viel stand fest! Claudia? Aber gerne! Und nach einigen Sekunden der lauwarmen verbalen Gegenwehr würde er dann im Interesse seiner lieben Frau einlenken und schweren Herzens auf den so lange herbeigesehnten Aufstieg zur Heilbronner Hütte eben verzichten. Doch die Sache hatte einen Haken: Die flehentliche Bitte blieb aus! Im Gegenteil sogar! Claudia klatschte unternehmungslustig in die Hände und sagte: »Also dann, Mann! Auf geht's! Weiter mit den morschen Knochen! Wir werden deine zwei Mittagsbierchen schon aus dem Kreislauf geschwitzt haben, bis wir oben ankommen!« Sie wandte sich um und stapfte mit energischen Schritten weiter.

Im selben Moment ließ sich ein helles elektronisches Geräusch in Horsts Rucksack vernehmen. Das Handy. »Du, Claudia! Wart mal! Bei mir klingelt's!«

»Na also! Ist der Groschen endlich gefallen!« Mit strahlendster Unschuldsmiene sandte sie ihrem Mann ein zuckersüßes Lächeln entgegen.

»Jetzt hör schon auf mit dem Blödsinn und hol das Handy aus dem Rucksack!« Horst drehte sich mit dem Rücken zu Claudia. »Oben rechts müsste es sein! Findest du es!«

»Ich denke schon! Man hört's ja schließlich auch laut und deutlich! Und das mitten in den Bergen! Gehört eigentlich verboten! Die Alpen als handyfreie Zone!

Wäre doch was, oder? Hallo!« Claudia hatte es mittlerweile geschafft, das Handy aus dem Rucksack zu fingern. »Hallo! Ich verstehe Sie nicht! Hallo! Tut mir leid! Ich lege auf!« Unwirsch drückte sie auf den roten Knopf des Mobiltelefons. »So was! Erst wirst du mitten in der Bergeinsamkeit aus deinen Gedanken gerissen, und dann ist auch noch der Empfang gestört! Wir sollten das Ding ganz ausschalten!«

»Und wenn es was Dienstliches war?«

»Dann nützt es ja auch nichts, oder? Du kraxelst da auf mittlerweile fast 1500 Meter Meereshöhe herum und irgendwer von der Polizeidirektion in Heilbronn braucht dich ganz dringend! Vor Ort womöglich! In Obergimpern vielleicht! Oder in Bockschaft! So ein Quatsch aber auch!«

Horst wiegte einen Moment lang skeptisch den Kopf. »In gewisser Weise hast du ja Recht! Aus mit dem Ding!«

Doch genau in diesem Augenblick begann »das Ding« erneut, einen unüberhörbaren Klingelton auszusenden. Und eine gute Sekunde später den nächsten. Der Kommissar setzte ein unschuldiges Lächeln auf und streckte die Hand aus. »Komm, gib schon! Einmal noch! Ich versprech's dir! Wenn jetzt niemand zu verstehen ist, dann schalte ich sofort aus. Ehrenwort!«

Doch dieses Mal war die Verbindung verständlich, zumindest verbal. »Protnik! Ja, du meine Güte! Was ist das denn für ein Rauschen in der Leitung?« Protnik, der alte Kumpel. Mit ihm und dessen Lebensabschnittsgefährtin Uschi hatten sie sich für morgen auf der Heilbronner Hütte verabredet. Die beiden Ulmer konnten erst einen Tag später dazustoßen, um mit den Meyers ein gemütlich-zünftiges Bergwochenende zu verbringen, weil sie, so hatte Protnik sich neulich geäußert, bis über den Hals in Arbeit steckten und einfach nicht früher abkömmlich waren.

»Rauschen? Bei mir ist kein Rauschen zu hören! Ich hör dich ganz deutlich!«, knisterte es aus dem Lautsprecher. »Das muss an dir liegen! Wo um alles in der Welt steckst du denn gerade?«

»Wo ich stecke? Kannst du dir doch eigentlich denken! Übrigens das mit dem stecken«, Horst warf einen kummervollen Blick auf seine matschüberzogenen neuen Wanderstiefel, »das kannst du durchaus für bare Münze nehmen! Es hat hier nämlich gestern Abend gewaltig geschneit und jetzt pflügen wir durch gut und gerne 30 Zentimeter Neuschnee! Tendenz allerdings schmelzend, und genau das ist das Problem! Sei froh, dass ihr erst morgen kommt. Dann ist der ganze Spuk sicher schon wieder vorbei!«

»Morgen? Von wegen! Das ist es ja, was ich dir sagen wollte! Die Uschi und ich, wir haben heute Mittag Schluss gemacht!«

»Schluss gemacht? Das tut mir aber leid, Michael!« Horst warf seiner interessiert lauschenden Ehefrau einen belustigten Blick entgegen. »Du, Claudia, die haben heute Mittag Schluss gemacht, der Michael und die Uschi! Eigentlich schade, oder?«

»Blödmann!« donnerte es aus dem Hörer. »So doch nicht! Wir haben bälder Feierabend gemacht, schneller gearbeitet halt! Und dann haben wir uns sofort ins Auto gesetzt und sind losgefahren. Die Autobahn ist ja um diese Zeit noch richtig paradiesisch leer!«

»Wie? Das heißt, ihr wollt heute Nachmittag noch...«

»Ja, was glaubst du denn? Weshalb sonst sind wir denn wohl gleich auf und davon gedonnert?«

»Mmh.« Horst war sich nicht so ganz darüber im Klaren, was er von dieser Nachricht halten sollte. »Jetzt, um diese Uhrzeit seid ihr erst unterwegs, immerhin ist es jetzt schon halb drei! Also, ich weiß nicht ...« Auch Claudia runzelte nachdenklich die Stirn, als sie sich die Botschaft zusammenreimte, die ihr Mann da gerade eben erhalten hatte. Schließlich konnte sich keiner der Meyers vorstellen, dass die beiden Freunde zu sportlichen Höchstleistungen fähig waren. Angesichts der durchaus beeindruckenden Leibesfülle, die das Bebele genauso wie ihr Sputnik der staunenden Fachwelt zu präsentieren imstande waren.

»Aber Horst, ich bitte dich!« Protnik mimte die Souveränität in Person. Na ja, wohin das schlussendlich führte, das hatte Horst nur allzu oft erleben müssen. »Das schaffen wir doch auf einer Hinterbacke, die Uschi und ich, wenn du weißt, was ich damit meine!«

»Also, Michael, ich sag's dir! Nachher haben wir dann wieder das heulende Elend! So einfach ist das hier auch wieder nicht. Es liegt wirklich Schnee, und das geht auf über 2300 Meter hinauf!«

»Der Mount Everest des kleinen Mannes!«, tönte es angeberisch aus dem Handy. »Der Berg ruft – und wir sind fast schon da! Wir treffen uns also am Spätnachmittag auf der Heilbronner Hütte! Und dann wird's einen zünftigen Hüttenzauber geben, nicht wahr, Uschi?«

Das Rauschen wurde stärker, Protnik war fast gar nicht mehr zu verstehen. »Hör zu! Ich sag dir's noch einmal: Unterschätz das nicht! Findest du die Heilbronner Hütte denn überhaupt so ohne weiteres?«

Selbst durch das Rauschen hindurch war der beleidigte Unterton des Kollegen nicht zu überhören: »Ich bitte dich! Da sind doch schon zehntausende raufgestolpert! Warum sollte ich die Bruchbude denn nicht finden?«

»Entschuldigung! War doch nicht böse gemeint! Aber, auch wenn du es mir krumm nimmst, warme Kleidung habt ihr ja hoffentlich dabei? So schön der Tag auch ist heute, das wird im Schatten immer gleich verdammt kalt. Erst recht heute Abend, bis ihr dann oben seid.« »Alter Ober ... lehrer!« knisterte eine vorwurfsvolle Stimme an Horsts Ohr. »Wir ... schon ganz schön weit ge ... wirst staunen! Und wenn ihr ... nicht sputet ...« Protniks Worte waren nun nur noch verstümmelt und bruchstückhaft zu vernehmen. »grade ... Stunde gebraucht ... schon ... hinter Sonthofen! Zwei Stunden ... höchstens ... nach euch lahmen Enten ...« Ein gleichbleibender Signalton unterbrach das Gestammel und signalisierte Horst, dass die Verbindung unterbrochen war.

»Na denn!«, starrte er säuerlich auf das Mobiltelefon in seiner Hand. »Mit dem Bebele im Tiefschnee auf die Hütte! Des Menschen Wille ist sein Himmelreich!«

»Amen!« lachte Claudia und nahm das Handy wieder in Empfang. »Jetzt schalte ich das blöde Ding aber ganz aus! Damit wir wenigstens einmal unsere Ruhe haben!

Ich bin ja wirklich gespannt, wann die beiden dann endlich da sein werden!«

»Was ich erst glaube, wenn ich sie leibhaftig vor mir sehe!«, nickte Horst und folgte seiner Frau mit schweren Schritten. Komisch, was hatte der Sputnik denn da von Sonthofen erzählt? Das war doch ein Umweg. Der hätte doch gleich geradeaus weiter fahren können, über Nesselwang und dann den Fernpass hoch. Wie der sich wohl wieder über die Strecke informiert hatte, dieser Kerl! Was hatte der nicht schon alles zustande bekommen, um nicht auf direktem Weg von A nach B zu gelangen! Einfach unglaublich! Andererseits, vielleicht hatte sich Horst auch nur verhört, die Verbindung war ja schließlich auch alles andere als gut gewesen.

8

»Na endlich! Da vorne ist es!« Erleichtert stieß Horst einen Jubelschrei aus, als er die Hütte erblickte. »Da schau, Claudia, gleich haben wir es geschafft! Das ist ja wirklich wie im Märchenbuch!«

In der Tat präsentierte sich den beiden Bergwanderern ein fantastisches Bild: Unter ihnen, in einer Senke, lag die Hütte, umrahmt von den weiß beschneiten zackigen Gipfeln der Montafoner Bergwelt. Ein stahlblauer Himmel vervollständigte die Perfektion einer alpenländischen Kulisse.

»Herrlich! Einfach nur herrlich!« Euphorisch zog Horst seine Begleiterin an sich und drückte ihr einen schmatzenden Kuss auf die vor Anstrengung geröteten Wangen. »Jetzt hat sich's doch gelohnt, die ganze Schinderei! Und ehrlich gesagt«, er drückte stolz den Rücken durch, »so schlimm war es dann ja auch wieder nicht! Im Übrigen«, mit bedeutungsschwangerem Kopfnicken zeigte er auf seine Armbanduhr, »da haben wir aber ein respektables Ergebnis erzielt. Da, guck mal. Vor knapp anderthalb Stunden sind wir am Zeinisjoch gestartet, jetzt ist es gleich halb vier! Also, von wegen gut und gerne zwei Stunden! Das ist vielleicht was für Fußkranke, das mit den zwei Stunden! Wir haben es in anderthalb Stunden geschafft, und das bei diesen Bedingungen! Sage noch einer was gegen unsere Kondition!« Mit überlegenem Siegerlächeln blinzelte Horst in das gleißende Sonnenlicht und nahm beschwingt und locker die letzten Meter bis zur Hütte unter die Füße.

»Grüaß euch!«, schallte es den Meyers entgegen, als sie Minuten später, leicht erhitzt zwar, aber fröhlich und erleichtert ob der gemeisterten Aufgabe, ihre Rucksäcke auf der Holzbank vor der Hütte abstellten. »Des tuat guat, wos!«, lächelte ihnen der kleine braungebrannte Mann hinüber, der aus dem Stallgebäude gekommen war und nun schmunzelnd beobachtete, wie die beiden ihre schmerzenden Rücken dehnten. »Do hobt's jetzt aber scho ganz schön wos gschafft!«

»Kann man so sagen«, erwiderte Horst stolz und zufrieden. »War aber letztlich gar nicht so schwer!«

»Na, des wär jo netta guat, wenn's eich jetzt scho zschwer gworden wär!« nickte der Alpenbewohner mit Kennermiene, während er seinen Filzhut vom Kopf nahm und die nassen Hosenbeine der Meyers musterte. »A Kniebundhosn wär do scho besser gwesn, als die longn Dinger do!« er deutete auf seine Beine hinunter, die unterhalb der Knie durch dicke graue Wollstrümpfe geschützt waren. »Wisst's«, setzte er mit wissendem Gesichtsausdruck noch hinzu. »Do obn, do wird's nämlich jetzt scho eisig sein! Versteht's mi?« Die nachgeschobene Frage schien aufgrund der in den Meyers aufkeimenden Sprachlosigkeit einer gewissen Berechtigung nicht zu entbehren.

Claudia war als Erste imstande, das Unaussprechbare in Frageform zu kleiden. »Wie – da oben? Was meinen Sie mit da oben?«

»Na do! Do, wos nauf miaßt's!« Kopfschüttelnd musterte der Wind-und-Wetter-Gegerbte die beiden Alpinisten. Typische Großstädter: Große Klappe und nix dahinter! Mit ausgestrecktem Arm deutete er hoch in die eisige Bergwelt.

»Nein, nein! Wir bleiben hier! So war's geplant! Das langt uns für heute«, versuchte nun auch Horst, den in ihm immer mehr aufkeimenden Verdacht durch entschiedenes Auftreten zu überspielen.

Der andere kratzte sich nachdenklich am Hinterkopf. »S'geht ober net!«

»Hmmh?!« Was sollte denn das? Heldenhaft kämpften die Meyers ihren aussichtslosen Kampf mit den nüchternen Tatsachen.

»I hob doch scho winterfest gmocht! Nocher geh i abi! Ins Tol! Nunter noch Gaschurn! Versteht's?« Wieder schien es dem Kleinen so, als würden die beiden gar nichts kapieren. Am Dialekt konnte es ja wohl nicht liegen. Wo er doch den Umgang mit Touristen seit Jahren gewöhnt war und in der Konversation mit diesen durchaus ein gepflegtes Hochdeutsch an den Tag legen konnte. Was er ja gerade eben im Moment auch wieder eindrucksvoll bewiesen hatte!

»Abi geh i! Nunter ins Tol!«

»Aber ... aber ich ...«, stammelte der verwirrte Horst und glotzte entgeistert auf die fest verschlossenen hölzernen Fensterläden der Hütte. »Ich hab mich doch erkundigt: Ihr habt doch noch eine Woche lang auf! Schluss ist doch erst am nächsten Sonntag, am 6. Oktober! So steht's doch schließlich auch im Internet! Und zwar sowohl beim Alpenverein als auch bei euch hier!«

»Internet, Internet! I hob koa Internet net hier obn!«, schüttelte der offenbar starrsinnige Kleine entschieden den Kopf. »Und zugsperrt hob i a scho! An Enzian, jo, des könnt's noch kriagn. Aber mehra hob i nimmer! Zuagsperrt is!«

»Ja, und wo sollen wir dann übernachten?« Langsam hatte Horst die Faxen dicke!

»Übernachtn? Jo, wos woaß i denn? Auf der Heilbronner Hüttn, denk i mir! Do wollst doch hi, oder?«

»Ja also, und da sind wir ja!« Es war der letzte Versuch, die Dinge schön zu reden. Der allerletzte.

»An Schmarrn seid's! Auf der Verbellaalpe san mr! Nirgendwo sonst!« Energisch schwenkte der Kleine seinen Filzhut und deutete neuerlich nach oben. Hoch zu den bedrohlich in den Himmel ragenden Zacken der lebensfeindlichen, mit Eis überzogenen Gipfel. »Na, schaut's: Do müassts nauf! Do geht der Weg, den müassts nehmen! Des san dann noch a mol 400 Meter in der Höhn! Hier, an der Verbellaalpen do, do hobts erst die Hälfte gschafft! Ober des is ka Problem net!«, hieb er Horst kumpelhaft mit der Rechten auf die Schulter. »Des bisserl Weg do, des geh i eich zwoamol am Dog!«

»Erst die Hälfte!«, stammelte der so Getröstete entgeistert.

»Jo!« Abschätzend wiegte der Kleine den Kopf. »Knapp die Hälften, würd ich sogn.«

Während Horst bleich an der Hüttenwand lehnte,

verzog Claudia keine Miene, sondern starrte blicklos vor sich auf den Boden.

»Hobts gmeint, ihr wärts schon am Ziel, gell! Jo, jo«, nickte der Mann von der Verbellaalpe mitfühlend. »Des kenn i scho! Des passiert netta bloß euch! Na, na, des kimmt scho öfter a mol vor. Is holt glei doppelt schlimm, wennst gmeint host, dast do bist, gell? Also i für mein Teil geh jetzed ins Dol nunter. Der Summer ist rum, die Alpe is winterfest! Feierobend! Urlaub! Bis in Winter dann am Schilift!« Zufrieden über das glückliche Ende einer gut überstandenen Saison in den Bergen rieb er sich die Hände. »Fertig is! Und ihr? Wollts jetzad noch auffi gehen oder lieber mitkimma mit mira, noch untn?«

»Nein, nein, schon gut«, wehrte Horst ab, der sich mittlerweile in das Unvermeidliche gefügt hatte. »Wir schaffen das schon! Wie lang, meinen Sie denn, wird's noch dauern, bis wir da oben sind?« Er warf einen unsicheren Blick in die gar nicht mehr so romantisch scheinende Bergwelt.

»No jo! Je nochdem!« Der Kraxler schien zu überlegen. »Andertholb Stundn, sogns normalerweis, würdens brauchen – die Touristn! Aber heit.« Er unterbrach sich kurz. »Bei dem Schnee jetzad also, zwoi Stundn scho no, würd i sogn!«

»Zwei Stunden!«, entfuhr es Claudia. »Dann ist es ja halb sechs, bis wir da sind!«

»Jo! Passt!«, bestätigte der Experte.

»Na, Klasse! Bis dahin bin ich dann halb erfroren!«

»Erfrorn? Na! Schwitzn wirst – und des kräftig. Wirst scho sehn!«

»Ach, du meine Güte«, Horst schlug sich mit der flachen Hand an die Stirn. »Und dann der Protnik und das Bebele! Die müssten jetzt grade losmarschieren – um Gottes willen! Wir müssen sie aufhalten!«

»Wer isn dees, der Beppele?« Neugierig war er auch noch, der Überbringer der schlechten Nachrichten.

»Das sind Freunde von uns! Die beginnen wahrscheinlich jetzt grade im Moment mit dem Aufstieg!«

»Zünftig, sog i!«, freute sich der so Aufgeklärte. »Dann kimmens grod rechtzeitig zum Sonnenuntergang and Hüttn! Alpenglühn! Wunderbor!«

»Sie kennen die beiden nicht! So gut sind die nicht zu Fuß! Da wird's dann längst dunkel sein, bis die auftauchen! Und das bei diesen Bedingungen! Komm Horst«, wandte Claudia sich drängend an ihren Mann. »Versuch mal, die zu erreichen. Handyempfang ist hier doch hoffentlich möglich, oder?«

Typisch Stadtbewohner! Da suchten die immer ihre »absolute Bergeinsamkeit« und gaben hinterher sogar vor, genau diese gefunden zu haben, aber dann? Dann ging's auf den Berg rauf und zur Alpe rüber – und wie lautete die erste aller Fragen? Gibt's hier wenigstens auch Handy-Empfang? Spinnert, diese Bergtouristen! Einer genauso wie der andere!

»Doch, jo! Des is möglich! Sogns wenigstens«, setzte der Almöhi noch rasch hinzu. »I selber hob ober koans. Also, mi kennns net frogn! Ich woaß bloß, dass es Leit gibt, do goahts!«

»Leute gibt's!« Horst vermied es vorsichtshalber, seine Replik schärfer ausfallen zu lassen. Was hätte das schließlich auch schon gebracht – außer alpenländischen Würgemalen am bundesrepublikanischen Hals? Nein, danke! »Doch, es geht tatsächlich! D2 funktioniert – einigermaßen wenigstens!« Er starrte angenehm überrascht auf das Display seines Mobiltelefons, auf dem sich – je nach Standpunkt – immerhin zwei bis manchmal sogar drei kleine schwarze Balken ablesen ließen: Das Erkennungsmerkmal für die Stärke des Funksignals.

»Jo, richtig! Der zwoaer, der woars!«, triumphierte nun auch der Kleine, über dessen Gesicht ein helles Leuchten der Erkenntnis huschte. »Der zwoaer geht! Jo! Nur der oanser, der mocht imma dia Probleme! Stimmt!«, hieb er sich mit Inbrunst auf die ledergeschützten Oberschenkel.

»Na bitte, sag also noch einer was gegen die Verbellahütte! Jetzt bin ich bloß gespannt, ob wir den Protnik dann auch erreichen können.« Horst tippte bereits die Nummer des Kollegen aus dem Adressbuchspeicher. »Na, was ist? Geht keiner ran?« Horst lauschte angestrengt, um das Empfangsgerät wenige Augenblicke später vom Ohr zu entfernen. »Mist! Schade!«

»Was ist los?«

»Versuchen wir es später noch mal! Der Michael scheint grade mitten im Tal der Ahnungslosen zu wandeln. Kein Empfang, gar nichts!«

»Schade!« Mit einem resignierten Seufzer zuckte Claudia die Schultern. »Andererseits, erwachsen sind die beiden ja schließlich. Die werden schon wissen, was sie tun können und was besser nicht!«

»Hoffentlich!«, gab Horst wenig überzeugt zurück.

»Aber komm jetzt, bevor wir hier festfrieren. Mir ist nämlich ekelhaft kalt an den Waden!« Er deutete auf seine vom nassen Schnee gänzlich durchfeuchteten Hosenbeine hinunter.

»Also gut! Wiedersehen dann und schönen Urlaub noch!«

»Jo, dank schön! Servus!«, tippte sich der freundliche Verbellasenner grüßend an den Hut. »Und kimmens guat auffi! Grüaßens mir den Tschofen Sepp!«

»Machen wir!«, versprach Horst und nahm tapfer die weiteren schätzungsweise zehntausend Schritte unter die Füße.

»Weshalb die in den Bergen immer Sepp heißen?«, kicherte Claudia, um Sekunden später einen lauten Fluch von sich zu geben. »Mist, blöder! Was soll das denn!« Sie war auf einer Eisplatte ausgeglitten und hatte aufgrund des schweren Rucksacks auf ihrem Rücken das Gleichgewicht verloren. Hilflos zappelnd lag sie direkt vor Horst im harschigen Schnee.

»Wie ein Maikäfer, den es vom Baum gewischt hat!«, kicherte der Kommissar und streckte hilfreich den Arm aus. »Na komm schon, ich würde da nämlich nicht liegen bleiben! Das kann ganz schön ungemütlich werden heute Nacht!«

»Heute Nacht ist gut!«, gab Claudia frostig zurück. »Mir langt's mit der Gemütlichkeit ehrlich gesagt jetzt schon!«

Schweigend stapften die beiden hintereinander her. Jeder Wortwechsel wäre zu viel gewesen. Erstens deshalb, weil man sich auf die enge und eisige Fahrspur zu konzentrieren hatte, die sich wie eine Rinne durch den gut und gerne 30 Zentimeter hohen Schnee zog. Zweitens, weil jeder Schritt zur Anstrengung geriet und der Schuh auf der steif gefrorenen Spur immer wieder zurückrutschte. Der Schuh! Die Schuhe! Feuchtigkeit hatte sich inzwischen in den Laufwerkzeugen ausgebreitet, die Socken waren so nass, als kämen sie direkt aus der Waschmaschine (ohne Schleudergang!). Die Haut an den Zehen begann bereits zu jucken. Keine zehn Minuten mehr, dann wäre die erste Blase erfolgreich aufgescheuert! Wirklich und wahrhaftig eine tolle Idee: Ein Wochenende auf der Nordseite der Alpen. Wie war das doch gleich mit seinem Lebenstraum gewesen? Lieber Bergsteiger auf den Malediven, als ewig und drei Tage den Malocher im Polizeipräsidium zu spielen! Aber was spielte er jetzt: Bergsteiger in den Vorarlberger Alpen! 2300 Meter über Normalnull! 2300 Meter Meereshöhe! Zu hoch! Entschieden zu hoch!

9

»Du, sag mal, Horst! Welcher Polizeiposten ist denn jetzt eigentlich zuständig für diesen Fall!« Der Kommissar schreckte durch Claudias Frage aus seinen winterlichen Gedankengängen.

»Welche Gendarmerie zuständig ist?« Horst zuckte die Schultern. »Weiß ich auch nicht! Gaschurn wahrscheinlich. Oder?«

»Na ja! Direkt hinter der Hütte ist ja die Grenze zwischen Tirol und Vorarlberg. Bin mal gespannt, wen der Sepp jetzt anruft!«

»Ich schätze mal, das spielt eigentlich keine große Rolle. Ob die nun von Ischgl via Galtür hier hoch düsen oder von Gaschurn: Für die letzte Strecke brauchen sie auf jeden Fall zwei Stunden, es sei denn, sie haben so einen Geländewagen wie der Sepp. Dann schaffen sie's in einer knappen Stunde. Aber wie gesagt, egal woher sie kommen!«

In diesem Moment ließ sich ein entnervter Fluch hinter der Theke vernehmen. »Ja Kruzitürken aber auch! Tot! Das Ding ist tot! Schon wieder!«

»Tot! Irgendwie kann ich das Wort heute nimmer hören!« Müde fuhr sich Claudia mit der Hand über die Schläfen.

»Entschuldigung!«, murmelte der Hüttenwirt verlegen. »Du hast ja Recht! Aber trotzdem, es ist schon das dritte Mal in dieser Saison, dass unser Telefon gestört ist!«

»Dann nimm halt das Handy!«

»Hab ich nicht! Ich mag die Dinger nicht! Und außerdem funktionieren sie sowieso nur auf der Nordseite der Hütte. Warum auch immer! Hab aber keine Lust, immer in den Regen hinauszustehen, wenn ich telefonieren will. Außerdem, früher haben die Menschen auch ohne die Dinger gelebt und sind mit sich und der Welt zurecht gekommen!«

»Jessus Marja!« Ein spitzer Schrei aus einer weiblichen Kehle ließ die drei zusammenzucken und unterbrach das Gespräch. »Hat jemand vergessen den Wasserkocher!«

»Jadranka!« Sepp Tschofen erhob sich mit bedeutungsvollem Stirnrunzeln. »Allerdings, Jadranka! Und ich hab es dir doch schon tausendmal gesagt: Geh nicht aus der Küche, wenn du das Ding hier einschaltest! Wenn du schon immer wieder so ein Spielzeugteil aus Kroatien mitbringen musst! Was ich dir ja schon mehr als einmal eigentlich verboten habe! Um ein Haar wäre die ganze Hütte in Flammen aufgegangen!«

»Jessus Marja und Jossef!« bekreuzigte sich die Köchin erschrocken. »Aberr ich warr nix da heute Morgen! Hab nix eingeschaltet den Kocher!«

»Wer denn sonst?« Ärgerlich hieb der Hüttenwirt mit der Faust auf die Küchentheke. »Der heilige Geist vielleicht, oder wie!«

»Du nix sündigen mit Worte!« Wieder bekreuzigte sich die Gescholtene und setzte eine vorwurfsvolle Miene auf. »Wenn ich sagen, ich nix haben angemacht den Kocher, dann ich sagen Wahrheit! Ich gerade kommen herunter von Kammer! Falscher Verdacht für Jadranka!«

»Ja, aber ...« Sepp Tschofen starrte ratlos auf die Trümmer des Wasserkochers. »Aber wenn du es nicht warst ... und ich auch nicht ... und ihr ...«

»Nein, wir auch nicht!«, schüttelte Horst energisch den Kopf. »Weiß Gott nicht!«

»Jessas Marja!« Mit fahrigen Bewegungen griff Jadranka Ivanovic zur Kehrschaufel und fegte hektisch die in tausend Stücke zersplitterten Reste ihres Wasserkochers auf dem Küchenfußboden der Heilbronner Hütte zusammen.

»Also, so ganz allmählich glaube ich jetzt aber an Gespenster! Da scheint es ja mit dem Teufel zuzugehen! Und das ausgerechnet in der letzten Woche, wo wir geöffnet haben ...«

»Gibbt nix Teifel, Chef!«

»Ach, Jadranka!« Der Hüttenwirt fuchtelte hilflos mit den Armen in der Luft herum. »Teufel oder nicht Teufel: Es ist was faul im Staate Dänemark! Und zwar ganz gewaltig!«

»Aber was?«, schob Claudia die entscheidende Frage hinterher.

»Das werden wir herausbekommen!« Tschofen klatschte energisch in die Hände.

»Worauf du dich verlassen kannst!«, pflichtete der Kommissar ihm bei. »Also, hier ist mein Handy. Welchen Posten sollen wir denn nun anrufen? Gaschurn oder Ischgl?«

Der Hüttenwirt brauchte keine Sekunde, um zu antworten. »Am besten beide! Wer weiß, wie stark die grade besetzt sind. Und bevor dann gar keiner kommt. Dann tauchen halt im schlechtesten Fall alle beide auf. Auch recht, so gesehen!«

»O.k., wenn du meinst!« Horst reichte dem Wirt das Handy. »Da, nimm. Ich denke, wir sollten dann in der Zwischenzeit unsere Freunde von gestern Abend aus den Federn holen. Damit die sich auf das, was dann passiert, auch vorbereiten können. Bin ja mal gespannt, wie die reagieren, wenn sie das mit dem Todesfall erfahren. Auf jeden Fall, Jadranka, musst du schauen, dass sich niemand klammheimlich auf und davon macht. Verstanden?«

»Nix verstanden!«, schüttelte die Angesprochene verwirrt den Kopf.

»Ist doch klar, Horst!« Claudia blickte ihrem Mann tief in die Augen. »Sie sagt doch, sie sei eben erst aus ihrer Kammer gekommen.«

»Hmm.« Der Kommissar überlegte kurz. »Also gut. Setz dich mal zu uns, Jadranka. Wir müssen dir da nämlich etwas erklären.«

Noch bevor die Köchin der Aufforderung nachkommen konnte, ertönte ein unangenehmer hoher Ton in der Stube. Das Handy. Horsts Mobiltelefon, das der Hüttenwirt nach wie vor in der Hand hielt. »Klingt aber merkwürdig! Kann mich nicht daran erinnern, so einen komischen Klingelton eingestellt zu haben!«

Wieder schnarrte es elektronisch unangenehm.

»Horst, das ist der Empfang! Der Sepp hat es doch selber gesagt vorher, es geht nur draußen auf der Nordseite richtig!«

»Stimmt! Logisch! Hab ich glatt vergessen!« Horst erhob sich und streckte den Arm aus. »Gib's mal her, Sepp. Ich mach das. Wo ist denn die Nordseite? Aha!«

Im Hinauseilen drückte er den Annahmeknopf und meldete sich mit Namen. »Meyer. Hallo!«

Ein undefinierbares Rauschen drang an sein Ohr. Wie von weitem war eine Stimme zu vernehmen. Ganz weit weg, völlig verzerrt, wie durch einen Wattebausch gesprochen.

»Hallo! Hallo, wer ist denn da? Ich kann Sie nicht verstehen! Hallo!«

Einen Moment lang schien es Horst, als könne er den Klang der verzerrten Stimme dennoch zuordnen. Einer ihm bekannten Person zuordnen. Schon oft hatten sie miteinander telefoniert. Eine männliche Stimme! War es ... konnte es sein ... Protnik? Protnik! »Hallo, Michael! Sag, bist du da am Telefon? Geht es euch gut? Wo um Gottes willen steckt ihr denn bloß? Ist alles in Ordnung?! Michael?«

Wieder vernahm er merkwürdige elektronische Kunstlaute. Dazwischen immer wieder – wie durch eine Häckselmaschine gedreht – eine Stimme. Diese Stimme. Diese männliche Stimme! Protniks Stimme! »urgachtzf ... scheiße ... wrdsfzzz ... schit ... aber auch!«

»Protnik! Michael! Hallo, Michael! Bist du das! Sag doch endlich was, in Teufels Namen!« Die Verbindung löste sich, in Horsts Gehörgang schraubte sich ein unerträglicher elektronischer Dauerton. Auch das noch!

Eine leise weibliche Stimme, direkt an seinem anderen Ohr ließ den in düstere Gedanken versunkenen Kriminalkommissar zusammenzucken. »Gibt nix Teiffel!« Verlegen lächelnd blinzelte die Köchin Jadranka ins helle Sonnenlicht.

10

Es war wohl schon kurz nach 20 Uhr gewesen, als es Horst noch einmal versucht hatte. Die Sonne war mittlerweile hinter den Gipfel verschwunden und hatte die schneebedeckte Bergwelt zum Abschied dieses Tages glutrot eingefärbt. Ein einmaliges Erlebnis für die Touristen – unter normalen Bedingungen. Aber die Bedingungen waren alles andere als normal, zumindest nicht in Horsts Augen. Auch dieses Mal hatte er mit dem Mobiltelefon nichts ausrichten können. Es war schon schwer genug, auf dem eigenen Handy einen mittelprächtigen Kontakt zu einem Funkfeld hinzubekommen. Jede Bewegung mit dem Oberkörper, selbst die allerkleinste, veränderte sofort die Empfangsqualität. Aber immerhin, er hatte es geschafft, seinen Anruf abzusenden, die Verbindung mit dem Kollegen einzuschleifen. Ganz deutlich war auf dem Display zu lesen »Verbindung wird hergestellt«. Doch dann, nach vier schwachen, zaghaften Rufzeichen, eine nüchtern-metallische Stimme: »Der Gesprächsteilnehmer ist zur Zeit nicht erreichbar …«. Das war alles. Sonst nichts! Gar nichts!

Protnik war verschwunden. Protnik und das Bebele! Ausgerechnet das Bebele!

Kein Kontakt, keine Verbindung ...

Allem Anschein nach spurlos verschwunden in der eisigen mittlerweile blauschwarzen Dunkelheit der Montafoner Zweieinhalbtausender. Irgendwo zwischen dem Zeinisjoch und der Heilbronner Hütte. Irgendwo – nirgendwo!

Er hatte den Hüttenwirt alarmiert, doch der hatte ihn nur mit einem mitleidigen Lächeln bedacht und wegwerfend mit den Achseln gezuckt: »Ja, da kann man nix machen!«

»Aber da muss man doch etwas machen! Die sind verschwunden! Da draußen!« Aufgeregt deutete Horst mit dem ausgestreckten rechten Arm nach draußen.

»Wer weiß, wo die jetzt grade sind!« Der Kerl war ja das Phlegma in Person!

»Ja eben! Wo sind die?!« Nicht zu fassen! Da befanden sich zwei Menschen ganz offenkundig in Bergnot und der andere stand vor ihm und gähnte gelangweilt! Ja, tatsächlich! Der gähnte!

»Alles halb so schlimm! Sie werden schon sehen!«

»Was denn sehen! Um Gottes willen: Da muss man doch eine Suchaktion einleiten! Mann!« Horst packte den Nichtsnutz an der Schulter und rüttelte unsanft. »Jetzt machen Sie schon! Wir müssen die beiden suchen! Die Bergwacht alarmieren!«

Jetzt schüttelte der Hüttenwirt entschieden den Kopf, streifte Horsts Hand von seiner Schulter und blickte ihm ernst und durchdringend in die Augen: »Nein, das tun wir nicht! Und zwar ganz sicher nicht!«, sagte er mit fester Stimme. »Und jetzt kommen Sie erst einmal mit mir wieder hinein. Davon, dass Sie sich hier draußen den Tod holen, wird schließlich auch nichts besser!«

»Ja, aber ...« Horst begriff nicht, wollte nicht begreifen was er da gerade hörte. »Die sind da draußen. Irgendwo da draußen. Die erfrieren doch sonst heute Nacht! Bei den Temperaturen!«

Jetzt war es der Wirt, der seinerseits die Hand fest auf Horsts Schulter legte. »Woher wollen Sie denn wissen, wo die tatsächlich sind?«

»Wo die sind?! Ja meine Güte, das sag ich doch schon die ganze Zeit: Da draußen sind sie! Irgendwo da draußen!«

»Sicher?«

Was sollte die blöde Fragerei?! »Ja wo denn sonst? Ich habe doch noch mit meinem Kollegen telefoniert. Und da sagte er, dass sie aufsteigen!«

»Und wann war das?«

»Wann war das? Wann war das! Heute Nachmittag! Mein Gott, was soll das denn?«

»Das soll Ihnen eigentlich zweierlei verdeutlichen: Dass Ihre Bekannten nämlich erstens längst da sein müssten, wenn sie sich tatsächlich an den Aufstieg gemacht haben sollten ...«

»... haben sie doch!«

»... und zweitens«, ließ sich der Wirt nicht aus der Ruhe bringen, »dass es im Fall des Falles jetzt viel zu gefährlich wäre, in der Dunkelheit und bei diesen Witterungsverhältnissen nach jemandem zu suchen. Oft genug ist es in der Vergangenheit nämlich schon vorgekommen, dass die Bergretter dann verunglückt sind, während die Verschollenen gesund und munter in einer Hütte saßen und auf den nächsten Tag gewartet haben – oder womöglich gar nicht erst losgelaufen waren ...«

»Aber sie sind losgelaufen!« Dieser Fatalismus, den der andere an den Tag legte! Also wirklich! »Und da können wir sie doch dann nicht heute Nacht da draußen lassen! So gut sind die konditionell auch nicht grade beieinander! Wir müssen da etwas unternehmen!«

»Müssen wir nicht! Sollten wir nicht! Noch mal«, Sepp Tschofen fixierte seinen Gast aus ernsten Augen. »Wir dürfen das nicht tun! Wir dürfen jetzt keine Suche einleiten! Glauben Sie mir: Das ist zu gefährlich, für alle Beteiligten! Ich habe da schon Dramen erlebt, ich sag's Ihnen ... Lassen wir den Dingen für heute Nacht ihren Lauf. Sie werden sehen, es wird sich alles von alleine klären. Und: Verschwunden ist verschwunden ...«

»Verschwunden ist verschwunden!«, echote Horst. »Aber das ist doch schrecklich!«

»Es ist das Gesetz der Berge!«

»Teuflisch!«, schüttelte Horst den Kopf, der dennoch widerstrebend zu der Einsicht gelangt war, die Erfahrung des Mannes anerkennen zu müssen und sich dem Gang der Dinge zu fügen.

»Gibt nix Teiffel!«, ließ sich in diesem Augenblick eine leise zaghafte Stimme hinter den beiden vernehmen. Horst zuckte, aus seinen trüben Gedanken gerissen, erschrocken zusammen und wirbelte herum. Eine kleine mollige Frau stand im Türrahmen und bekreuzigte sich, während sie mit dem Kinn zum Fenster deutete. »Kommt jemand noch herauf!«

»Was? Wo?!« Wie elektrisiert musterte der Kommissar die dunkelhaarige Köchin der Heilbronner Hütte, die nun zum Fenster hinüber ging und mit ausgestrecktem Arm in die schwarzblaue Dunkelheit hinauswies.

»Wo denn, Jadranka? Wo hast du etwas gesehen?« Angestrengt kniff Josef Tschofen die Augen zusammen. »Wo soll da wer gewesen sein?«

Der Sputnik und das Bebele! Gerettet! »Na, Gott sei Dank! Wo sind die beiden? Könnt ihr sie schon erkennen?« Horst atmete erleichtert auf. Ein Albtraum – im wahrsten Sinn des Wortes – war an ihm vorbeigezogen. »Diese beiden Nervensägen! Na wartet ihr zwei! Euch werde ich die Leviten lesen!«

»Nix zwei!« Wieder war es eine leise, zaghafte Stimme, die Horsts Gedankengänge durchkreuzte. Jadranka hatte sich umgewandt und hob entschuldigend die Hände. »Nur eins! Ist nur ein Person! Nix zwei!«

»Aber – das gibt's doch gar nicht!«

»Ganz sicher! Ist nur ein Person!«

»Was soll das denn nun wieder heißen?« Horst durchlebte ein Wechselbad der Gefühle, während er zur Tür stürmte und sie aufriss. Es brauchte eine ganze Weile, bis sich seine Augen an die Dunkelheit gewöhnt hatten. Eine nervenaufreibend lange Zeit! Dann endlich konnte er sie schemenhaft erkennen. Die Gestalt, deren Herannahen die Köchin vorhin angekündigt hatte. Eine Gestalt. Eine Person. Eine einzige!

»Michael!« rief er in die Dunkelheit hinein. »Michael! Bist du das?«

Keine Antwort.

»Michael! Komm sag schon was! Wo ist denn die Uschi?«

Wieder keine Reaktion des anderen.

»Michael! Was soll denn das?«

»Meinen Sie etwa mich? Ich heiße nicht Michael.«

»Ja, wie denn sonst?«

»Auf alle Fälle nicht Michael!« Der einsame Ankömmling hatte die Plattform vor der Hütte endlich erreicht und musterte Horst verwundert. Tief und konzentriert holte er Atem, während er sich mit einem Taschentuch den Schweiß von der Stirn wischte. »So. Jetzt geht's besser! Also, wie gesagt, wenn Sie einen Michael erwartet haben, dann muss ich Sie enttäuschen. Ich für meine Person heiße nämlich Alfred. Alfred Jörger, um ganz genau zu sein!«

»Entschuldigung! Tut mir leid!«, stammelte Horst verlegen. »Ich habe nur ... es ist nämlich so ... also: Wir haben da noch auf jemanden gewartet!«

»Aha!«, nickte der Wanderer interesselos.

»Sie haben nicht zufällig jemanden gesehen beim Aufstieg?«

Der andere schien kurz zu überlegen, dann schüttelte er den Kopf. »Nicht, dass ich wüsste, nein.« Dann tippte er sich mit dem Zeigefinger an die Stirn. »Das heißt, doch! Natürlich! Die zwei da, die mir entgegengekommen sind. Das war aber gleich zu Beginn des Aufstiegs, fast noch unten am Kopssee.«

»Zwei ungefähr mittelalte Wanderer?« In Horst keimte Hoffnung auf. »Ganz gut beieinander – körperlich meine ich?«

Die Hoffnung zerstob Sekunden später. »Nein, das waren junge. Ziemlich junge sogar noch. Zwei Männer übrigens ...«

»Das waren die beiden, die heute Mittag bei uns vorbeigekommen sind. Die sind nämlich erst relativ spät aufgebrochen. Das sind aber erfahrene Burschen, die auch einen guten Schritt draufhaben. Das müssen die gewesen sein. Zwei blaue Anoraks hatten sie an, nicht wahr?« Der Hüttenwirt war sich seiner Sache ziemlich sicher.

»Richtig«, bestätigte der Wanderer und warf einen kritischen Blick zum Eingang der Hütte hinüber. »Ich hab ja eigentlich damit gerechnet, dass heute gar niemand hier übernachten würde! Sieht aber ja nicht so aus, oder? Mountainbiker scheinen ja auch noch da zu sein, oder wie?«, wies er mit der ausgestreckten Hand auf fünf pinkfarbene Mountainbikes, die an der Hüttenwand lehnten.

»Für meinen Geschmack könnten es ruhig mehr Leute sein!«, brummelte der Wirt. »Außerdem hab ich denen doch schon vorher gesagt, dass sie ihre Fahrräder in den Schuppen stellen sollen! Meine Güte! Leute gibt's, denen muss man anscheinend alles zweimal sagen!«

»Hmmh!« Nachdenklich kratzte sich der hagere Mitfünfziger am Kopf. »Und ich hab gedacht, ich hätte die Hütte ganz für mich alleine, bei den Witterungsbedingungen.«

»Stimmt auch fast. Die fünf Mountainbiker sind hier – und dann noch die beiden hier, der Mann da mit seiner Frau. Mehr sind's ja nicht. Da kannst du dir ja dann heute Nacht sozusagen jede Viertelstunde eine andere Matratze aussuchen und wirst trotzdem nicht durchkommen.« Sepp Tschofen legte die Stirn in kritische Falten. »Mehr als ein Bett braucht man ja eigentlich nicht zum Schlafen, oder?«

»Nein, schon!« Der andere hob abwehrend die Hände. »Mir tut's auch eine Isomatte, das ist nicht das Problem ...«

»Ja, was denn dann?«

»Hmmh!« Er räusperte sich verlegen. »Ist halt zu voll für mich!«

»Zu voll?!« Tschofen schnappte hörbar nach Luft. »Sieben Gäste im ganzen Haus, und dann soll das zu voll sein?!«

»Naja ...«, der sonderbare Einzelgänger suchte nach den richtigen Worten. »Es ist halt so ... Ich hab mich eben irgendwie drauf eingestellt, dass ihr heute Nacht niemanden da oben habt. Und erst recht keine Mountainbiker! Ich wollte meine Ruhe haben! Absolute Ruhe! Weshalb sonst bin ich überhaupt in die Berge gekommen? Da hab ich mir gedacht, dass heute niemand angekommen ist, wegen dem Schnee in den letzten Tagen. Und dann ausgerechnet auch noch Mountainbiker! Das kenn ich! Da ist doch die ganze Nacht über wieder ein Lärm und ein Gegröle ...«

»Blödsinn! Ich bin ja schließlich auch noch da! Bisher hab ich's immer noch geschafft, für Ruhe zu sorgen, wenn's hat sein müssen!« Unwirsch musterte der Pächter der Heilbronner Hütte den offenbar hypersensiblen Wandersmann.

»Ja, schon, Entschuldigung! Aber, wie gesagt, ich hab's

mir halt anders vorgestellt! Ganz einsam halt und ganz ruhig.« Er unterbrach sich und schien kurz zu überlegen. »Aber wenn ich eine Bitte äußern könnte?« Verlegen lächelnd blickte er Tschofen an.

»Und die wäre?«, knurrte Sepp verdrießlich.

»Wenn ich in die Selbstversorgerhütte gehen könnte? Ich würde auch den ganz normalen Preis bezahlen. Ich hab da ja meine Isomatte und meinen Schlafsack, das würde mir völlig reichen.«

Doch die Antwort fiel eindeutig aus: »Nichts da! Die Winterhütte, die ist für den Winter da! Wie schon der Name sagt! Das ist ein Selbstversorgerhaus! Ich sperre da jetzt nicht auf. Kommt nicht in Frage!«, schüttelte er energisch den Kopf. »Wäre ja noch schöner! Da haben wir die Hütte geöffnet und können dann auch noch in den anderen nach dem Rechten gucken. Nein, ausgeschlossen!«

»Schade!« Ein Schatten huschte über die Miene des sonderbaren Wanderers. »Na gut«, zuckte er schließlich resigniert mit den Schultern. »Dann geh ich halt wieder!«

»Wie? Wieder gehen?« Horst, der den Dialog bisher schweigend verfolgt hatte, meinte, sich verhört zu haben. »Bei den Temperaturen jetzt und mitten in der Nacht? Das geht doch nicht!«

»Das geht schon! Da übernachte ich dann doch lieber in meinem Wohnmobil! Das hab ich unten auf dem Parkplatz am Zeinisjoch stehen! Da ist es dann ganz ruhig – keine Menschenseele weit und breit!«

»Aber es ist Nacht! Stockfinstere Nacht! Und eisig ist es auch!«

»Ist nicht die erste Nachtwanderung, die ich gemacht habe im Leben!« Der merkwürdige Besucher zog eine dunkle Pudelmütze aus dem Anorak und zog sie langsam über den Kopf. »Schon wärmer!«, lächelte er zaghaft und zog die Trageriemen seines Rucksacks zurecht.

Horst konnte es nicht fassen. »Aber einen heißen Tee wenigstens. Den würde ich vorher schon noch trinken!«

»Nein danke, ist besser so! Schönen Abend noch!« Mit kleinen Schritten stakste er vorsichtig den eisigen Pfad zurück, auf dem er kurz zuvor gekommen war. Ungefähr eine halbe Minute lang ließ sich noch das knirschende Geräusch verfolgen, das die Schuhe des Wanderers verursachten, wenn sie auf dem verharschten Schnee auftraten, der den Weg um diese Uhrzeit längst zur unangenehmen Stolperpartie hatte werden lassen. Danach herrschte Stille. Unerbittliche, tödliche Stille. Horst fröstelte.

Der Hüttenwirt holte tief Atem, ehe er mit resigniertem Kopfschütteln zu seinem Gast hinüberblickte. »Doch! Solche Leute gibt's! Immer wieder! Kann man nichts machen.«

»Und was, wenn er da unten nicht ankommt?«

Ärgerlich blies Tschofen die Luft aus der Nase. »Ja, soll ich ihn festhalten oder was? Handschellen oder so?«

»Nein, natürlich nicht«, musste Horst dem anderen Recht geben. »Aber wenn man sich das so überlegt: Die Spuren da, die kann man doch – im Fall des Falles – morgen sowieso nicht mehr auseinander halten, da ist doch bis morgen früh alles verweht und durcheinander!«

»Tja«, wieder hob Tschofen mit einer hilflosen Geste die Schultern »Des Menschen Wille ...«

»... ist sein Himmelreich!«, echote Horst.

»Eben! So ist das nun einmal: Leute kommen. Leute gehen. Menschen sind da, Menschen verschwinden. Da kann man nichts machen.«

Das Frösteln in Horsts Gliedern wurde stärker.

»Mann, sie frieren ja wie ein Schneider!«, bemerkte der Wirt, als er sah, wie die Kälte seinen Gast in ihre unangenehme Umklammerung genommen hatte. »Jetzt kommen Sie erst mal rein – und dann werden wir was Schönes essen und trinken. Und Sie werden sehen: Morgen löst sich dann alles zu unserer vollsten Zufriedenheit auf und die ganze Aufregung ist völlig umsonst gewesen!« Damit öffnete er die Tür und bugsierte Horst mit sachtem Druck hinein in die Hütte, aus der ihnen angenehme Wärme entgegenströmte. »Na bitte, warm ist es schon! Sie werden sehen: Alles wird gut!«

Horst nickte müde. »Aber wann? Das ist halt die Frage.«

11

»Ja, endlich!« Die Köchin lächelte breit und mitfühlend, als die beiden frierenden Männer die Stube betraten, in der sich ein verführerischer Duft ausgebreitet hatte. »Bittschön, kommen rein und sitzen hin! Gut gekocht heit! Schweinsbraten und Kneddel! Gut so?«

»Jetzt noch? Um diese Uhrzeit, Jadranka?« Verblüfft deutete der Wirt auf die Küchenuhr. »Es ist doch schon halb neun vorbei!«

»Ausnahmsweise Chef!« Die Kroatin wischte sich die Hände an der Schürze ab, während sie einen vieldeutigen Blick in die Ecke der Stube schickte. »Die Leut haben gehabt so einen Hunger! Und sind gewesen fertig, ganz fertig.«

»Ach so, unsere Mountainbiker! Nun, wenn du meinst Jadranka. Das ist deine Sache!« Tschofen ließ sich auf einen der Stühle sinken. »Mit kann's recht sein! Hunger hätt ich schon – ich hoff ja, dass sie dir auch ein schönes Trinkgeld geben, wenn du schon extra Überstunden machst«, setzte er in deutlich lauterer Tonart noch hinzu.

»Aber, Chef! Ist doch nix wichtig, Geld! Moch ich doch gärne!« Jadranka schüttelte vorwurfsvoll den Kopf, während sie sich mit geschickten Bewegungen daran machte, den himmlisch duftenden Schweinebraten zu zerschneiden.

»Na, da komme ich ja gerade rechtzeitig! Ich könnte glatt einen ganzen Elefanten vertilgen!«, strahlte Claudia, die sich einen kleinen Erfrischungsschlaf auf ihrem Zimmer gegönnt hatte und sich nun ausgeruht und gut gelaunt an den großen Esstisch setzte. »Und das mit der Uschi und dem Michael hab ich mir auch noch einmal überlegt, Horst! Das sind ja schließlich keine kleinen Kinder mehr, die wissen schon, was sie sich zumuten können und was nicht! So schnell stirbt man dann auch wieder nicht!«

»Dein Wort in Gottes Gehörgang!«, nickte der Kommissar müde. »Aber du hast Recht: Tun können wir jetzt grade eh nichts. Und außerdem hab ich auch einen Riesenhunger! So, wie das hier duftet!« Er wedelte mit der Hand vor seiner Nase und schnupperte genießerisch in Richtung Küchentheke, wo die Köchin inzwischen mit zufriedener Miene eine sämige braune Soße über die Knödel goss.

12

»Ah! War das gut!« Zufrieden lehnte sich Horst Meyer auf seinem Stuhl zurück und fuhr sich mit der Zunge über die Lippen.

»Essen und trinken hält Leib und Seele zusammen! Schon wahr, der Spruch! Gell?«

Grinsend tätschelte Claudia den Bauch ihres Mannes. »Das mit der Seele stimmt schon, der Leib allerdings, der kann irgendwann auch platzen, wenn man zu viel in sich hineingeschaufelt hat, oder?«

»Jetzt mach aber halb lang! So viel war's dann auch wieder nicht! Obwohl ...«, fragend sah Horst in das Gesicht seines Gegenübers. »So ein Enzian, der täte jetzt schon passen! Zum Durchputzen halt! Habt ihr denn so was da hier oben?«

»Als wenn wir ausgerechnet keinen Enzian da haben täten«, schüttelte Sepp Tschofen indigniert den Kopf. »Das ist ja grade so, als wenn du in Heilbronn fragen würdest, ob da Wein wächst!«

Er erhob sich und schaute fragend in die Runde: »Noch jemand ein Enzian gefällig?«

»Bloß nicht!«, hob einer der anderen Gäste abwehrend die Hände. »Wenn ich mich umbringen will, dann mach ich das anders!«

Die Miene des Hüttenwirts verfinsterte sich. »Umbringen? Wer will denn da jemanden umbringen?«

»Na! Erst mit so einem fetten Braten vollgestopft werden und dann noch diesen schwarzgebrannten Fusel trinken! Nein danke! Ohne mich!« Der Nörgler spreizte die Finger. »Mir langt's auch so!«

»War nicht fett, Braten!« Mit enttäuschtem, vorwurfsvollem Gesichtsausdruck stand die Köchin, die wie immer am Personaltisch der Küche gegessen hatte, plötzlich am Tresen. »War gutes Stück Fleisch, ausgesucht von mir selber!«

»Ist schon gut, Jadranka«, beschwichtigte der Wirt, dem die Zornesröte ins Gesicht geschossen war. »Man kann es halt nie allen recht machen! Das solltest du inzwischen auch schon gelernt haben!«

»War nicht fett, Schweinsbraten!«, beharrte die Köchin trotzig auf ihrer Aussage.

»Also mir hat's geschmeckt! Hervorragend sogar!«, versuchte Horst wahrheitsgemäß, die Situation zu entspannen.

»Und mir auch! Kompliment!«, pflichtete Claudia ihrem Mann bei. »Sie müssen mir unbedingt mal verraten, was Sie denn da in die Soße getan haben!«

Gerade als die Enttäuschung im Gesicht der Köchin dem Anflug eines Lächelns Platz gemacht hatte, meldete sich eine kritische Frauenstimme zu Wort: »Das war Kümmel! Die tun ja in alles und jedes Kümmel rein! Sogar in den Krautsalat! Also mein Fall ist das beileibe nicht! Was meinst du dazu, Lisa?«

»Sei mir bloß ruhig, damit!«, antwortete die Gefragte, eine blonde Enddreißigerin mit breitem fränkischem Idiom. »Der Jagertee war eigentlich schon schlimm genug! Und dann noch dieser ewige Kümmel …«

Ein lautes metallisches Klappern, dann fegten die Kochlöffel von der Küchentheke, gefolgt vom dumpfen Krachen einer mit Inbrunst ins Schloss geworfenen Tür. Mit wütenden Schritten hörte man Jadranka die Treppe hochstampfen.

»Na, das habt ihr aber fein hingekriegt!« Verdrießlich stellte der Wirt mehrere kleine Schnapsgläser auf den Tisch und schenkte ein.

»Die Wahrheit wird man wohl noch sagen dürfen!«, murmelte der Nörgler vor sich hin, während er gleichzeitig seine schwere Rolexuhr am rechten Handgelenk einer intensiven Beobachtung zu unterziehen schien.

Stumm prostete Horst seiner Ehefrau zu und kippte den Enzian in einem Zug hinunter. Über den Geschmack dieser alpinen Spezialität ließe sich in Feinschmeckerkreisen trefflich streiten, dessen war er sich sicher, aber andererseits räumte ein ehrlicher Klarer halt wesentlich besser den Magen auf als irgend so ein geschöntes Designergetränk.

»Vielleicht geht einem aber auch ganz einfach der Geschmack abhanden, wenn man den halben Abend da sitzt, und erst Jagertee in sich hineinschüttet. Danach ein Bier und dann wieder einen Jagertee.«

»Da, schau an! Ein richtiger Buchhalter – und das mitten in den Bergen!«, dröhnte der zweite, ein kräftiger untersetzter Mensch mit Stiernacken, lautstark in die Runde und stupste seinen Kameraden mit dem Ellbogen. »Was meinst du, Sven, können wir den nicht noch bei uns als Betriebswirt anstellen? Bei dem Gedächtnis?«

»Warum nicht«, gab der hagere Sportlertyp mit schiefem Grinsen zurück. »Müssen halt nur noch den Andreas fragen. Was meinst du?«, wandte er sich an den etwas jüngeren Kollegen in der Ecke, der die Unterhaltung bislang stumm verfolgt hatte. »Können wir noch jemanden brauchen bei uns in der Abrechnungsabteilung?«

»Ach, halt doch dein blödes Maul!«, fuhr der Mann augenblicklich wie von einer Tarantel gestochen in die Höhe. »Du kannst es dir grade leisten, große Sprüche zu klopfen! Ausgerechnet du!«

»Andreas! Bitte!« Die Kümmel-Kritikerin von vorhin schüttelte ihre lange Lockenpracht und fixierte den erregten Mann vorwurfsvoll. »Was soll denn das für eine Szene werden? Der Sven und der Uli haben doch nur einen Spaß machen wollen!«

»Schöner Spaß!«, zischte Andreas. »Man kann das Rad auch überdrehen, oder? Ich für meinen Teil brauch jetzt auf jeden Fall erst mal frische Luft!« Ohne eine Antwort abzuwarten, wandte er sich um und verließ die Stube.

»Was bloß wieder in den gefahren ist?« Die Frau zuckte hilflos mit den Schultern. »Tut mir leid.«

»Muss dir doch nicht leid tun, Sylvia!« Die neben ihr sitzende Fränkin legte besänftigend den Arm um ihre Schulter. »Der ist halt grade etwas überspannt, dein

Mann. Bei dem ganzen Trubel, der grade bei uns herrscht, ist das ja auch kein Wunder, oder?«

»Tja, da muss man halt Nerven wie Drahtseile haben – und nicht wie Glasnudeln, nicht wahr, Sven?«, proletete der Stiernacken in die Runde. »Nerven wie Drahtseile, Kerle wie Baumstämme!«

»Du sagst es, Uli!«, bestätigte der andere kichernd. »Na ja, das wird schon wieder werden mit unserem Andy! Der wird schon wieder runterkommen! Und bis dahin«, er streckte sein leeres Bierglas dem Hüttenwirt entgegen, »bis dahin wird's hoffentlich noch etwas zu trinken geben, oder?«

»Sicher! Bei uns ist noch keiner verdurstet!«, knurrte der Wirt verstimmt. »Also noch ein Bier, oder?«

»Wenn es sonst nichts Rechtes mehr gibt?!«, grinste das solariumsgebräunte Ekelpaket frech zur Küche hinüber.

Horst bemerkte, wie Josef Tschofen vor Ingrimm die Lippen aufeinander presste. Höchste Zeit, einzugreifen. »Da gibt's aber mit Sicherheit noch was anderes«, lächelte er freundlich, während er sich erhob und die beiden nunmehr leeren Schnapsgläser zur Theke brachte.

»Na, Sepp!«, klopfte er dem verstimmten Hüttenwirt aufmunternd auf die Schulter. »Sag schon, was du in deinem Weinkeller so alles auf Lager hast!«

»Rattengift!«, zischte dieser verdrießlich. »Schon gut, schon gut!«, hob er entschuldigend die Hände in die Höhe, als er den vorwurfsvollen Blick bemerkte, den ihm Horst hinüber sandte. »Man ist schließlich auch nur ein Mensch! Und manchmal läuft einem halt die Galle über!« Damit wandte er sich um und öffnete wenig euphorisch die Küchentüre, um sich zum Vorratsraum zu begeben.

13

»So, das hätten wir also!« Horst klatschte unternehmungslustig in die Hände und näherte sich dem Tisch mit den restlichen Hüttengästen. »Wir dürfen uns doch zu euch setzen, oder?«, winkte er gleichzeitig Claudia mit einer knappen Kopfbewegung herüber. »In den Bergen, da setzt man sich halt am Abend noch gerne etwas zusammen! Einverstanden?« Aus den Augenwinkeln registrierte Horst die eher gedämpfte Begeisterung seiner Ehefrau, vermied aber vorsichtshalber jeden weiteren Blickkontakt.

»Nichts dagegen!«, strahlte der Solariumsgebräunte zuckersüß. »Und hier, die Dame«, er wies auf den freien Stuhl zu seiner Linken, »hier wäre sogar noch ein Plätzchen an der Sonne frei! Bitte schön!«

»Danke!« Claudia ließ sich gebremst euphorisch neben dem Angeber nieder.

»Übrigens, in den Bergen ist man eigentlich immer beim »Du«, wenn man sich irgendwo trifft! Also, ich bin der Horst«, klopfte er sich an die Brust. »Und meine Frau, das ist die Claudia.«

»Ach, die Claudia! Wie nett!« Ein honigsüßes Lächeln umspielte die Mundwinkel des Rolexträgers. »Ich bin der Sven! Meine Freunde dürfen Sveni zu mir sagen!« Er nahm die Hand der widerstrebenden Claudia, führte sie mit einer übertrieben galanten Bewegung an seine Lippen und mit einem »Küss die Hand, Gnädigste!« drückte er ihr einen schmatzenden Kuss auf die Haut.

Als sei sie einem Elektroschock ausgesetzt worden, zog Claudia augenblicklich den Arm zurück. »So gnädig bin ich manchmal gar nicht!«, zischte sie mit warnendem Unterton in der Stimme, während sie ihre Hand langsam am Tischtuch abwischte.

»Na, na, aber wer wird denn ... Wir sind doch in Österreich! Da muss man schon damit rechnen, dass es ein bisschen galanter zugeht als am Spätzlesäquator!«, grinste der so Gemaßregelte unbeeindruckt weiter in die Runde.

»Sag mal, die Fahrräder da draußen«, nahm Horst den Gesprächsfaden auf. »Sind das eure?«

»Aber hallo!«, dröhnte der Stiernacken, der Horst gegenüber saß, mit stolzer Miene. »Von wegen Fahrräder! 1a Mountainbikes sind das! Hochleistungsbikes! Sauteuer, sag ich dir! Profimäßig und so!«

»Aber zwei Räder haben sie schon noch«, kommentierte Claudia mit Unschuldsmiene.

Der Stiernacken legte kurz die Stirn in Falten. »Das ist aber auch schon wirklich alles, was diese Bikes noch mit einem Rad gemeinsam haben! Maschinen sind das, richtige Profimaschinen wie gesagt!«

»Und wieso habt ihr sie dann ausgerechnet in diesem komischen Schweinchenrosa anstreichen lassen?«, legte nunmehr Horst ein weiteres Brikett aufs Feuer.

»Schweinchenrosa!« Entgeistert spuckte die vorher Lisa genannte Fränkin das Wort förmlich zwischen ihren kirschroten Lippen hervor. »Das hab ich jetzt aber auch schon lange nicht mehr gehört: Schweinchenrosa!« Sie schüttelte sich indigniert.

»Na ja. Dann eben pink!«, grinste Horst versöhnlich. »Auch wenn's für mich immer schweinchenrosa bleiben wird!«, schob er noch hinterher, um damit einen neuerlichen bitterbösen Blick seines Gegenübers auf sich zu ziehen.

»Na, wie auch immer«, Claudia blinzelte belustigt zu ihrem Mann hinüber. »Dann gehört ihr auch zu den beiden Autos, die da unten am Zeinisjoch auf dem Parkplatz stehen? Dem Smart und dem Ford Galaxy, oder?«

»Ford Galaxy!« Jetzt war es an dem solariumgebräunten Sven, den Begriff aus dem Mund zu speien. »Das ist ein VW Sharan, V6 synchro! Superteil, sag ich euch! Ford! Von wegen!«

»Mit'm Ford fort ...«, bog der Wirt schwungvoll um die Ecke. »... und mit'n paar Weinflaschen zurück!« Strahlend stellte er die Flaschen auf den großen Esstisch. »Tja, unsere guten Mountainbiker! Immer nur vom Feinsten oder was?«

»Aber hallo!«, reckte Sven sein Kinn wichtig in die Höhe.

»Das sind mittlerweile wirklich ganz schön wichtige Gäste geworden, diese Mountainbiker«, setzte Sepp, an Claudia gewandt, noch hinzu.

Die schüttelte verständnislos den Kopf. »Kann ich mir überhaupt nicht vorstellen, wie einem das Spaß machen soll, da mit dem Fahrrad in den Bergen herumzuholpern – wo doch das Laufen schon schwer genug ist!«

»Aber hallo!«, wiederholte der Angeber sein inhaltsschweres Fazit von vorhin und rückte mit seinem Stuhl näher an Claudia heran. »Erklär ich dir gerne mal persönlich – wenn wir zwei beide ganz unter uns sind …« Er kraulte sie am Oberarm.

Die solchermaßen mit Streicheleinheiten Bedachte wischte die Hand des Schleimers energisch beiseite. »Ich glaube nicht, dass das jemals so weit kommen wird!«

»Glauben heißt nicht wissen …«, flötete der zurückgewiesene Casanova zuckersüß zurück.

»Also gut, dann machen wir jetzt halt einen richtigen Hüttenzauber, nicht wahr?!« Der vorhin Ulrich genannte Stiernacken klatschte mit der flachen rechten Hand auf den Tisch, dass die Gläser in die Höhe hüpften. »So richtig zünftig halt! Hallo, Andy! Da kommst du ja grade wieder goldrichtig!«, begrüßte er seinen Kompagnon Andreas, der in diesem Moment die Stube mit einer alles andere als fröhlichen Miene wieder betreten hatte. »So, da setz dich hin zu deiner Sylvia – und mach ein anderes Gesicht! Wir haben schließlich Urlaub!«

»Urlaub!« zischte Andreas, während er sich neben seiner Ehefrau niederließ. »Manche Leute meinen anscheinend, das Leben bestehe nur aus Urlaub …«

»Andy!« Vorwurfsvoll zupfte Sylvia am Pullover ihres Mannes. »Jetzt sei doch kein Spielverderber …«

»Spielverderber!« Der Mann presste die Lippen fest aufeinander und starrte dumpf vor sich auf die Tischdecke.

14

»Was ist denn das hier für eine Trauerfeier?« Unangenehm dröhnend breitete sich eine viel zu laute Stimme in dem bis dahin totenstillen Raum aus. Die beiden Meyers, die zusammen mit der Köchin Jadranka gedankenversunken am Personaltisch der Küche hockten, fuhren erschrocken zusammen.

Der Stiernacken! Ulrich Hägele, der Uli aus der Gruppe von gestern Abend! »Uli!« Mit gequälter Miene rieb sich Horst die schmerzende Stirn und versuchte, den anderen streng zu fixieren. »Bitte! Nicht so laut!«

»Was ist denn los?« Verständnislos schüttelte der wenig sensible Zeitgenosse den Kopf. »Was hockt ihr denn da herum wie ein Häufchen Elend?«

»Immer langsam, Uli!«, versuchte nun auch Claudia, den Lautsprecher auf etwas erträglicheres Format zurückzustutzen. »Setz dich erst mal her zu uns. Wir müssen dir nämlich etwas sagen ...«

»Ihr? Mir? Na, da bin ich aber einmal gespannt!«, polterte Uli Hägele munter weiter. »Moment noch. Ich komme gleich. Muss mir nur vorher noch einen Tee aufbrühen. Wo ist denn das Wasser?« Suchend sah er sich in der Küche um. »Ich hab doch vorher erst eine Kanne heiß gemacht?«

»Du warst das?« Verblüfft hob Claudia den Kopf. »Du warst das also?«

»Was heißt denn hier: Du warst das?«, äffte der andere Claudias Stimme nach. »Ist es neuerdings etwa ein Verbrechen, wenn man sich Wasser für einen Tee kochen will, oder was?« Verständnislos stierte er in die Runde.

Claudia ließ sich nicht beirren. »Also hast du dir das Teewasser machen wollen?!«

Der also war es!

»Sag ich doch! Na und?« Unwirsch wischte Hägele einen Krümel von der Küchentheke. »Was in drei Teufels Namen ist denn dabei?«

»Nix is Teiffel!« Jadranka hatte sich in der Zwischenzeit erhoben und deutete mit ausgestrecktem Arm hinüber zum Mülleimer. »Kaputt! Da! Schau! Alles kaputt!«

»Was hab ich denn mit dem Mülleimer zu schaffen?«, schnaubte der Uli genervt und verschränkte missmutig die Arme vor der Brust. »Bin ich jetzt etwa die Müllabfuhr oder was?!«

»Nix Müllabfuhr! Da Wasserkocher!« Jadranka war hinüber gelaufen und hatte den Deckel des Eimers geöffnet. »Da! Bittschön! Schauen rein!«

»Sonst noch was! Den Teufel werd ich tun! Am helllichten Morgen den Kopf in den Mülleimer stecken! Die spinnt wohl, die Tussi!«, tippte er sich vieldeutig mit dem Zeigefinger an die Augenbraue.

»Nix gibt Teif ...«

»Schon gut, Jadranka! Beruhige dich bitte!«, wurde die Köchin samt ihrer stereotypen Feststellung jetzt von

Horst unterbrochen. »Es ist nur so«, wandte sich der Kommissar erklärend um, »du hast offenbar vorher den Wasserkocher angemacht ...«

»... ja, und dann bin ich erst mal ins Bad, um mich zu duschen!«

»Eben! Genau das war der Fehler!«

»Fehler?! Was für ein Fehler denn?! Jetzt sag halt schon, in drei T ...«

»Schon gut, schon gut!« Horst hob abwehrend die Hände. »Lassen wir die ganze Dreifaltigkeit und was da sonst noch so alles herumschwirrt doch bitte am besten ganz aus dem Spiel ... Doch, Jadranka. Entschuldigung! Aber das bringt doch nichts!«, gebot er der missionseifrigen Köchin gerade noch rechtzeitig Einhalt. »Also pass auf: Das Teil, das du da vor dem Duschen angeschaltet hast, das hat eine entscheidende Schwachstelle.«

»Und welche, bitte?«

»Den Thermostat! Es passiert wohl immer wieder, dass der Thermostat nicht richtig funktioniert.«

»Und das bedeutet?«

»Das bedeutet, dass das Gerät nicht automatisch abschaltet, wenn das Wasser kocht. Es heizt also unablässig weiter, selbst dann noch, wenn das ganze Wasser längst verdampft ist.«

»Das ist ja ein schöner Mist! Wer kauft denn so einen Blödsinn?«

»Kaufen Jadranka! War mein Kocher!« Unglücklich verzog die Köchin ihre Mundwinkel. »Jetzt alles zerschmolzen! Alles kaputt!«

»Du liebes bisschen! Wer kann so was denn ahnen?« Hägele schüttelte genervt den Kopf. »Und das nur, weil ich vielleicht zehn Minuten gebraucht habe, bis ich vom Duschen wieder heruntergekommen bin?! Das gibt es ja nicht! Das Teil ist ja lebensgefährlich! Das gehört verboten!«

»Ist es auch! Hierzulande zumindest!«, fügte Horst noch hinzu. »Nur leider hat unsere Jadranka halt nicht widerstehen können und sich den Kocher direkt aus Kroatien mitgebracht, wo er ja auch so schön billig war.«

»Scheen und billich!« Die Kroatin nickte bestätigend. »Und jetzt? Jetzt kaputt!«, warf sie einen vorwurfsvollen Blick auf den Übeltäter.

»Aha! Verstehe!« Hägele klatschte laut die Hände zusammen. »Und jetzt soll ich also für das Teil blechen? Nicht wahr, so ist es doch? Und die Rechnung für den Mist, die ist natürlich längst verschwunden. Alles klar!« Er machte eine eindeutige reibende Bewegung mit Daumen und Zeigefinger. »Und jetzt, harte Dollars! Bar! Cash natürlich! Schon verstanden! Aber ohne mich, meine Liebe!«

»Nix Liebe!«, schüttelte Jadranka heftig den Kopf.

»Hauptsache Zaster, wie?« Bedrohlich näherte sich der aufgebrachte Mann.

»Uli, jetzt lass den Blödsinn! Komm her und setz dich!« Horst, dem es nach wie vor schien, als müsse sein Kopf demnächst zerspringen, machte eine entschiedene Handbewegung. So überzeugend, wie es in seinem Zustand eben ging.

Offenbar nicht allzu überzeugend, denn Hägele machte keine Anstalten, sich der Bitte zu fügen.

»Jetzt komm schon! Es ist ein Unglück passiert!«, sprang Claudia ihrem Mann hilfreich zur Seite.

»Was denn für ein Unglück?«, murrte der Stiernacken. »Jetzt macht bloß kein solches Theater! Ein Unglück! Wegen so einem bisschen Wasserkocher da!«

»Uli! Es geht nicht um den Wasserkocher!«

»Ja, um was denn dann? Was soll ich denn noch alles zertrümmert haben?«

»Wissen wir nicht ...«, murmelte Horst leise.

»Wie bitte?!«

»Quatsch! Lass das doch bleiben, Horst!«, funkelte Claudia ihren Mann wütend an, bevor sie sich wieder Ulrich Hägele zuwandte. »Nein, es ist nämlich so: Es ist etwas passiert.«

»Ja, was denn? Jetzt sag schon!«

»Es ist jemand ums Leben gekommen.«

»Wie? Ums Leben gekommen?«

»Ums Leben gekommen.«

»Also ... tot?«

»Ja!«, nickte Claudia ernst und langsam. »Tot!«

»Und wer soll das sein? Kenn ich den?«

»Ja, du kennst ihn. Es ist jemand von euch ...«

15

»So! Was ist denn jetzt mit unserem Hüttenzauber?« Der solariumgebräunte Sven grinste dreist in die Runde und ließ dabei – mit voller Absicht, da war sich Claudia absolut sicher – eine Reihe blitzblanker, strahlend weiß polierter Zähne sehen, für die er von jeder Zahnpastawerbung auf der Stelle engagiert worden wäre. »Dann vernichten wir halt mal wieder ein paar Rote!«

Die fragende Miene des Hüttenwirts veranlasste ihn zu einer gönnerhaften Erklärung. »Man muss die Roten vernichten, wo man sie antrifft! Ob Wein, ob Politiker, ob sonst was«, lachte er blöde. »Capisco? Kannst du mir folgen?«

»Aha!« Sepp Tschofens Miene sprach Bände. Er verkniff sich aber jeden weiteren Kommentar.

In diesem Augenblick hatte Horst schlagartig begriffen, dass das Leben eines Hüttenwirts ganz offenkundig nicht nur aus Bergeinsamkeit, Hüttenromantik und märchenhaften Sonnenuntergängen bestand. Das war ja nicht nur harte Arbeit, das grenzte geradezu an Folter, was man sich da so alles anhören und auch aushalten musste!

»Tja, also«, der Sepp hielt eine grüne Weinflasche vor sich in die Höhe und präsentierte sie den Anwesenden. »TL! Was meint ihr? Ist das o.k. so?«

»TL?« Die Fränkin stutzte etwas. »Was soll das denn heißen? Sind wir jetzt bei einem Autorennen, oder was?«

»Autorennen! Nicht schlecht!« Ulrich Hägele lachte dröhnend, während er seiner Freundin einen begeisterten Klaps auf den Rücken versetzte. »Was du wieder so alles im Kopf hast. Nur Autos.«

»Und vielleicht noch ein paar hübsche knackige Kerle, so wie wir!«, ergänzte Sven mit breitem Grinsen, während er eine zerknautschte Packung aus der Hosentasche zog. »Noch jemand ohne Fluppe?«, fragte er generös in die Runde und fingerte eine lange schlanke Filterzigarette hervor.

Auch so ein Schicki-Micki-Teil, dachte Horst stumm vor sich hin. Der Kerl schien wirklich nur aus Klischees und In-Artikeln zu bestehen.

»Tut mir leid, ist aber verboten!«, schüttelte der Hüttenwirt energisch seinen Kopf.

»Na, komm schon, wir sind doch schließlich unter uns!« Ohne sich weiter um den Einwand des anderen zu kümmern, steckte sich der Trendboy die Zigarette zwischen die Lippen und zückte anschließend betont lässig ein funkelndes goldenes Feuerzeug, das man – darin war sich Horst ganz sicher – auf keinen Fall an der Kasse des erstbesten Supermarkts an der Ecke würde erstehen können.

»Ich habe gesagt, es herrscht Rauchverbot hier drinnen!«, wiederholte der Hüttenwirt seinen vorherigen Hinweis, diesmal aber wesentlich lauter als zuvor.

»Jetzt sei doch nicht so spießig, ich bitte dich!« Nach wie vor unbeeindruckt von dem doppelt ausgesprochenen Verbot klappte Sven den Deckel vom Feuerzeug hoch und entzündete eine Flamme.

»Ich hab gesagt, du sollst das bleiben lassen!«, donnerte Tschofen nunmehr los, während er mit einer raschen Handbewegung die Zigarette ergriff und sie dem anderen aus den Lippen riss. »Hier wird nicht geraucht, und damit basta!« Er schloss seine Faust und zerknüllte die Zigarette wütend. »Und im Übrigen bin ich es nicht gewohnt, alles zwei- oder dreimal sagen zu müssen! Nur dass das klar ist!«, funkelte er den Raucher zornig an.

Der hob abwehrend die Hände. »Schon gut, schon gut! Jetzt komm bloß wieder runter. Man wird's ja wohl mal probieren dürfen!« Mit einer fahrigen Bewegung strich er sich durch die Haare. »Na gut, dann eben nicht. Ich muss jetzt sowieso erst mal zur Toilette, um Platz zu schaffen.«

»Auf dem Flur ist das Rauchen im Übrigen genauso verboten wie hier drinnen!«, rief der Hüttenwirt ihm nach.

Sven, der gerade die Tür geöffnet hatte, nahm seine Hand von der Klinke und streckte den Mittelfinger in die Höhe. »Ach, leck mich doch ...«

Hätte Horst in diesem Moment den Wirt nicht energisch am Ärmel gezogen, wer weiß, was passierte wäre. Er fragte sich im Verlauf des Abends noch einige Male, wie sich der Disput ansonsten wohl noch aufgeschaukelt hätte.

»Also, was ist denn nun mit diesem TL?«, meldete sich die Fragestellerin von vorher nun wieder zu Wort. »Was heißt das jetzt?«

»Trollinger-Lemberger. Solltest du doch allmählich eigentlich wissen«, knuffte Hägele seine Freundin in die Seite. »Jetzt bist du schon ein halbes Menschenleben hier im Schwäbischen und denkst beim Stichwort Wein noch immer nur an Bocksbeutel!«

»Na, so alt bin ich aber auch nicht!«, entrüstete sich Lisa. »Auf jeden Fall jünger als du!«

Horst verspürte wenig Neigung, dem flachen Disput weiter zu folgen. Genauso wenig war ihm andererseits nach einem Trollinger. »Sag mal, einen Lemberger hättest du nicht zufällig auch noch im Angebot?«, wandte er sich an Sepp, der gerade die Kunststoffkapsel vom Flaschenhals entfernt hatte.

»Lemberger?« Tschofen schüttelte bedauernd den Kopf. »Tut mir leid, aber Lemberger ist ausgegangen. Aber dafür ist er ja hier mit drin!«, deutete er auf die Flasche, während er den Verschluss aufschraubte.

»Literflasche! Schraubverschluss!«, stöhnte Horst auf und warf Claudia einen entgeisterten Blick hinüber. »Jetzt fehlt bloß noch, dass der lieblich ist!«

»Was denn sonst?«, zuckte der Wirt verständnislos mit den Schultern. »So mögen das unsere Gäste! Da hat sich noch nie einer beschwert. Im Gegenteil, wenn ich schon mal einen Trockenen aufgemacht habe, da hat's dann öfter Reklamationen gegeben. Der sei zu sauer oder so ...«

»Zu sauer!« Der Weinliebhaber raufte sich enerviert die Haare. »Wir sind doch hier aber auf der Heilbronner Hütte, oder?«

»Ja, natürlich?« Verwirrt blickte der Gefragte auf

und schien einen Augenblick lang zu grübeln, ob die mit fortschreitendem Gedächtnisschwund verbundene Krankheit Alzheimer auch schon Menschen in ihren Würgegriff zu nehmen imstande war, die mit Mitte 40 eigentlich noch in der Blüte ihres Lebens standen. »Wo sollen wir denn sonst sein?«

»Na ja! Wenn's hier schon ›Heilbronner Hütte‹ heißt. Heilbronn ist schließlich eine Weinregion. Deutsche Rotweinhauptstadt und so!«, versuchte der Kommissar sein Gegenüber langsam auf die richtige Schiene zu setzen.

»Eben drum! Und deshalb haben wir ja auch einen guten Heilbronner Trollinger im Angebot!«

»Anscheinend gibt's also wirklich Leute, die glauben, dass Trollinger ein Rotwein sei.«, rollte Horst mit den Augen.

»Was denn sonst?«, mischte sich die dröhnende Stimme des Stiernackens ins Gespräch. »Es gibt sogar Leute, die den Trollinger im Schwäbischen für eine Blutgruppe halten! So bekannt ist der!«

»Berühmt-berüchtigt eher!«

»Die Geschmäcker sind halt verschieden!«, konstatierte Claudia diplomatisch. »Also: Lemberger hast du ja keinen …«

Sepp Tschofen schüttelte wortlos den Kopf.

»Und LT?«

»LT!« Die blonde Fränkin konnte diese nichtssagenden Kürzel auf den Tod nicht ausstehen. »Was ist das jetzt schon wieder? Transporter oder was?«

»Lemberger mit Trollinger«, klärte Claudia auf.

»Und wo soll da der Unterschied sein? LT oder TL, beides Mal sind's doch dieselben Weine!«

»Ja und nein.«, grinste Horst mit salomonischem Gesichtsausdruck. Das war genau sein Thema.

»Das ist ganz einfach«, begann Claudia ihre Erklärung und versetzte ihrem Mann gleichzeitig einen Stoß mit dem Ellbogen. »Wenn es LT heißt, also Lemberger mit Trollinger, dann ist mehr Lemberger drin als Trollinger. Beim TL verhält sich's grade umgekehrt: Da ist Lemberger im Trollinger drin, aber eben weniger. Mein Horst nun, der bevorzugt, genauso wie ich auch, eigentlich LT. Also mehr Lemberger.«

»Wenn schon Trollinger unbedingt dabei sein muss«, setzte der Weinzahn mit gequälter Miene noch hinzu.

»Ja, ist das jetzt ein Weintheorie-Seminar oder was?« Hägele ergriff das vor ihm stehende Glas und streckte es zum Hüttenwirt hinüber. »Komm, schenk ein jetzt!«

»Mach ich«, langsam ließ Tschofen die hellrote Flüssigkeit aus der Flasche gurgeln. »Ist doch ein schönes Färbchen, oder?«

»Könnte glatt als Weißherbst durchgehen!«, maulte Horst unbeeindruckt.

»Ist es aber nicht! Und außerdem, die Saison ist nächste Woche zu Ende. Da kann ich mir nicht noch kistenweise Wein ins Lager stellen, wenn wir am 6. Oktober schließlich zusperren.«

In der Zwischenzeit hatte Hägele das gut gefüllte Weinglas zum Mund geführt und es mit hastigen Zügen geleert. »Ja, das tut gut!« Er stellte das Glas, begleitet von einem wohligen Rülpser, vor sich ab. »Entschuldigung, aber ich hab einen Mordsdurst! Hab ich eigentlich immer noch«, bemerkte er und schob das Glas augenzwinkernd in Richtung der Weinflasche hinüber.

»Durst!« Der Kommissar fühlte eine Gänsehaut über seinen Rücken laufen. »Wer Wein trinkt, betet, wer Wein säuft, sündigt!«

»Donnerwetter! Ein Dichter! Mitten unter uns!«, spöttelte Hägele. »Was sagst du denn dazu, Andy?«, stupste er seinen neben ihm sitzenden Kollegen, der nach wie vor missmutig neben seiner Frau Sylvia hockte und keine Lust zu haben schien, sich an dem Gespräch zu beteiligen. »Weiß nicht«, zuckte er teilnahmslos mit den Schultern, womit er sich einen vorwurfsvollen Augenaufschlag seiner Ehefrau einhandelte. Aber das berührte ihn wenig.

»Das ist von Theodor Heuss, nicht von mir.«

»Theodor wer?« Die blonde Sylvia guckte verständnislos in die Runde. »Was ist denn das für ein Kerl?«

»Herr, vergib ihnen!«, murmelte Horst leise und sandte einen hoffnungslosen Blick zur Decke. »Theodor Heuss, der erste Bundespräsident. Übrigens ein absoluter Lembergerfan. Und von dem stammt auch noch der Satz, dass das Leben zu kurz ist, um schlechten Wein zu trinken!«

»Ist aber schon längst gestorben, dieser Heuss!«, zog der Hägele sein ganz privates Fazit.

»Hat wohl zuviel von diesem Lemberger getrunken«, kicherte die ebenfalls blonde Lisa blöde.

Während sich Horst noch mit der Frage beschäftigte, ob es sich lohne, sein gesammeltes Wissen weiter in dieser Runde von Ignoranten zu vergeuden, erfüllte plötzlich ein gellender Schrei die gesamte Hütte. Ein langgezogener Schrei. Aus einer Frauenkehle! Durch Mark und Bein dringend!

Danach Totenstille!

»Was ... um Gottes willen ... was war das denn?« Schreckensbleich starrte Lisa zur Tür. »Was ...«

Weiter kam sie nicht. Ein weiterer Schrei peitschte durch die Hütte. Eine Frau! Eine Frau in Todesangst! Offensichtlich! Es musste etwas Schreckliches im Gange sein!

Horst schoss in die Höhe. Zeit zu handeln! Höchste Zeit! »Das scheint von oben zu kommen!«

»Stimmt!«, keuchte Sepp Tschofen, während er bereits zur Türe stürmte. »Das kommt aus dem zweiten Stock!« Er riss die Tür auf und stürmte auf den dunklen Flur hinaus. »Was ist denn hier los?!«, brüllte er mit donnernder Stimme in das Nichts hinein, während er mit stolpernden Schritten gefolgt von Horst die Treppe hinaufjagte. »Hallo! Was ist denn da?«

Ein neuerlicher Schrei der anscheinend hoffnungslos bedrängten Frau zerriss die Dunkelheit.

Licht flammte auf und beleuchtete eine bizarre Szenerie, die sich den beiden Rettern vor ihren Augen offenbarte ...

16

Auf dem Flur kauerte tränenüberströmt Jadranka, die kroatische Köchin. Heftig schluchzend deutete sie hinter sich. Dort stand – ja, war es denn zu fassen?! – Sven Konerth, der solariumgebräunte Rolexträger, und grinste blöde in die Weltgeschichte!

»Was ist denn hier passiert?«, donnerte Sepp Tschofen, während er gleichzeitig niederkniete und behutsam den Arm um Jadranka legte. »Ist dir etwas passiert, Jadranka? Geht es dir nicht gut? Bist du irgendwie verletzt?«, fragte er besorgt, während er die Köchin genau fixierte. »Oder hat dir der da etwas angetan?«

»Nix tun!« Jadranka schüttelte heftig den Kopf. »Nix tun, Jadranka!«

»Niemand tut dir was!«, sprach der Wirt mit beruhigender Stimme weiter. »Keiner darf dir etwas tun! Also: Es geht dir gut?«

Die Köchin nickte schluchzend. »Alles gutt! Nix verletzt, Chef!« Dicke Tränen kullerten über ihre Wangen. Gerade so, als wollten sie die eben gemachte Aussage Lügen strafen.

»Und wieso weinst du dann? Und was waren das für Schreie? Was ist denn da passiert?« Tschofen erhob sich wieder und machte einen Schritt auf Konerth zu. »Können Sie mir vielleicht sagen, worum es hier eigentlich geht?«

»Was weiß ich«, zuckte der achtlos die Schultern. »Die Heulboje scheint ja bei der geringsten Berührung gleich in Hysterie zu verfallen ...«

»Kleinste Berührung?! Was soll das heißen?«

»Was soll das heißen?! Was soll das heißen?!«, äffte der Angeber Tschofens Stimme nach. »Was weiß ich? Fragen Sie doch die da«, nickte er mit dem Kinn zu der laut aufschluchzenden Jadranka hinunter, die noch immer mit den Knien auf dem Fußboden kauerte.

»Ich frag aber dich, mein Bürscherl!«, baute sich der Wirt drohend vor dem anderen auf. »Was hast du mit ihr gemacht? Sag schon!«

»Ich? Mit der?! Gemacht?!« Konerth lachte hämisch. »Die fasse ich ja normalerweise nicht mal mit der Beißzange an.«

»He! Du elender Drecksack, du ...« Mit einem Wutschrei stürzte sich der Wirt auf den überheblich dastehenden Konerth. Wäre Horst nicht im selben Augenblick energisch dazwischen gegangen, hätte die Angelegenheit eine für den Angeber durchaus unerfreuliche Wendung bedeuten können.

»He, komm! Sepp! Lass das! Das bringt nichts!« breitete der Kommissar die Arme aus, um die beiden Männer voneinander abzuhalten. »So – und nun zu dir, mein Freund!« Er unterbrach sich kurz, um Atem zu holen. Dann nahm er Konerth streng ins Visier. »Und ab jetzt bitte Klartext! O.k.?«

»In Ordnung!«, nickte Konerth schwach. Anscheinend hatte der stürmische Angriff des wütenden Hüttenwirts durchaus seine Wirkung auf ihn erzielt.

»So, also! Du sagst mir jetzt bitte ganz genau, und zwar ohne irgendwelches Wenn und Aber, was los war. Was ist passiert hier oben, das die Jadranka dermaßen durcheinander gebracht hat?«

Die Frage hing wie ein Menetekel in dem engen Flur und für einige Augenblicke herrschte beklommene Stille.

»Was ist denn nun?«, drang da eine fragende Stimme von unten an ihre Ohren.

»Schon gut! Alles in Ordnung! Wir kommen gleich!«, gab Horst zur Antwort, während Jadranka neuerlich einen klagenden Ton verlauten ließ. »Also, los jetzt! Spuck's aus! Sonst bist du doch auch nicht auf den Mund gefallen!«, machte er eine ungeduldige Handbewegung.

»Na ja, los war eigentlich gar nichts«, begann Konerth zögernd, während er – ganz im Gegensatz zu seinem sonstigen Naturell – den Kopf fest zum Boden gesenkt hielt.

»... und uneigentlich? Was war da?« Horst ließ nun nicht mehr locker.

»Uneigentlich ...«, wieder legte der Gefragte eine Pause ein.

»Ja! Jetzt mach schon! Raus damit!«

»Ja also, ich war eigentlich nur kurz auf der Toilette«, erläuterte Sven mit verlegenem Grinsen. »Und danach, da hab ich mir gedacht, jetzt schaust du einfach mal kurz, wie's denn der Jadranka so geht. Einfach nur so ...«

»Einfach nur so ...«, echote Horst.

»Ja, einfach so!« Ein indignierter Blick streifte den Fragesteller flüchtig. »Ich hab dann an ihre Zimmertür geklopft.«

»Einfach so.«

»Einfach so! Natürlich!«, wieder glotzte der andere mürrisch. »Also, ich klopfe – und dann macht sie auf, und dann möchte ich ein bisschen nett sein.« Er breitete die Arme aus und machte einen Schritt auf Jadranka zu, die sich mittlerweile wieder erhoben hatte und leichenblass an der Wand des Flures lehnte. »Nix machen!«, wich sie vor dem Mann ängstlich zurück.

»Ist schon gut, Jadranka! Wir sind ja da und passen auf!«, beruhigte der Wirt seine Angestellte. »Den haben wir schon im Griff!«

Konerth verzog missbilligend die Mundwinkel. »Also, ich will sie nur ein bisschen in die Arme nehmen – und da schreit die gleich los, als würde sie geteert und gefedert gleichzeitig!« Er schüttelte den Kopf und setzte eine Unschuldsmiene auf. »Mehr war da nicht.«

»Noch nicht!« Horst tippte sich an die Stirn. »Sag mal, für wie blöde hältst du uns denn eigentlich? Betatscht hast du sie, befingert, begrapscht. Schäm dich! Pfui Teufel!« Angewidert wandte Horst sich ab.

»Nix gut, Teiffel!«, murmelte die Kroatin leise. Sie hob den Kopf und deutete mit tränennassen Augen auf ihre Brüste. »Da! Da gedrückt! Gesprochen: Komm, sei lieb zu mir, Jadranka!« Sie machte eine kurze Pause, während der sie sich mit einem Papiertaschentuch die Wangen abtupfte. »Ich gesagt nein! Du das lassen! Du schlechter Mensch! Hat nur gelacht!«

»Du meine Güte! So etwas nennen wir bei uns in Heilbronn schon fast versuchte Vergewaltigung! Da kannst du in den Knast einfahren, wenn du vor dem richtigen Richter stehst! Ist dir das eigentlich klar, Mann?« Horst näherte sich dem Sittenstrolch bis auf wenige Zentimeter. »Schämen würde ich mich!«, donnerte er dem Kerl entgegen. »Und jetzt entschuldigst du dich auf der Stelle bei der Jadranka! Aber richtig! Und sei froh, wenn die keine Anzeige macht!«

»Entschuldigen? Ich?!« Der Angeber lachte meckernd. »Sonst noch was! Wer glaubt denn schon so was? Ich und was mit der anfangen! Von wegen! Ich hab mich lediglich nach ihrem Wohlergehen erkundigt, wie gesagt. Mehr nicht! Wer also will mir mehr in die Schuhe schieben?« Der Mensch hatte sein Selbstbewusstsein offenbar wiedergefunden und glotzte herausfordernd in die Runde.

Aus den Augenwinkeln nahm Horst eine Bewegung wahr. Geistesgegenwärtig schaffte es der Kommissar, Sepp Tschofens Arm zu packen, gerade noch rechtzeitig, bevor dieser seine Faust in das Gesicht von Konerth gerammt hätte! »Lass das Sepp! Bringt nichts, außer Ärger!«, raunte er dem aufgebrachten Mann zu, dessen Muskeln sich nur langsam und unwillig entspannten.

»In den Bergen machen wir das immer so!«, zischte der Hüttenwirt mit gefährlich leiser Stimme. »Sei froh, dass wir uns jetzt nicht alleine gegenüber stehen! Und jetzt ab! Wehe, ich höre heute Abend noch irgendeinen Mukser von dir!«

Konerth setzte ein schiefes Grinsen auf und rollte

gelangweilt mit den Augen. »Na dann! Schönen Abend noch! Und, schlaf gut, Jadranka!«, fügte er mit maliziösem Lächeln noch hinzu. Dann wandte er sich um und schlenderte pfeifend den Flur hinunter.

»Dieser Drecksack!« Aufgebracht schnappte Tschofen nach Luft. »Na warte, Freundchen! Dich kriege ich schon noch!«

17

Kurze Zeit später betraten Horst und der Wirt wieder die Stube. Zu ihrer völligen Überraschung mussten sie feststellen, dass sich auch Konerth auf seinem alten Platz am Tisch niedergelassen hatte und bereits wieder emsig am Gespräch beteiligt war.

»Das gibt's doch nicht!« Tschofen verharrte auf der Türschwelle und stemmte die Arme in die Hüften. »Zwick mich mal! Ich glaub, ich sehe nicht richtig!«

»Leider doch«, nickte Horst. »Der hat anscheinend eine Hornhaut auf der Seele, dieser Typ! Also komm, lass dir nichts anmerken, sonst hat der gewonnen – und das gönne ich ihm nicht!«

»Ausnahmsweise!«, murrte der andere verdrießlich. »Wie gesagt, ich hätte den normalerweise schon längst am Kragen gepackt …«

»Geduld, mein Lieber! Alles zu seiner Zeit!«, raunte ihm Horst zu, während er Tschofen vor sich her in die Stube bugsierte.

»Also dann.« Er setzte sich neben Claudia, die ihn mit einem fragenden Blick bedachte. »Alles in Ordnung! Ich denke, das Wesentliche wird ja schon erzählt worden sein«, bemerkte Horst provokativ und schickte Konerth einen langen strengen Blick hinüber.

»Na dann! Lasst uns den guten Wein genießen!«, hob dieser mit frechem Grinsen das Glas in die Höhe. »Sehr zum Wohlsein!« Er nahm einen tiefen Schluck, um das Weinglas anschließend in Richtung seines zweiten Kollegen zu neigen. »Hey, Andy! Was ist los? Sitz doch nicht da wie ein Trauerkloß! Auf geht's, hoch die Tassen!« Wieder setzte er das Glas an die Lippen und leerte es in einem Zug.

»Lass mich bloß zufrieden!«, murmelte der Angesprochene mit finsterer Miene.

»Ach unser Andy! Stinkesauer! Mal wieder! Ist ihm eine Laus über die Leber gelaufen, oder hat ihn seine Sylvia noch nicht gestreichelt heute?« Die unverbesserliche Nervensäge lächelte pomadig und tätschelte mit der rechten Hand den Unterarm von Sylvia Unruh-Bonet, Andys Ehefrau. Dieser schien der aufdringliche Körperkontakt nichts auszumachen. Sie warf den Kopf in den Nacken und fuhr sich mit der anderen Hand aufreizend durch die langen blonden Haare.

»Unser Charmeur!« Auch Lisa, die Fränkin, drückte den Rücken durch und präsentierte somit ihre durchaus beachtliche Oberweite. »Und ich bin jetzt wohl abgemeldet, oder wie?«

»Zwei auf einen Streich! Das ist ja Stress pur«, kicherte Konerth. »Und beide anscheinend leicht unausgelastet von ihrer schlechteren Hälfte! Naa«, grinste er schelmisch und rutschte mit seinem Stuhl einige Zentimeter dichter an Lisa heran, während er deren Freund Ulrich Hägele mit einem tadelnd-spöttischen Blick streifte. »Naa, mein Liebling: Metz mechadd i aa!«

Lisa lachte schallend und schmiegte sich eng an den Rolexträger. »Mach du mir bloß nicht die Franken madig!«

»Was werd ich? Ausgerechnet die Franken! Wo doch mein Lieblingsspieler aus dem Fränkischen stammt!«

»Wer ist denn das«, meldete sich nun Sylvia zu Wort.

»Na, wer wohl? Der Loddar Maddäus natürlich! Nicht wahr, mein Däubchen.« grinste Konerth vergnügt in die Runde.

»Du?!« Lächelnd drohte Lisa mit dem Zeigefinger. »Nimm uns ja nicht auf die Schippe.«

»Was ist das für einer, dieser Maddäus?«, erkundigte sich ihre Freundin arglos.

Konerth klatschte sich begeistert auf die Oberschenkel und lachte dröhnend. »Maddäus! Spitze!«

»Was gibt's denn da zu lachen?« Verständnislos zuckte Lisa mit den Schultern. »Was soll denn das, Ulli?«, wandte sie sich an ihren Freund.

»Ach, nichts! Der ist eh nimmer aktuell! Genau wie unser lieber Freund und Kupferstecher, wenn er noch eine Weile so weitermacht! Klar?«, streckte der Stiernacken urplötzlich seinen Arm aus und packte den Kompagnon derb am Hemdkragen. »Capisco?«, funkelte Hägele wütend den erstaunten Casanova an.

»Schon gut, schon gut!«, winkte dieser besänftigend ab und zog seinen Kragen zurecht. »Gibt's denn noch was zu trinken?«, überspielte er die etwas unangenehme Situation mit einer raschen Frage.

»Nimmer lang, wenn das mit eurem Durst so weitergeht«, brummelte der Wirt und nahm eine große grüne Flasche vom Tresen.

»Was ist das denn?« Claudia kniff die Augen zusammen und studierte interessiert das Etikett. »Vernatsch! 1,5-Liter-Flasche!« Sie hob den Kopf und war gespannt, ob die Reaktion ihres Mannes genau so ausfallen würde, wie sie das vermutete.

Ihre Vermutung war richtig! »Vernatsch!« Horst Meyer spuckte den Begriff förmlich aus dem Mund. »Das darf ja wohl nicht wahr sein! Und das auf der Heilbronner Hütte!« Vorwurfsvoll musterte er den Hüttenwirt, der sich keines Vergehens bewusst schien.

»Ja und? Ein guter, ehrlicher Vernatsch! Wie gesagt, wir schließen nächstes Wochenende, da müssen wir schauen, dass die Vorräte abgebaut werden. Und deshalb ist der Trollinger jetzt auch zu Ende. Bleibt nur noch der Vernatsch! Hab ich übrigens selber in Südtirol geholt!«

»Allein schon der Name!«, stöhnte Horst und bedachte den Weinimporteur mit einem neuerlichen kritischen Blick. »Da hast du nicht zufällig auch noch einen Vertrag mit Bayer Leverkusen?«

»Bayer Leverkusen?« Tschofen blickte verständnislos drein. »Wieso das denn? Was hab ich denn mit Fußball zu schaffen?«

»Das ist in erster Linie eine Pharmafirma«, half ihm Claudia, die Kinderärztin, auf die Sprünge.

»Aha!« Allem Anschein nach war der Groschen aber noch nicht gefallen.

»Die stellen zum Beispiel Aspirin her!«

»Soso!«

»Ein Mittel gegen Kopfweh.«

»Ach du meine Güte! Jetzt mach aber mal einen Punkt!« Entrüstet schraubte Sepp den Verschluss von der Flasche. »Erst mal probieren – und dann meckern!«

»Genau!« Mit strahlendem Lächeln streckte Sven Konerth sein Glas in Richtung Flasche. »Einmal volltanken, bitte! Was ist mit dir, Lisa?«, nahm er auch das Glas der blonden Fränkin und schob es hinüber. »Dann wollen wir mal ein bisschen Vernatschen! Einverstanden?«

Lisa hielt die Hand vor den Mund und kicherte amüsiert. »Vernatschen! Das klingt ja ..., das klingt wie ...«

»Vernaschen! Richtig! Na denn, Prost!« Die beiden stießen mit den Gläsern an und schenkten sich einen innigen warmen Blick.

»Ja hört das denn gar nimmer auf, heute Abend. Jetzt macht der die Lisa schon wieder an!« Donnernd krachte Hägeles Faust auf die Tischplatte. Mit von Zorn gerötetem Gesicht erhob er sich. »Wenn das jetzt nicht sofort aufhört, dann garantiere ich für nichts mehr! Lisa! Du stehst jetzt sofort auf und kommst zu mir!«

»Wie bitte? Du spinnst wohl!« Entrüstet ließ die Fränkin ihr Glas sinken. »Bin ich etwa dein Eigentum oder was?«

»Komm her, sag ich!«

»Nicht in diesem Ton!«, hielt Lisa Schönleber dagegen.

»Du sollst ...« Hägele machte einen drohenden Schritt auf seine Freundin zu.

»Gemach, gemach.«, hob Konerth abwehrend die Hände. »War doch nur ein Späßle. Komm, Lisa, setz dich rüber zu deinem Uli und tröste ihn ein bisschen...«

»Aber ...«, protestierte sie, immer noch pikiert über den Tonfall ihres Lebensgefährten.

»Jetzt geh halt schon!« Nachdem Lisa jedoch keine Anstalten machte, der Aufforderung Folge zu leisten, erhob sich Konerth und deutete mit einem spöttischen Zucken seiner Mundwinkel auf den nunmehr freien Stuhl.

»So, bitte, Uli! Setz dich ruhig her zu unserer niedlichen hübschen Sekretärin. Damit um Gottes willen der Betriebsfrieden gewahrt bleibt!« Er schob sich an dem Kollegen vorbei und ließ sich lächelnd auf dessen Sitzgelegenheit nieder. »Andere Mütter haben schließlich auch noch hübsche Töchter!«

Mit offenem Mund verfolgte die Claudia Meyer, wie sich der allem Anschein nach unverbesserliche Anmacher nun wieder Sylvia Unruh annäherte, die Ehefrau seines zweiten Begleiters. Dieser schwieg nach wie vor mit mürrischer Miene in die Runde.

»So viel zum Thema Männertreu!«, kommentierte die gerade noch umschwärmte und nun von Konerth im wahrsten Sinn des Wortes sitzengelassene Lisa Svens neu erwachtes Interesse an ihrer Freundin.

Der jedoch schien sich damit nicht weiter aufhalten zu wollen und rückte – dieselbe Masche wie vorher, schoss es Claudia durch den Kopf – mit dem Stuhl näher an das nächste Objekt seiner Begierde heran.

»Du, sag mal, Sylvia, mein Zuckerpüppchen!«, flötete er zuckersüß und kuschelte sich an deren Schulter. »Sylvia. Wie schreibt man das eigentlich?«

»Wie man Sylvia schreibt?«, lächelte diese zurück. »Na, ganz einfach: Vorne mit y und hinten mit i. Bei manchen ist es aber auch umgekehrt, hab ich schon gehört.«

»Eben! Darum frag ich ja!« Der Anmacher legte den Arm um Sylvias Schulter. »Also vorne das y. Gut! Weißt du, so ist es mir lieber!«

Der irritierte Gesichtsausdruck seiner Nebensitzerin entlockte ihm ein breites Grinsen. »Überleg mal, das y läge bei dir hinten! Nicht auszudenken wäre das!« Er lachte scheppernd. »Nicht auszudenken! Eine Frau mit dem y auf der Rückseite!«

Klirrend hüpften die Gläser in die Höhe. Andreas Unruh, der bislang stumm und mürrisch am Tisch gesessen hatte, hieb mit beiden Fäusten heftig auf die Tischplatte und sprang ruckartig auf, so dass sein Stuhl polternd auf den Boden kippte. »Aber jetzt reicht es! Endgültig!« Der Angeber schaffte es reflexartig gerade noch, in Deckung zu gehen, bevor ihn ein wütender rechter Haken mitten ins Gesicht treffen konnte.

»Spinnst du denn?«, brüllte Konerth zornig. »Der hätte mich um ein Haar k.o. geschlagen! Du hast sie ja wohl nicht mehr alle!«

»Und ob!« Heftig schnaufend stand der knapp vierzigjährige, untersetzte Mann vor seinem Kollegen und funkelte ihm mordlustig ins Gesicht. »Das wäre die richtige Sprache für dich gewesen! Die einzige, die du zu verstehen scheinst! Ich sag dir's jetzt zum allerletzten

Mal: Das Maß ist voll! Endgültig! Und zwar beileibe nicht nur in Sachen Frauengeschichten! Mir langt's jetzt! Eine blöde Bemerkung noch, ob zu Sylvia oder über unsere Firma, dann ist Schluss! Ich schwöre es dir: Ein für alle Mal Schluss!« Mit langen Schritten stürmte er auf die Türe zu, die er krachend hinter sich ins Schloss warf.

»Wow!« Sven Konerth hüstelte verlegen. »Ist der aber schlecht drauf, momentan ...«

Eine Zeit lang herrschte Stille in der Stube, niemandem war danach, sich zu äußern.

Es war schließlich Horst, der den Gesprächsfaden wieder aufnahm. »Was für Geschäfte macht ihr denn eigentlich? Irgendwas mit Immobilien oder so stand, glaube ich, auf den Autos drauf?«

»Immobilien oder so!« Ulrich Hägele blies vernehmlich Luft durch die Nase. »Unsere Firma heißt Immo-Star, Hauptsitz in Neckarsulm. Ihr müsstet doch eigentlich schon etwas von uns gehört oder gelesen haben, wenn ihr aus Heilbronn kommt.«

»Nicht, dass ich wüsste«, gab Claudia zur Antwort. »Wir interessieren uns nicht so besonders für Immobilien-Dinge. Unser Reihenhaus in Sontheim haben wir schon vor ein paar Jahren gekauft und werden sicher noch fast zwei Jahrzehnte lang daran abzahlen. Eine Wohnung als Abschreibungsobjekt können oder wollen wir uns nicht leisten. Also, weshalb dann in den Immobilienteil schauen und sich den Mund wässrig machen lassen?«

»Na, na!« Tadelnd hob Hägele den Zeigefinger. »Immobilien waren und sind immer eine gute, das heißt, die beste Kapitalanlage! Schau doch bloß mal auf die Aktiengeschichte! Mehr muss ich doch wohl nicht sagen! Wie sie da alle ihr Geld in die Aktien gesteckt haben, anstatt es in Wohnungen anzulegen! Und jetzt? Alles weg! Die hätten ihre Kohle gleich – im wahrsten Sinn des Wortes – verbrennen können!«

»Aber ohne Kapital brauche ich auch keines anzulegen«, beharrte Claudia auf ihrem durchaus plausibel klingenden Standpunkt.

»Jeder hat Kapital!«, gab sich der andere nicht so schnell geschlagen.

»Wo nichts ist, da ist nichts!«

»Wo nichts ist, kann aber noch etwas werden! Ich sage nur: Steuervorteile, Wohnungsbauförderung und so weiter ...«

»Nichts für uns!«, beschrieb Claudia eine wegwerfende Handbewegung.

»Und ob!«, mischte sich nun auch Sven Konerth in das Gespräch. Länger als eine knappe Minute schaffte der es anscheinend nicht, den Mund zu halten. »Wir haben das alles mehr als einmal durchexerziert! Es geht durchaus mit null Eigenkapital! Das geht sogar gut, wenn man wie wir die geeignete und maßgeschneiderte Finanzierung anbieten kann. Das haben wir bei so manchem Objekt in Neckarsulm und dann in Hohenlohe vorgemacht. Jetzt haben wir sogar zwei Vorhaben in Österreich in Vorbereitung. Alles kein Problem: EU und so ...«

»In Österreich! Da schau her!«, brummelte der Hüttenwirt nicht sonderlich begeistert. »Jetzt kommen also die Piefkes schon hierher und nehmen unseren einheimischen Firmen die Aufträge weg!«

»Und was ist mit Ostdeutschland?«, wollte Horst wissen. »Habt ihr da etwa gar nichts laufen. Neue Bundesländer und so? Es gibt doch fast keine Firma von eurer Sorte in ganz Deutschland, die nicht mit Hurra in den neuen Bundesländern Subventionen kassiert hat!?«

»Die neuen Bundesländer!« Hägele verzog säuerlich das Gesicht, während sein Kollege ihn mit einem missbilligenden Blick bedachte, dann aber eifrig die Leistungen der Firma Immo-Star ins rechte Licht rückte. »Natürlich haben wir uns dort engagiert! Mega-Dinger, sag ich dir! Leipzig, Dresden, Halle, alles dabei. Der halbe Aufbau Ost.« Bedeutungsvoll reckte er das Kinn in die Höhe, während er geflissentlich ignorierte, dass Hägele seine Stirn in kritische Falten gelegt hatte.

»Aha!« Horst war die Veränderung im Gemütszustand des Stiernackens nicht entgangen. Mit argloser Miene bohrte er nach. »Und was sind das für Bauten in Dresden? Ich kenn mich dort nämlich ein bisschen aus ...«

Das Klingeln des Telefons unterbrach seine Frage. Sepp Tschofen erhob sich ächzend. »Da habt ihr's! Nicht mal am Abend hat man heutzutage in den Bergen seine Ruhe mehr!« Er ging zur Küchentheke hinüber und nahm den Hörer ab. »Heilbronner Hütte. Tschofen am Apparat! Guten Abend! Was kann ich für Sie tun?«

»Die Höflichkeit in Person«, nickte Claudia anerkennend. »Erlebt man selten heutzutage!«

»Frau Konerth!« Sven Konerth zuckte kurz zusammen, als er seinen Namen hörte, den der Wirt in den Hörer gesprochen hatte.

»Ob Ihr Mann da ist? Ja, natürlich!« Tschofen wandte sich um und ließ seinen Blick auf Konerth ruhen.

Dessen Gesicht hatte sich tatsächlich mit einem zarten Rosa überzogen, registrierte Claudia zu ihrer Überraschung. Da, schau her! Besaß der also doch auch noch eine sensible Seite, ganz tief drinnen, versteckt in den hintersten Winkeln seiner Seele? Und, weshalb hatten die anderen dieses belustigte Grinsen aufgesetzt? Die schienen offenbar schon etwas zu ahnen ...

»Wie? Wie viele Leute mitgekommen sind?« Der Hüttenwirt am Telefonapparat wurde von der Frage leicht aus der Bahn geworfen. »Ja, wissen Sie das denn nicht selber!?«

Angestrengt lauschte er in den Hörer hinein. »Aha, doch, ja. Verstehe! Ja! Die sind alle da. Wie? Wer noch? Wie war der Name?« Er schüttelte den Kopf. »Nein, eine Rosemarie Brender ist nicht dabei! Zumindest hat sich keine Dame dieses Namens ins Hüttenbuch eingetragen. Nein. Rotblond?« Er zwinkerte zu der am Tisch versammelten Runde hinüber und nahm den weiblichen Teil der Abendgesellschaft prüfend in Augenschein. »Nein! Rotblond ist auch keine von den Damen! Zumindest im Augenblick nicht«, kicherte der Wirt amüsiert. »Also, alle Fragen so weit beantwortet? Ja? Gut. Ihr Mann nun ... Wollen Sie ihn sprechen? Nein? Ach so ... O.k. Auch recht! Dann also, schönen Abend noch, ja danke. Auf Wiederschaun!« Sepp Tschofen legte den

Hörer wieder auf die Gabel zurück und setzte sich mit belustigtem Grinsen zu den anderen.

»Was war das denn?« Claudia musterte ihr Gegenüber irritiert.

Der Wirt gab einen tiefen Seufzer von sich. »Das kommt öfter vor, dass sich eifersüchtige Ehefrauen nach dem Verbleib ihres Gatten erkundigen.« Er verstummte und legte eine bedeutungsvolle Pause ein, um dem Inhalt des Gesagten die entsprechende Wirkung zu verschaffen. »Ist ganz harmlos, das Telefonat. Da erkundigt sich die zuhause gebliebene Dame ganz fürsorglich nach ihrem Ehemann. Ob er denn schon da sei, und wenn ja, dann wird manchmal rasch die Frage nachgeschoben, ob er denn alleine da sei.«

»... oder mit der Sekretärin!«, warf Horst mit Kennermiene dazwischen. »Arbeitsessen auf 2300 Metern oder so.«

»Blödsinn!« knurrte Konerth verstimmt und wollte am liebsten im Erdboden verschwinden.

»Hätte ich jetzt gar nicht gedacht, dass du verheiratet bist«, spöttelte Claudia. »So ganz ohne Ehering!«, warf sie einen eindeutigen Blick auf die beiden Ringfinger des Casanova.

»Hat er wohl beim Aufstieg verloren, unser Sveni!«, kicherte Lisa amüsiert. »Wäre nicht das erste Mal, oder?«

»Quatsch! Was die wohl wieder geritten hat!«

»Drehen wir den Spieß mal anders rum«, Lisa tippte sich unternehmungslustig an die Nase.

»Wie? Was soll das denn heißen?!«

»Ja, zum Beispiel, wenn deine Frau aus einem ganz

anderen Grund angerufen hat.« Die blonde Fränkin lächelte schelmisch. »Wenn sie also gar nicht wissen wollte, in welcher Damenbegleitung du heute Nacht einen Hüttenzauber veranstalten willst ...«

»Sondern?«

»Sondern ... Vielleicht will sie nur ganz sicher gehen, dass du heute Nacht wirklich weg bist und nicht nach Hause kommst, weil sie da nämlich selber ein kleines Blind Date vorhat.« Triumphierend reckte Lisa das Kinn in die Höhe. »Wäre ja wirklich mal etwas ganz Neues!«

»So ein Quatsch aber auch!« Nun war es mit der Selbstbeherrschung des Angebers völlig vorbei. Er griff zum Weinglas und schüttete dessen Inhalt in einem Zug in seine Kehle. »Auf was für Ideen die Weiber so kommen ...«

»Bloß weil es der Herr der Schöpfung nicht ertragen kann, wenn seine Frau bei ihm einmal den Spieß umdreht! Trauernde Daheimgebliebene, das darf sein, aber wenn die in Abwesenheit des Paschas einen drauf macht, dann ist gleich Land unter ...«

»Muss ich mir den Blödsinn da eigentlich anhören?« Der angesäuerte Frauenheld griff ohne eine Antwort abzuwarten zur Weinflasche und schenkte sein Glas aufs Neue randvoll ein.

»Durst ist schlimmer als Heimweh, nicht wahr?«, stimmte auch Claudia mit Unschuldsmiene in den Reigen ein.

»Also, ich kann euch sagen, da sind schon Dinger passiert, man glaubt es nicht!« Sepp Tschofen lehnte sich auf seinem Stuhl zurück und nickte langsam. »Da sind bei Nacht und Nebel, sogar bei Schnee und Eis schon hysterische Ehefrauen aufgetaucht und haben einen Tanz vollführt. Ich kann euch sagen. Wenn ich ehrlich bin, dann wundert's mich gerade, dass da noch nie ein Mord passiert ist!«

Die Aussage schwebte düster durch den nur matt erleuchteten Raum und während einiger Sekunden, in denen lediglich das regelmäßige Ticken der Wanduhr zu hören war, hing jeder der Anwesenden seinen eigenen Gedanken nach ...

18

Claudia zuckte unwillkürlich zusammen, als die Tür der Stube mit einem energischen Ruck aufgerissen wurde und Andreas Unruh mit Grabesmiene den Raum betrat. Er würdigte die Anwesenden keines Blickes und setzte sich kommentarlos auf den freien Stuhl an der Seite seiner Frau.

»Schön, dass du wieder da bist«, versuchte der Wirt die Situation etwas zu entkrampfen, und griff zur Weinflasche. »Komm, ich schenk dir etwas ein! Nanu«, überrascht hielt er die Flasche vor sich in die Höhe. »Leer! Donnerwetter! Ihr habt aber einen guten Zug im Hals! Wenn das so weitergeht, dann muss ich ja noch den Notstand ausrufen! Na gut! Damit wäre auch der letzte Vernatsch in dieser Saison vernichtet worden. Jetzt geht's also ans Eingemachte!« Er klatschte in die Hände und lehnte sich auf seinem Stuhl weit zurück. Mit ausgestreckten Armen schaffte er es, zwei weitere Weinflaschen von der Küchentheke zu nehmen. »Wer zu faul zum Aufstehen ist ...«, grinste er zufrieden und präsentierte die beiden Flaschen direkt vor Claudia und Horst. »Na, ihr zwei beiden? Ihr scheint mir ja die größten Weinzähne zu sein! Was sagt ihr dazu?« Voller Stolz deutete er auf die Etiketten: »Von der Sonne verwöhnt!

Jetzt kann sie also richtig losgehen, unsere Weinprobe. Das nämlich sind meine Besten!«

»Beim heiligen St. Kilian! Wenn das so ist, dann ist sogar Hopfen und Malz verloren!«, wischte Horst die Gänsehaut von seinem Unterarm, die sich mit enormer Geschwindigkeit darauf ausgebreitet hatte, als er das Etikett der ersten Flasche entziffert hatte. »Kaiserstühler Tuniberg! Literflasche! Lieblich!«

»Mit silberner Preismünze! Und dem Sonnenmännchen im Etikett!«, ergänzte der Wirt mit stolzgeschwellter Brust.

»Du meine Güte! Wo hast du denn die her?«

»Das sind Weine, die ich von meinen Gästen geschenkt bekommen habe. Und ein Sekt ist auch noch dabei! Das alles haben sie also extra für mich im Rucksack hier hoch geschleppt! Toll, was?«

»Wunderbar!«, streifte Claudia den begeisterten Weinbesitzer mit einem mitleidigen Blick.

»Illegale Sondermüllentsorgung in den Alpen! So würde ich das nennen!« Der Kommissar schüttelte sich unbehaglich. Dann griff er zur zweiten Flasche und unterzog auch deren Etikett einer eingehenden kritischen Prüfung. »Donnerwetter! Ein Ruländer! Von anno knipp ist der noch! Als der Ruländer noch Ruländer geheißen hat!«

»Wie soll er denn sonst heißen?«

»Der hat einen dermaßen schlechten Ruf gehabt, dass sie ihn vor ein paar Jahren umgetauft haben. Jetzt nennen sie ihn Grauburgunder, soll irgendwie edler und vornehmer klingen, oder sogar Pinot Grigio, weil der ja gerade in ist. In Wirklichkeit ist aber immer dasselbe drin: Nämlich der berühmt-berüchtigte Ruländer!«

»Aber, das ist ja …«

»Das ist erlaubt, nach dem Weingesetz ist das alles möglich.«

Claudia bemerkte, wie die Laune des stolzen Weinbesitzers auf der nach unten offenen Stimmungsskala mit Windeseile in den sprichwörtlichen Keller sauste: »Andererseits, das, was die ganzen Schicki-Micki-Typen hierzulande so gerne als Pinot Grigio kaufen und dafür unglaubliche Preise zahlen, nur weil sie mit italienischem Wein meinen, in zu sein, das hat sich mehr als einmal als der gute alte Ruländer entpuppt, den sie mit dem Tankwagen vom Kaiserstuhl über die Alpen geschaukelt, dort abgefüllt und dann als Pinot Grigio wieder an die dummen Deutschen verkauft haben. So schlecht kann der also auch wieder nicht sein, wenn ihn die ganzen Trendhansel gleich literweise konsumieren.«

»Da seht ihr's!«, strahlte der Hüttenwirt nach dieser positiven Nachricht schon wieder über alle vier Backen. »Womöglich ist mein Ruländer dann sogar noch richtig wertvoll …«

»Zumindest braucht jeder so einen Wein im Keller …«, warf Horst beiläufig in die Debatte.

»Wie? Ich denke, du magst den nicht?«

»Wenn man ihn im Keller liegen hat, dann heißt das ja noch lange nicht, dass man ihn auch selber trinken muss …«

»Sondern?«

»Schließlich kommt ja jedes Jahr wieder unaufhaltsam Weihnachten. Und da freuen sich der Briefträger und die Leute von der Müllabfuhr dann immer sehr über ein oder zwei Fläschchen«, grinste der Kommissar mit Unschuldsmiene.

»Kanaille!«, lachte der Wirt kopfschüttelnd und lauschte angestrengt nach draußen. »Da, hört ihr's auch?«

»Was denn?«, fragte die blonde Lisa, die den weinfachlichen Disput mit gelangweiltem Gähnen verfolgt hatte.

»Der Sturm! Da ist schwer was los da draußen! Richtig ungemütlich! Gut, dass wir hier drinnen sind!«

»Mörderwetter!«, flüsterte die Fränkin mit zusammengezogenen Schultern. »Wenn jetzt einer einen umbringt, das ist ja geradezu ideal! Da sind bis morgen früh dann alle Spuren verwischt! Schauderhaft! Da friert's mich ja richtig!« Sie rieb fröstelnd die Handflächen aneinander und schmiegte sich eng an ihren Lebensgefährten.

»Ideen hast du aber auch wieder!«, musterte Hägele sie kopfschüttelnd.

»Stimmt doch aber!«, brummelte sie trotzig. »Und stell dir mal vor, es würde jetzt auch noch so schneien, wie vorgestern: Da kannst du das Opfer aber lange suchen!«

»Ötzi und so!«, kicherte ihre Freundin. »So was gibt's doch sicherlich, oder Sepp?!«

»Weiß man's?« Der Hüttenwirt zuckte nachdenklich mit den Schultern. »Wenn ich recht überlege ... da gab's zum Beispiel mal so einen seltsamen Menschen hier, vor ein paar Jahren.« Er hielt kurz inne und ließ die Erinnerung aus seinem Gedächtnis aufsteigen. »Das war ein ... na ja ... wie soll ich sagen? Irgendwie schon von Beginn an ein merkwürdiger Typ. Erst war nur Mutter da ... grußlos, stumm ... der hat nur Essen bestellt, mit Krawatte gegessen, bezahlt, Krawatte ab ... ist grußlos gegangen und dann wieder verschwunden. Nie wieder gesehen! Verschwunden? Wer weiß! In ein paar tausend Jahren taucht er vielleicht wieder auf: Wie der Ötzi, wer weiß, aber ich für meinen Teil werde mich dann wohl nimmer an ihn erinnern können!«

Horst musste bei diesen Worten unwillkürlich an Michael Protnik und das Bebele denken. Er schauderte: Wo um alles in der Welt steckten die beiden bloß?! Hoffentlich nicht da draußen! Und hoffentlich war ihnen nichts zugestoßen!

19

»Apropos Mörderwetter.« Horst schreckte aus seinen düsteren Gedanken hoch, als die Stimme in sein Bewusstsein drang. »Wie? Was meint ihr? Entschuldigung! Ich hab gerade an was anderes gedacht.« Er blinzelte orientierungslos in die Runde.

»Diese Männer! Denken immer nur an das eine«, kicherte Lisa görenhaft und hielt sich die Hand vor den Mund.

Der strenge Blick aus Claudias Augen genügte. »Entschuldigung, war doch nur ein Spaß«, murmelte sie mit niedergeschlagenen Wimpern.

»So ein Quatsch!« Sepp Tschofen schüttelte enerviert den Kopf. »Wer redet denn hier ständig nur um das ewig gleiche Thema herum? Nein«, er beugte sich über den Tisch und nahm den Kommissar ins Visier. »Ich wollte nur mal von dir wissen, was du bei der Polizei denn so machst.«

Horst stutzte. »Woher weißt du denn, dass ich bei der Polizei bin?«

»Weiß ich halt! Sherlock Holmes und so«, grinste der Wirt vergnügt.

»Aha!«

»Nein, aber das ist ganz einfach! Ich hab vorher euren Eintrag im Hüttenbuch angeguckt. Ich muss mich ja schließlich darum kümmern, dass sich da jeder einträgt. Polizeiliches Melderegister und so...«

»Mmh!«, nickte Horst.

»Ja also, und da hab ich den Eintrag hinter deinem Namen entziffert. Hieroglyphen sind ja nichts dagegen, aber ich hab's geschafft. Während dem Schreiben scheinst du beschlossen zu haben, auf das Polizei zu verzichten und nur Beamter einzutragen. Du hast aber schon Pol... geschrieben gehabt und das dann durchgestrichen. Hab ich aber rekonstruieren können! Gut, oder? Eben doch Sherlock Holmes, nicht wahr?« Zufrieden über den Beweis seiner graphologisch-detektivischen Fähigkeiten lehnte sich der Wirt zurück und verschränkte die Arme. »Und du bist Ärztin«, drehte er sich zu Claudia hinüber. »War im Gegensatz zu deinem Mann ja ganz einfach zu lesen, bei deiner Handschrift!«

»Datenschutz, das scheint es ja bei euch hier oben auch noch nicht zu geben«, murrte Horst.

»Warum auch! Hier oben gibt's nur ehrliche Leute. Da hat keiner was zu verbergen!«

»Dein Wort in Gottes Gehörgang!«, sandte der Kommissar einen frommen Blick zur Decke.

»So, so! Bei der Polizei bist du also!« Interessiert mischte sich der Rolexträger in das Gespräch. »So richtig mittendrin im wahren Leben, oder wie?«, grinste er heimtückisch.

»Wie? Im wahren Leben? Was soll das heißen?«

»Beispielsweise anständige Leute am Autofahren hindern! Radarfallen kurz vor Ortsausfahrten aufbauen, mit Videokameras hinter anderen herfahren. Oder sind wir nur so ein Aufschreiber, der Steuer zahlende Bürger zur Kasse bittet, wenn sie angeblich falsch geparkt haben und gerade beim Einzelhandel in der Innenstadt ihr sauer verdientes Geld ausgeben?« Sven Konerth schien an den Fingern alle möglichen und unmöglichen Situationen abzählen zu wollen, derentwegen man als bundesdeutscher Fahrzeuglenker ungewollt Bekanntschaft mit einer in Flensburg angesiedelten Behörde machen konnte.

»Wer sich an die Regeln hält, dem kann das schnuppe sein.«

»An die Regeln!« echote der Angeber spöttisch. »Wie langweilig!«

»Sven, lass das doch!« Hägele schüttelte den Kopf. »Bloß weil sie dich jetzt zweimal hintereinander geblitzt haben und dir den Führerschein wegnehmen wollen. Dafür kann der hier doch nichts!«

»Von wegen!«

»Wärst du halt langsamer gefahren!«

»Sonst noch was!«

»Wir können die Debatte beenden: Nein, ich bin nicht bei der Verkehrspolizei!« Horst streckte unbehaglich den Rücken durch. »Und selbst wenn: Ich habe Urlaub!«

»Der deutsche Beamte! Durch und durch! Typisch! Entweder ist man Mensch oder man ist Beamter. Dazwischen scheint's ja nichts zu geben!«

»Sven! Du sollst das lassen!«

Während Hägele seinen Geschäftskollegen deutlich in die Schranken wies, schaute Andreas Unruh nachdenklich auf. »Und was bist du dann bei der Polizei? Hast du etwas mit Wirtschaftssachen zu tun?«

»Quatsch! Blödsinn! Wieso denkst du denn immer nur an so was?« Ein wütender Blick des Stiernackens streifte nun den anderen.

»Wahrscheinlich ist's doch bloß ein Aufschreiber!«, zischte Konerth giftig.

»Mordkommission!« Claudia war es zuviel geworden. Sie konnte einfach nicht mehr an sich halten.

Jetzt war es heraus! Zum Unwillen von Horst, der an diesem verlängerten Wochenende eigentlich an alles hatte denken wollen, nur nicht an seinen Beruf! Zu spät!

»Respekt! Respekt!«, nickte der Hüttenwirt und verzog anerkennend die Mundwinkel.

Die Reaktion auf der anderen Seite des Tisches fiel erwartungsgemäß etwas anders aus. »Soso! Die Mordkommission! Höchstpersönlich! Der Kommissar gibt sich die Ehre!« Mit vom Alkohol bereits deutlich gerötetem Gesicht spöttelte der Angeber munter weiter. »Musst wohl den Mord an einem Murmeltier untersuchen, oder wie?«

»Den Mord an einer Kodderschnauze!« Horst fixierte das Schandmaul sauer.

»Jetzt immer langsam!« Besänftigend hob Sepp Tschofen die Hände. »Entschuldigung! Ich hab da wirklich nichts lostreten wollen, tut mir leid! Kommt Leute, ich spendiere noch einen!« Damit griff er wieder hinter sich zur Theke und präsentierte eine kleine braune Flasche. »So! Was sagt ihr dazu? Das ist jetzt aber wirklich das Allerfeinste, was ich anbieten kann.«

»Was du geschenkt bekommen hast!«, fiel ihm die Nervensäge ins Wort.

Tschofen tat so, als habe er die Bemerkung gar nicht gehört, und stellte den Wein auf den Tisch. »Eine echte Spezialität! Da, schaut! Österreichischer Eiswein!«, deutete er stolz auf das Etikett.

»Eiswein! Kein Wunder, bei den Temperaturen!« Sylvia Unruh kicherte amüsiert. »Gletscherwein, oder wie?« Ein missbilligender Blitz aus den Augen ihres Mannes ließ sie innehalten. »Schon gut, man wird ja wohl noch ein Späßle machen dürfen!«, murmelte sie entschuldigend.

»Lass die Sylvia doch!« Hägele drehte sich kopfschüttelnd zu Unruh hinüber. »Ich hab ja selber nicht gewusst, dass in Österreich auch Wein angebaut wird. Ich hab auch gedacht, da gäb's nur Berge, Kaiserschmarrn und Skifahrer!«

»Sonst noch was!«, protestierte Tschofen lautstark. »Beim Wein, da sind wir einsame Spitze!«

»Glykol und so«, konnte es Horst nicht lassen, wieder einmal Öl mitten ins Feuer zu gießen.

»Von wegen! Das ist schon lange vorbei! Nein, nein, mein Freund!«, wedelte der Wirt mit erhobenem Zeigefinger vor Horsts Nase. »Erst neulich hab ich's in einer Zeitung gelesen, einer deutschen Zeitung übrigens: In Sachen Wein macht ihr uns nichts mehr vor! Schon lange nicht mehr! In dem Artikel haben sie einen wunderschönen Vergleich gezogen. So wie zwischen den österreichischen und den deutschen Skirennläufern, so groß seien die Unterschiede!«

Mit stolzgeschwellter Brust triumphierte der Vorarlberger in die Runde.

»Ja, freilich! Sonst noch was! Jetzt mach aber mal halblang«, lachte Claudia. »Wer weiß, was ihr dem Zeitungsschreiber für den Artikel gezahlt habt.«

»Und wer interessiert sich eigentlich schon für Skirennen!«, sprang Horst seiner Frau hilfreich zur Seite. »Kein Mensch! Außer natürlich die Österreicher selber«, schob er gleich noch die passende Antwort nach.

»Muss ich dir Recht geben!«, nickte Hägele. »Fußball, ja! Aber Skirennen ...« Er machte eine wegwerfende Handbewegung. »Gibt's denn in Österreich auch Fußballer oder nur Skifahrer?«, setzte er mit hämischem Grinsen noch einen drauf.

Der Wirt tappte ahnungslos in die Falle. Mit der flachen Hand schlug er sich entgeistert an die Stirn: »Jetzt sag du bloß, dass du die Schmach von Cordoba vergessen hast! Damals, bei der Weltmeisterschaft!«

»Weltmeisterschaft? Cordoba?« Nachdenklich kratzte sich Hägele am Hinterkopf und schien zu überlegen, während ein verräterisches Zucken um seine Mundwinkel lief.

»Ja! Natürlich! Cordoba! Die Schmach von Cordoba!« Hilfe suchend fixierte Tschofen seine Gäste, einen nach dem anderen. »Jetzt sagt bloß, ihr habt noch nie etwas davon gehört! Cordoba! Weltmeisterschaft! Österreich – Deutschland! Damals ...«

»Ne, sagt mir nix!« Er hob entschuldigend die Achseln. »Tut mir leid! Wembley 1966, ja, daran kann ich mich erinnern! Aber das war Deutschland – England, und nicht Österreich!«

Erregt hämmerte der Österreicher mit den Fingerknöcheln auf die Tischplatte. »Aber das gibt's doch nicht! Cordoba! Die Schmach von Cordoba! Und dann der Prohaska! Der Schneckerl Prohaska! Ich bitte euch!«

»Wie heißt der?«, kicherte Sylvia, während Hägele mit listigem Augenzwinkern nachschob: »Ist das ein Tscheche? Ich hab gedacht, wir reden über den österreichischen Fußball!«

»Himmel hilf!« Das ahnungslose Opfer hatte anscheinend noch immer nicht begriffen, welches hinterhältige Spiel da mit ihm getrieben wurde. »Aber, woher seid ihr? Aus dem Großraum Stuttgart?«

Die anderen nickten, während sie innerlich vor Lachen fast platzten, und warteten gespannt auf die Trumpfkarte, die Tschofen anscheinend in wenigen Augenblicken auf den Tisch legen würde. »Na also! Dann kennt ihr ja alle den VfB Stuttgart!«

»Schon möglich!«, nickte Hägele.

»Na bitte! Dann aber müsst ihr auf jeden Fall auch den Buffy Ettmayer kennen!« Restlos überzeugt von der Bedeutung seiner Argumentation blinzelte der Sepp in die Augen seines Hauptkontrahenten.

Um bereits Sekundenbruchteile später heimtückisch aus seiner Siegerlaune gerissen zu werden: »Buffy! Ist das etwas Unanständiges?«, wisperte ein zartes unschuldiges Stimmchen, während sich die dazugehörige Dame arglos über die blonden Haare strich.

»Also, das ist doch ...!« Sepp schnappte nach Luft und

ließ wieder seine Faust krachend auf die Tischplatte donnern, während langsam aber unaufhaltsam ein Verdacht in ihm zu sprießen begann. »Also, wenn ihr meint, dass ich ...« Weiter kam er nicht in seiner vorwurfsvollen Auflistung, denn im selben Moment brach ein Donnerwetter los, das so keiner erwartet hätte.

»Du Schwein, du elendiges!« Raketengleich schoss Andreas Unruh in die Höhe und stürzte sich mit hochrotem Kopf auf Sven Konerth. »Ich sehe mir das jetzt nicht mehr länger an, wie du ständig an der Sylvia herumfingerst! Du Drecksau, du verdorbene!« Der zornbebende Mann hatte die Hände um den Hals des anderen gelegt und drückte unbarmherzig zu.

Der völlig überraschte Konerth gab ein gurgelndes Geräusch von sich, während er erfolglos nach Luft rang. Er versuchte, die Arme zu heben und seinen Angreifer abzuschütteln, doch vergebens. Immer stärker drückte der außer Rand und Band geratene Unruh zu. Schweißperlen tropften von dessen Stirn. Wüste, fast unverständliche Beschimpfungen quollen aus seinem Mund. Die Gesichtsfarbe seines Opfers wechselte in ein angsterregendes Blau.

»He, lass das!« Horst war der Erste, der die Situation instinktiv richtig einschätzte. Nur noch ein paar Sekunden, dann wäre es passiert. Das, wovon sie vorhin noch so belanglos gesprochen hatten. »Lass los! Um Gottes willen! Du bringst ihn doch um!«

»Mensch, Andy!« Auch Hägele war nun aufgesprungen und versuchte gemeinsam mit dem Kommissar verzweifelt, die Hände des Rasenden von Konerths Hals zu entfernen. Doch Unruh, bei dem ganz offensichtlich sämtliche Sicherungen durchgeschmort waren, ließ nicht locker. Keuchend schüttelte er seinen immer apathischer werdenden Gegenspieler mit unnachgiebigem Würgegriff.

»Du sollst loslassen!« Hilfe suchend blickte sich Horst um und winkte den Hüttenwirt, der entgeistert die Auseinandersetzung beobachtete, mit einer energischen Kopfbewegung zu sich. »Komm, Sepp! Hilf uns! Sonst gibt's noch eine Katastrophe! Hau ihm eine gegen das Schienbein! Aber kräftig!« Sepp zögerte. »Jetzt mach schon! Hau drauf!« Doch der Mann zauderte noch immer. Da ertönte ein Schmerzensschrei. Unruhs Hände glitten vom Hals des Angegriffenen, der mit einem matten Stöhnen auf seinen Stuhl zurücksank, während der Berserker einen zweiten Schrei ausstieß. Wieder getroffen! Wieder gegen das Schienbein. Unruh krümmte sich unter Schmerzen und rieb mit beiden Händen seine von brutalen Stößen getroffenen Schienbeine.

Langsam ließ Claudia den Atem aus ihrem Mund strömen und musterte den winselnden Angreifer streng. »So, das hätten wir geschafft! Ist gar nicht so einfach, die Angriffshemmung zu überwinden und ohne Rücksicht auf Verluste loszutreten! Hätte ich nicht gedacht! Das sollte man glatt trainieren, sonst fehlen einem im Fall des Falles womöglich wertvolle Zehntelsekunden ...« Wie zur Bestätigung ihres Fazits nickte Claudia langsam.

»Claudia! Donnerwetter!« Anerkennend spitzte Horst die Lippen. Diese konsequente und kompromisslose Art der Vorwärtsverteidigung hätte er seiner Frau gar nicht zugetraut. Und dennoch war es das einzig Richtige gewesen! In diesem Fall wenigstens.

Auch Sepp Tschofen klatschte beeindruckt zweimal in die Hände. »Mein lieber Mann! Das war Weltklasse! Das hätte ich wahrscheinlich so nicht hinbekommen!«

»Allerdings!«, bestätigte Horst missbilligend, während er einen forschen Blick auf den am Boden kauernden Unruh warf. »So – und jetzt will ich aber wissen, was denn nun schon wieder passiert ist!«

Es kam keine Antwort. Weder der sich mit schmerzverzerrter Miene die Schienbeine reibende Angreifer, noch sein nach wie vor ziemlich benommenes Opfer gaben einen Kommentar von sich. »Was ist mit dir? Geht es?«, beugte sich der Kommissar forschend über Konerth, dessen Gesichtsfarbe sich ganz allmählich wieder normalisierte. Jedoch hatte der solariumgebräunte Teint durch den Angriff ordentlich gelitten.

»Ob es noch geht? Das kann ich dir erst morgen früh sagen«, murmelte der Gefragte kraftlos und grinste mit wenig Überzeugungskraft blöde vor sich hin.

»Es ist unglaublich!«, presste Unruh mühsam durch die Zähne. »Der Kerl scheint überhaupt kein Gehirn zu besitzen! Der denkt nur mit dem Schwanz!« Er hob den Kopf und starrte Horst direkt in das Gesicht. »Tut mir leid! Ich bin wohl ausgerastet!«

»Kann man so sagen!«, nickte der Kommissar.

»Entschuldigung! Aber der ist ja auch auf meine Frau losgegangen wie Blücher!« Unruh streckte den Arm aus. »Wird nicht wieder vorkommen! Ehrenwort! Komm, hilf mir mal auf die Beine!« Er ergriff Horsts Hand und zog sich ächzend in die Höhe. Dann schob er vorsichtig das linke Hosenbein hoch und begutachtete sorgenvoll sein dick angeschwollenes Schienbein. »Du liebe Güte! Das wird mich aber eine Zeitlang begleiten! Kann ich ja noch von Glück sagen, dass nichts gebrochen ist!«

Verlegen hob Claudia die Schultern. »Was hätte ich denn machen sollen? Du hättest ihn sonst ja umgebracht!«

»Schon gut, schon gut!« Unruh bedachte seinen Kollegen mit einem warnenden Blick. »Ich hoffe, du hast jetzt endlich verstanden! Ich lass mir das nicht mehr länger gefallen – und entschuldigen werde ich mich schon gar nicht! Nur dass du Bescheid weißt! Ein für alle Mal!«

»Sag mal, was soll das denn eigentlich?«, ließ sich die ärgerliche Stimme von Sylvia Unruh vernehmen. »Vielleicht werde ich auch noch mal um meine Meinung gefragt! Schließlich scheint es bei deinem ganzen peinlichen Auftritt ja wohl um mich gegangen zu sein!«

Verdattert musterte der solchermaßen Getadelte seine Ehefrau, die sich verdrießlich an die Stirn tippte. »Ich bin doch nicht dein Spielzeug! Du kannst mich doch vielleicht gnädigerweise künftig zunächst einmal fragen, was ich denn von der ganzen Sache halte!«

»Aber«, stammelte Unruh überrascht. »Der hat dich doch heftig angemacht.«

»Angemacht! Angemacht!« Die erboste Frau redete sich mehr und mehr in Rage. »Was heißt denn hier angemacht! Ich werde schon wissen, wie weit es gehen kann! Da brauche ich keinen Anstandswauwau dafür! Ob du es glaubst oder nicht: Ich bin nämlich erwachsen!«, fauchte sie. Andreas brauchte eine ganze Weile, um das gerade eben Gehörte zu verdauen. Dann hob er langsam den Kopf. »Und ich soll also daneben sitzen und zuschauen, wie der Kerl dich betatscht? Darf der das denn so einfach!« Hilflos hob er die Schultern. »Muss ich mir das denn wirklich gefallen lassen?«

»Ich! Ich! Ich!«, schleuderte Sylvia ihrem Mann entgegen. »Geht es jetzt um dich oder geht es um mich? Ich sag es dir: Ich habe es allmählich satt, deine ewigen Eifersüchteleien und deine ständigen Szenen! Soll ich mir etwa einen Schleier überziehen oder was?«

»Sylvia! Das meinst du doch nicht im Ernst!«

»Sondern?« Die Frau trat nahe an ihren Mann heran. »Du meinst wohl, ich mache Witze?«, zischte sie mit gefährlich leiser Stimme. »Da hast du dich aber getäuscht! Und zwar gewaltig! Ist eigentlich neben dran im Matratzenlager bei den Frauen noch Platz?«, wandte sie sich an den Hüttenwirt.

Überrascht kniff der die Augen zusammen. »Ja, wieso soll da denn kein Platz mehr sein? Bei den paar Gästen heute! Da ist alles leer! Klar!«

»Dann ist es ja gut! Dann übernachte ich heute Nacht im Matratzenlager! Und du kannst dir dann inzwischen überlegen, wohin deine ewige Eifersüchtelei noch führen wird!« Sylvias Entschluss stand fest. »Würdest du ausnahmsweise mitkommen, Lisa? Damit ich dort nicht so ganz allein liegen muss?«

Die Fränkin schien einen Moment lang zu zögern, musterte kurz ihren Lebensgefährten und nickte dann zustimmend. »In Ordnung. Mache ich!«

Ein bitterer Zug spielte um Andreas Unruhs Mundwinkel. Dann senkte er stumm den Kopf. Mitfühlend legte ihm Claudia eine Hand auf die Schulter und drückte sanft. »Das wird schon wieder!«, murmelte sie leise.

»Da, schau! Da könnte ich jetzt ja auch bereits ausrasten!«, deutete Sylvia grimmig zu Claudia hinüber. »Mein Mann wird von einer fremden Frau befingert!«

Die »fremde Frau« glaubte, sich verhört zu haben: »Also wirklich! Jetzt komm wieder auf den Boden zurück!«

»Lass nur!«, murmelte Unruh deprimiert. »Hör einfach nicht hin! Bringt ja eh nichts mehr!«

»Da könntest du mich heute Nacht ja glatt einmal besuchen«, flüsterte jetzt Konerth – zwar immer noch mit matter Stimme, doch bereits wieder mit dem für ihn so typischen spöttischen Grinsen. »Dann zeige ich dir mal die Selbstversorgerhütte!«

Claudia spürte deutlich, wie sich die Muskeln von Unruh spannten, und drückte fester auf dessen Schulter. Sie beugte sich zu dem Mann herunter. »Lass dich doch nicht provozieren! Du merkst doch, dass es der Kerl nur darauf anlegt!«, wisperte sie ihm warnend ins Ohr.

Unruh nickte andeutungsweise und zuckte resigniert mit der Achsel.

»Und ich liege dann allein im Matratzenlager und zähle die Schäfchen!«, protestierte die Fränkin mit gespielter Entrüstung.

»Aber nein, mein Schatz! Du darfst natürlich gerne mitkommen! Zwei auf einen Streich! Überhaupt kein Problem für einen Kerl wie mich!«

»Sveni!« Es lag ein gefährlicher Unterton in der Stimme von Ulrich Hägele, als der einen kurzen Schritt zu seinem Geschäftspartner machte und warnend den Zeigefinger hob. »Pass auf! Anscheinend kann man es dir ja nicht oft genug sagen: Sei vorsichtig! Man kann den Bogen auch überspannen!«

»Und wenn wir schon so gemütlich beieinander sind: Das Selbstversorgerhaus ist tabu!« Sepp Tschofen musterte den Frauenheld aus ernsten Augen. »Dort wird kein Halligalli veranstaltet, dass das klar ist! Hab ich mich deutlich genug ausgedrückt?«

»Schon gut, schon gut! Immer nur die Ruhe bewahren!« Konerth hob abwehrend die Hände. »Wär doch halt ganz schnuckelig gewesen, oder?«

Die beiden Frauen kicherten görenhaft, während der Hüttenwirt den Ton verschärfte. »Nochmal: Da läuft nichts, heute Nacht! Aber rein gar nichts! Verstanden?«

»Verstanden! Also«, der Angeber zwinkerte lüstern. »Nicht in der Winterhütte! Habt ihr verstanden?«

Ein neuerliches Kichern war die Antwort.

»Was zu viel ist, ist zu viel!« Andreas Unruh schoss wie von der Tarantel gestochen in die Höhe und verließ die Stube mit wütenden Schritten.

Die Nacht von Donnerstag auf Freitag versprach stürmisch zu verlaufen: Nicht nur wegen des immer stärker und unangenehmer um die Hütte pfeifenden Windes.

20

In der Tat, es war eine furchtbare Nacht, die Horst Meyer zu durchleben hatte. Und dafür war beileibe nicht nur die viel zu große Menge viel zu süßen Weines verantwortlich! Nach einer knappen Stunde, in der er sich im Halbschlaf unruhig hin und her gewälzt hatte, setzte sich der Kommissar in seinem Bett auf und blinzelte unsicher in die Dunkelheit des kleinen Doppelzimmers. Gleichmäßige ruhige Atemzüge drangen vom Fenster her an sein Ohr. Dort schlief also Claudia den Schlaf einer Gerechten! Beneidenswert. Bei seiner Frau schien die zweifelhafte Qualität des Rebensaftes also keine größeren gesundheitlichen Beeinträchtigungen hinterlassen zu haben. Ganz im Gegensatz zu dem doch eigentlich recht weinerprobten Kommissar.

Vorsichtig betastete er mit der rechten Hand die Stelle an seinem Bauch, von der diese merkwürdigen stechenden Schmerzen auszugehen schienen. Am Bauchnabel, noch etwas weiter unten, noch weiter nach rechts: Das musste die Leber sein! Eindeutig! Die Leber! Horst begann zu schwitzen. Bloß nicht! Bloß nicht die Leber! Obwohl ... er tastete etwas mehr nach links, noch ein Stückchen weiter oben ... ja! Das war die Stelle! Exakt! Also doch nicht die Leber! Gott sei Dank! Er drückte fester, was sich postwendend als Fehler herausstellen sollte, denn augenblicklich breitete sich ein säuerlicher Geschmack in seiner Speiseröhre aus, während der Pflasterstein in seinem Magen zu rotieren begann. Immer stärker wurde das Rotieren, während die dadurch freiwerdenden Zentrifugalkräfte den Stein allmählich nach oben zu bugsieren schienen. Nach oben! Jetzt! Endlich! Der Druck im Magen ließ schlagartig nach, als der Stein die Fesseln der Schwerkraft überwunden hatte und nunmehr unaufhaltsam ans (momentan nicht existente) Tageslicht drängte. Ans Tageslicht? Im letzten Bruchteil der entscheidenden Sekunde schaffte es der gequälte Bergtourist, entschlossen die Zähne zusammenzubeißen und den Stein mit schier übermenschlicher Anstrengung wieder durch die Speiseröhre hinunterzuschlucken. Kaum war dieser in den gerade erst von seiner Zentnerlast befreiten Magen zurückgeplumpst, begann das Spiel von vorne. Die Magenwände drückten nach unten, zogen sich zusammen, entspannten sich wieder, zogen sich erneut zusammen, womit sie den Wackerstein in neuerliche, erst ganz gemächliche, sich dann aber heftig steigernde Rotation versetzten. Und wieder konnte es nicht mehr allzu lange dauern, bis das Gewicht in Horsts Magen die nüchterne physikalische Theorie von Zentrifugalkraft und Zentripedalkraft im praktischen Selbstversuch in beeindruckender Art und Weise bestätigen würde. Die Schwerkraft! Der nachlassende Druck im Magen! Der Stein! Der ... Wie von einer Tarantel gestochen sprang der Kommissar aus dem Bett und hielt sich die linke Hand vor den Mund, während er mit seiner rechten hektisch die Türklinke suchte. Er riss die Tür auf und stürmte in den Flur. Wo war denn heute Abend die Toilette gewesen? Links oder rechts? Der Stein schien mittlerweile bestens für das Experiment vorbereitet, der Druck im Magen ließ nämlich bereits deutlich nach. Um Himmels willen! Wohin jetzt? Nach links vorne! Die Rotation hatte nun ihr Maximum erreicht, die Schwerkraft war besiegt, ein merkwürdig mumpfelndes Geräusch drang trotz der fest zusammengepressten Lippen aus Horsts Mund hinaus in die Stille dieser Bergnacht. Da! Brutal hämmerte er auf die Klinke und warf sich mit dem Oberkörper an die Toilettentüre, die durch den brutalen Aufprall krachend gegen die Wand donnerte. Gleißendes Neonlicht stach in seine Augen und nahm ihm die Sicht, während der spitze Angstschrei einer zu Tode erschrockenen Frau den Raum erfüllte. Ohne sich in diesem Moment um den Todesschrei kümmern zu können, stürzte der von dunkler Panik erfüllte Kommissar auf die Kabine zu, die schemenhaft vor ihm auftauchte. Blitzschnell beugte er sich nach vorne. Maßarbeit! Kaum hatte er die Lippen leicht geöffnet, da brach eine Tausendstelsekunde später auch schon der Pflasterstein (oder vielmehr das, was er dafür gehalten hatte) durch seine Zahnreihen, suchte sich ein neues Gravitationsfeld in der Toilettenschüssel. Absolut perfektes Timing! Zirkusreif! Man könnte glatt in der Manege damit auftreten, schossen die absurdesten Gedanken durch den Kopf des Gepeinigten. Immerhin hatte der Druck in seinen Eingeweiden schlagartig nachgelassen, wenngleich sich nun ein elendes Gefühl durch seine Gehirnwindungen bohrte. Von dem grausamen Geschmack im Mund ganz zu schweigen!

»Was soll das denn werden?«, drang da eine völlig verständnislos klingende ärgerliche Männerstimme an sein Ohr. Irgendwo hatte er die Stimme schon einmal gehört, aber wo? Und wann? Ein stechender Schmerz schoss durch den Kopf des Kommissars, als die Erinnerung sich brutal ihren Weg durch den Müll der Erinnerung bohrte. Stöhnend richtete er sich auf und wandte sich langsam um. Was er da sah, ließ ihn – nicht zum ersten Mal in seinem Erdendasein übrigens – einen Herzschlag lang an seiner Wahrnehmungsfähigkeit zweifeln. Er fuhr sich mit der Hand an die Nasenwurzel und kniff die Augen zusammen. Doch auch anschließend blieb das Bild exakt dasselbe. Verwundert schüttelte er – nein, hätte er gerne den Kopf geschüttelt, wenn sich der bohrende Schmerz in der Großhirnrinde nicht augenblicklich gesteigert hätte und, merkwürdig, anscheinend schon wieder ein kleiner Stein auf die Magenwand drückten würde.

»Und was macht ihr da?«, fragte er mit rauer Stimme. Komisch, irgendwie schien der Pflasterstein von vorhin ziemlich hart an seinen Mandeln vorbeigeschrammt zu sein! Na ja, auf diese Art und Weise war ihm von nun an also auch der exakte Sitz dieser Körperteile bekannt geworden.

»Was wir hier tun?!« Der braungebrannte mittelalte Mann mit der immer noch heruntergelassenen Hose schüttelte indigniert den Kopf und bedachte Horst mit einem mürrischen Blick, während er die blasse Frau vor

Horsts zwar getrübten, aber dennoch neugierigen Augen hinter seinem Rücken zu verstecken suchte.

»Lisa!«, Horst rieb sich vorsichtshalber ein zweites Mal die Augen. Doch wieder blieb das Bild dasselbe, und was er sah, war durchaus genauso erstaunlich wie pikant: Mit fahrigen Bewegungen hatte sich die blonde Fränkin ihre Bluse übergezogen und begann diese zitternd zuzuknöpfen, während sie den Kopf starr auf den Boden gerichtet hatte. »Was ist denn hier passiert?« Die Erinnerung an die letzten Stunden am Tisch der Hütte ließ Horst trotz seines jämmerlichen Allgemeinzustandes den Rücken kerzengerade durchdrücken. »Hat er dich belästigt? Hat der dich etwa überfallen?«, machte er einen drohenden Schritt auf den Angeber zu.

»Überfallen? Ich? Dass ich nicht lache!«, protestierte Sven energisch und auch Lisa Schönleber schüttelte apathisch den Kopf.

»Und wieso stehst du dann mit heruntergelassener Hose vor einer halb ausgezogenen Frau?« Horst hatte immer noch keine Ahnung, was dieses bizarre Schauspiel im Vorraum der Toilette zu bedeuten hatte.

Blitzschnell ging der andere in die Knie und griff nach seinem Hosenbund. »So, erledigt!«, zog er anschließend den Reißverschluss seiner Hose hoch. »Und jetzt aber zu dir, mein Freund! Was sollte denn dieser Überfall? Hast du uns hinterhergeschnüffelt, oder was?«

»Hinterhergeschnüffelt!« Wären er und seine Magennerven momentan doch nur in besserem Einklang miteinander gestanden, dann hätte Horst schon die richtige Antwort parat gehabt. Aber so ... Und der Stein in seinem Inneren schien zu allem Überfluss auch noch zu wachsen! Merkwürdig: Lebende Steine? Ein Naturphänomen! Nur mit Mühe schaffte er es, sich zu erklären. »Mir war schlecht! Ganz einfach übel! Spucken müssen hab ich, wenn ihr es ganz genau wissen wollt!« Schon wieder begannen sich erste zaghafte Rotationsgefühle in Höhe seines Bauchnabels auszubreiten.

»Auf der Damentoilette! Wie originell!« Lisa hatte mittlerweile wieder für den korrekten Sitz ihrer Oberbekleidung gesorgt und sich offensichtlich vom ersten Schock des Überfalls erholt. Sie hatte die Hände in die Hüften gestemmt und musterte den nächtlichen Besucher missbilligend.

»Wieso Damentoilette?« Verständnislos glotzte Horst zu den beiden hinüber.

»Wieso Damentoilette?!«, äffte Lisa den Fragesteller nach. »Weil das hier eben die Damentoilette ist, basta!«

»Damentoilette ...« Auch das noch! Die Rotationsbewegungen des Felsbrockens gewannen an Intensität. »Hab ich nicht bemerkt! Tut mir Leid! Es hat pressiert und da bin ich ...«

»Es hat pressiert!«, lachte Konerth hämisch. »Rückwärts gevespert hat der Arme! Tja, wenn man nichts vertragen kann, dann sollte man das Trinken halt auch bleiben lassen, nicht wahr, meine Schöne?« wandte er sich mit überlegenem Grinsen – und wieder ganz der alte Angeber – an sein Techtelmechtel.

»Nichts vertragen! Was weiß ich«, knurrte der Kommissar verlegen, während er immer stärker damit beschäftigt war, den neuerlichen Kampf zwischen Zentrifugalkraft und Schwerkraft in seinem Inneren zu bestehen. »... bei dem Gesöff, das der uns aufgetischt hat!« Ein Stechen unterhalb der Lunge signalisierte ihm, dass es angebracht war, möglichst nicht einmal darüber zu sprechen. Allein die Erinnerung an den vorigen Abend war schon zu viel.

»Ich kotze nie!«, reckte Konerth stolz sein Kinn in die Höhe. »Alte schwäbische Tugend! Was man hat, das hat man! Da wird nicht mehr rückwärts gevespert!«

»Was?« Lisa hatte nicht verstanden.

»Rückwärts gevespert!«, wiederholte Konerth langsam und grinste gemein zu dem Häuflein Elend hinüber, das sich mit Leidensmiene ganz allmählich zusammenzukrümmen begann und auf dessen Stirn dicke Schweißtropfen hervorbrachen.

»Moment!« Horst schob die beiden mit einer brutalen Bewegung blitzschnell aus seiner Bahn und stürzte durch die Tür, die ihm bereits von seinem ersten Besuch bekannt war. Erstaunlich, wie schnell der Druck im Magen nachließ, wenn man dem Stein seinen Drang nach oben nicht mehr verwehrte! Apropos: Welcher Stein? Der schien sich innerhalb von Millisekunden atomisiert zu haben. Stöhnend richtete sich Horst auf und drückte die Taste der Wasserspülung. »Für nichts und wieder nichts!«, murmelte er erschöpft und wischte sich mit dem Unterarm über die schweißnasse Stirn.

»Tja, die Magennerven!«, konstatierte Konerth zynisch, während sich Lisa angeekelt abwandte.

»Lisa!« Eine laute Stimme drang plötzlich durch den Flur. »Lisa! Wo bist du denn?«

»Um Gottes willen!« Schreckensbleich hob die Fränkin die Hände vor das Gesicht. »Das ist der Uli! Was machen wir jetzt bloß?«

Auch Konerth glotzte panisch um sich. »Scheiße! Was will der denn?!«

»Der sucht mich! Um Gottes willen!«

»Lisa! Wo zum Teufel steckt die denn?« Langsam schien sich die Stimme von Ulrich Hägele der Damentoilette zu nähern.

»Sven! Hilf mir doch!« Panik verzerrte die Miene der blonden Schönheit. »Der bringt mich um, wenn er uns hier zusammen findet! Und dich gleich mit!«

»So schnell stirbt keiner!«, zischte Konerth und sah sich hektisch um. Sein Blick blieb auf Horst haften. »Also komm, die Polizei, dein Freund und Helfer. Jetzt kannst du mal beweisen, was hinter diesem Spruch steckt! Komm, geh raus und lauf dem entgegen, dann ist er zunächst schon einmal abgelenkt!«

»Aber ...« Horst fühlte sich zu schwach, um richtig zu protestieren, während er von Konerth bereits zur Tür der Damentoilette hinaus auf den Flur geschoben wurde.

»Lisa!« Die Stimme wurde lauter – und ärgerlicher. »Jetzt komm endlich! Ich finde dich! Verlass dich drauf!« Im selben Moment bog Hägele um die Ecke und prallte mit dem erschöpft an der Flurwand lehnenden Horst Meyer zusammen.

»He! Was soll das denn werden? Du?!« Überrascht und verwirrt runzelte der Stiernacken die Stirn. »Was treibst du denn da?«

»Nichts! Was soll ich hier schon treiben?«, entgegnete der Gefragte mit matter Stimme.

»Na hör mal! Du lungerst hier auf dem Gang herum, neben dem Damenklo! Da wird man wohl mal fragen können!«

»Mir war schlecht! Das ist alles«, winkte Horst müde ab. An einer längeren Auseinandersetzung – weder verbal noch körperlich – war ihm auf gar keinen Fall gelegen.

»Aha! Und wenn es einem übel ist, dann lehnt man sich an die Wand vom Damenklo«, schnaubte Hägele ärgerlich. »Ihr scheint mich alle irgendwie für blöd zu halten, oder was!« Er packte den Kommissar an der Schulter. »Jetzt sag schon: Wo ist sie?«

»Wer denn?«

»Wer wohl? Lisa!« Mit dem Kopf deutete er auf die Tür hinter Horst. »Ist sie da drin?«

»Weiß ich doch nicht!«, murmelte dieser kraftlos. »Schüttel bitte nicht so und lass mich jetzt los, sonst garantiere ich dir für gar nichts! Die Sauerei kannst dann aber du aufwischen!«

»Sonst noch was! Anscheinend glauben alle ... aha! Wen haben wir denn da?« Hägele nahm die Hand von Horsts Schulter und stierte zornig zur Toilette hinüber. Mit leichenblasser Miene hatte Lisa die Tür geöffnet und war in den Flur getreten. »Wo kommst du denn her!?«, donnerte der Stiernacken seiner Lebensgefährtin entgegen.

»Wo ich herkomme?« Die ängstliche Frau wandte sich um und zeigte auf das Zeichen an der Türe. »Hier!

Da steht's doch: Ich war auf der Toilette.« Allmählich kehrte ihre Selbstsicherheit zurück. »Ist ja wohl nicht verboten, oder?«

»Nachts um ein Uhr!«, deutete Hägele wütend auf seine Armbanduhr. »Und dann noch voll angezogen!«

»Ja soll ich etwa nackt hier herumspringen, oder was?!« Die Fränkin hatte nun wieder festen Boden unter ihren Füßen und schritt zum Gegenangriff. »Was soll das ganze Theater denn eigentlich? Wieso bist du denn nicht im Bett und schläfst ruhig und friedlich, anstatt hier herumzurennen und die ganze Hütte zusammenzuschreien?«

»Ja, jetzt schlägt's aber dreizehn!«, schüttelte Hägele den Kopf, der sich unversehens in eine Verteidigungsrolle gedrängt sah. »Jetzt bin's am Ende womöglich noch ich, oder wie?!« Entgeistert tippte er sich an die Stirn. »Ja spinn ich jetzt?!«

»Scheint so!«, schleuderte ihm seine Freundin heftig entgegen. »Mach, was du willst! Von mir aus kannst du die ganze Nacht weiter hier stehen und herumproleten! Ich für meinen Teil bin müde und werde jetzt ins Bett gehen!« Sie schob den sprachlosen Hägele zur Seite und stapfte mit wütenden Schritten davon.

»He, halt mal! So einfach geht das nicht!« Verwirrt glotzte der seiner Lebensgefährtin hinterher, dann zu Horst, auf die Toilettentür, wieder auf Horst. »Und da ist keiner drin, sonst?«

»Wer soll denn da drin sein! Das Männerklo ist doch auf der anderen Seite, oder?«, zuckte Horst kraftlos mit den Achseln. »Also mir langt's jetzt auch. Ich geh wieder ins Bett und hoffe, dass ich endlich schlafen kann!« Müde schlurfte der Kommissar den Flur zurück zu seinem Zimmer, ohne sich weiter um den anderen zu kümmern.

»Aber he! Aber hallo! So geht das nicht!« Hägele schien von der Entwicklung der Dinge völlig überrollt worden zu sein. »Lisa! Jetzt bleib doch mal stehen, Lisa! Verdammt noch mal! Du sollst auf mich warten!« Jetzt endlich hatte er einen Entschluss gefasst und rannte seiner Freundin fluchend hinterher. »Lisa! Warte!«

»Gott sei Dank!« Horst atmete erleichtert auf, als er ohne weiteren Zwischenfall seine Zimmertür erreichte. Die Situation hatte sich also insoweit entspannt, als Hägele das nächtliche Tête-à-Tête zwischen Konerth und Lisa Schönleber verborgen geblieben war. Zumindest hatte er es nicht geschafft, die beiden in flagranti zu erwischen. Und das dank seiner – Horsts – Hilfe! Schade, eine gehörige Tracht Prügel hätte er dem Angeber ja nur allzu gerne gegönnt. Doch andererseits, wer weiß, welche Verwicklungen das womöglich noch nach sich gezogen hätte ...

Er legte sich ins Bett und zog die Bettdecke bis zum Hals nach oben. Hoffentlich würde er nun den Rest der Nacht wenigstens ruhig verbringen und die Magennerven einigermaßen in Schach halten können.

»Du sollst zu mir kommen!«, dröhnte eine männliche Stimme durch das Haus.

»Von wegen! Ich bleibe bei Sylvia im Matratzenlager!« Die Stimmlage der Frau hatte einen gefährlichen Ton angenommen. »Und wage ja nicht, zu uns hereinzukommen! Sonst hole ich die Polizei!«

Mit lautem Krachen fiel eine Tür ins Schloss, während Hägele seiner (Ex-?)freundin eine wütende Verwünschung hinterherschickte. Dann war es still. Totenstill! Es schien tatsächlich Ruhe einzukehren in der Heilbronner Hütte. Endlich! Aber auch irgendwie gespenstisch ... Und der Wind draußen? Nein, der hatte sich noch immer nicht gelegt! Fröstelnd kuschelte sich Horst bis zu den Augen unter die Bettdecke.

21

Es wurde eine furchtbare Nacht. Kurz nach dem nächtlichen Zwischenfall war Horst in einen unruhigen Dämmerzustand verfallen. Von Schlaf im eigentlichen Sinn konnte jedenfalls keine Rede sein. Da war dieses nach wie vor vorhandene unangenehm flaue Gefühl im Magen, das sich jederzeit zu einem neuerlichen Übelkeitsanfall entwickeln konnte. Dann dieser immer stärker aufkommende pochende Kopfschmerz und – zu allem Überfluss – das Bett. Das viel zu kleine Bett. 1 Meter 90! Aber höchstens! Und wie sollte darin jemand seine Ruhe finden, der nun einmal die stattliche und im Moment höchst unangebrachte Körpergröße von 1 Meter und 95 Zentimeter aufwies? Da waren ganz offenkundig wieder Zwerge am Werk gewesen, die ihre größer gewachsenen Zeitgenossen mitleidslos in diese viel zu kleinen Zigarrenschachteln hineinzwängten! Immer wieder dasselbe Problem! Da waren permanent die Klagen der Kleinen zu vernehmen, welche gravierenden Nachteile es so mit sich brächte, nicht mit einem gewissen Gardemaß in der Weltgeschichte herumspringen zu können. Dass man sich aber als groß gewachsener Mensch im Gegenzug dafür ständig den Kopf anstieß oder oft genug in viel zu kleinen Fahrzeugen steckte, wie in einem

Schraubstock, das wollte offenbar niemand hören! Leider! Null Verständnis für die Sorgen und Nöte dieses Teils der Menschheit. Eine Bettgröße von zwei Metern, das wäre doch das Mindeste, was man erwarten dürfte! Es war eng, so furchtbar eng hier! Trotz seiner schmerzenden Glieder fielen Horsts Augen zu, und kurz danach war der müde Bergtourist bereits in den Bann merkwürdiger Bilder gefallen, die sich in seinem Gehirn ausbreiteten. Immer mehr. Immer schneller. Traumbilder. Schreie. Angst! Gefahr! Ein Albtraum!

Schweißgebadet fuhr der Kommissar in die Höhe. Ein Schrei! Er hatte ihn ganz genau gehört, diesen von panischer Todesangst zeugenden Schrei, der sich in der Ferne verlor und dennoch wie ein Echo in seinem Kopf verharrte. Immer leiser, immer weniger, aber immer noch vorhanden. Beunruhigend vorhanden!

»Was für eine Nacht!«, murmelte Horst und massierte sich erschöpft die Stirn.

»Was ist denn, Horst? Kannst du nicht schlafen?«, drang vom anderen Bett her eine müde Stimme an sein Ohr.

»Nein, nein! Schon gut, Claudia!«, flüsterte er besänftigend. »Bin nur kurz aufgewacht. Schlaf ruhig weiter!«

»Mmmh!« Begleitet von einem wohligen Seufzer ließ sich Claudia wieder in Morpheus` Arme gleiten. Bis auf gleichmäßige, ruhige Atemzüge war im Zimmer nichts mehr zu hören.

»Hast du es gut!« Horst setzte sich auf und sortierte seine Gedanken, die in wildem Tohuwabohu durch sein

Gehirn jagten. Was hatte er da gerade eben geträumt? Michael Protnik und Uschi Abele beim Aufstieg zur Heilbronner Hütte. Trotz der Warnung durch den Gastwirt am Zeinisjoch waren sie losgegangen. Und so war es gekommen, wie es hatte kommen müssen: Die beiden gerieten in einen Schneesturm und verloren die Orientierung. Hilflos steckten sie fest. Im dichten Schneetreiben, weitab von jedem Weg. Im hochalpinen Gelände! Jeder Schritt wurde zur Qual! Bis zum Knie versank man in dem weichen, pappigen Schnee. Hilfe? Hilfe nicht in Sicht! Weit und breit, wohin man auch blickte, nur eine undurchdringliche, weiße Wand! Das Handy? Kein Empfang hier oben in der unwirtlichen einsamen Bergwelt! »Ich kann nicht mehr!« keuchte Uschi erschöpft. »Ich habe keine Kraft mehr!«

»Du darfst nicht aufgeben! Wir müssen weiter! Auf, Uschi! Komm! Du darfst hier nicht alleine sitzenbleiben! Das ist tödlich! Wir müssen uns bewegen! Komm! Gib mir deine Hand!« Michael Protnik, selbst bereits am Ende seiner Kraft, streckte den Arm aus. »Komm her! Greif zu! Ich ziehe dich!«

Doch Uschi schüttelte heftig den Kopf, während dicke Tränen über ihre Wangen rollten. »Ich kann nicht mehr! Michael! Geh du alleine weiter! Hol Hilfe, Michael! Schnell! Beeile dich!«

Von Panik getrieben stapfte Protnik weiter. Mühsam. Schritt für Schritt. Er durfte jetzt nicht aufgeben, er durfte es nicht zulassen, er musste weiter, auch wenn die Kraft in ihm zusammenschmolz. Wieder ein Schritt. Und noch einer! Mühsam zog er sein rechtes Bein aus dem feuchten Schnee und setzte es – eine schier unmenschliche Anstrengung – einige Zentimeter weiter vorne wieder auf die einheitliche, weiße Decke, die sich wie ein Leichentuch über die Landschaft gebreitet hatte. Der Schnee unter seinem Fuß gab nach, er fand keinen Halt auf dem Boden. Der Mann versuchte noch geistesgegenwärtig, sich auf den Rücken zu werfen, doch es war zu spät. Die gesamte Fläche unmittelbar vor seinen entsetzten Augen brach in Sekundenschnelle in sich zusammen, es gab kein Entrinnen. Mit dem Gesicht nach vorne stürzte Michael Protnik in die Gletscherspalte. Ein dumpfer, erstickter Schrei, danach herrschte Stille. Unheimliche, gespenstische Stille. Der nachrutschende Schnee hatte den Verunglückten unter sich begraben ...

Wieder fuhr sich Horst über die Stirn, als könne er so die trüben Gedanken aus seinem Kopf verscheuchen. Gedanken, die sich seit gestern Abend einfach nicht mehr verscheuchen ließen. Denn Tatsache war ja: Michael Protnik und die Uschi waren nicht auf der Hütte angekommen. So, wie es eigentlich ja ausgemacht gewesen war. Ob verschollen oder nicht, auf alle Fälle waren sie nicht angekommen! Grund genug, sich Sorgen zu machen! Schließlich – welche Binsenweisheit! – waren die Berge eben die Berge und nicht irgendeine x-beliebige Trampelstrecke für unerfahrene Flachlandtiroler! Aber der Albtraum hatte noch kein Ende. Das Schlimmste kam erst noch! Im Frühsommer hatte ein Hirte die von wilden Tieren übel zugerichtete Leiche der Uschi Abele entdeckt, die weitab vom Weg elend erfroren war. Ihr Begleiter hingegen blieb verschwunden. Spurlos verschwunden. Vermisst in den Montafoner Alpen! Erst Jahre später fanden sie Michael Protnik dann doch noch. Als in Eis und Schnee gefriergetrocknete Gletschermumie. Schrecklich! Als eine Art Vorarlberger Ötzi sozusagen ... Grauenhaft!

Unwillig schüttelte Horst den Kopf. Was für ein Blödsinn aber auch! In welche Gletscherspalte, bitteschön, sollte der Sputnik denn gefallen sein, wo es rund um die Heilbronner Hütte doch weit und breit gar keine Gletscher gab? Ein Albtraum war es gewesen, der ihn fest in seinen Würgegriff genommen hatte. Ein blöder Traum! Nichts weiter! Hoffentlich! Nein, jetzt nicht schon wieder von vorne! Es gab keine Gletscher hier oben und deshalb auch keine Gletscherspalte, in die man fallen konnte! Aus! Ende der Diskussion! Aber der Schrei ...

Während sich Horsts Magen unerklärlicherweise schon wieder zusammenzukrampfen begann, überlegte er angestrengt. Was war das für ein Schrei, den er da vorhin im Traum gehört hatte? Der Schrei, den in diesem Albtraum Protnik ausgestoßen hatte, als er in die angebliche Gletscherspalte gestürzt war! Hatte es diesen Schrei nun überhaupt gegeben, oder war er Teil seiner bescheuerten, völlig durchgeknallten Fantastereien gewesen? Wahrscheinlich! Aber andererseits ... Der Kommissar versuchte sich zu konzentrieren. Ein Schrei! Ganz deutlich zu hören! Ganz plastisch ... aber irgendetwas stimmte nicht mit diesem Schrei. Aber was? Irgendwas war falsch in seiner Erinnerung ...

»Ja, logisch!« Er schlug sich mit der flachen Hand gegen die Stirn, eine unbedachte Handlung, die er sofort und heftig bereute, weil die dumpfen Schmerzen in seinem Kopf nun zu explodieren schienen. Und dennoch ...

»Ist was?«, meldete sich Claudia besorgt und schläfrig zu Wort.

»Nein, nein. Schon gut! Schlaf ruhig weiter!« Ja, das war es. Der Schrei! Dieser konnte allein schon deshalb gar nicht zum Traum gehört haben, weil es sich um den Schrei aus einer Frauenkehle gehandelt hatte! Nicht um einen männlichen Schrei! Aber, dann passte er ja wirklich nicht zum Traum und dem darin verunglückten Protnik ...

Und – wenn das so war, dann musste jemand anders geschrien haben. Im Traum? Oder im wirklichen Leben? Du meine Güte! Was war das für ein wirres Durcheinander, das von ihm Besitz ergriffen hatte und ihn nicht mehr aus seinem Würgegriff zu entlassen gedachte!

Der Schrei! Die Frau!

Realität oder Traumbild?

Und wenn Realität: Welche Frau?

Lisa? Schon wieder Lisa!

Hägele, der eifersüchtige Lebensgefährte als Auslöser?

Würgegriff?

Apropos ... Wie eine Rakete fuhr Horst in die Höhe und hastete barfuß aus dem Zimmer. Nach links oder nach rechts jetzt? Oh Gott, der Pflasterstein! Schneller, Beeilung! Da vorne! Vorsicht! Hoffentlich stand da nicht schon wieder jemand! Achtung! Jetzt ...

»Erreicht den Hof mit Müh und Not ...«, murmelte der Kommissar wenig später mit kraftloser Stimme, während er langsam die Distanz zwischen Toiletten-schüssel und Oberkörper vergrößerte. Eine bizarre Situation, fürwahr! Wie man in einem solchen Moment auf den »Erlkönig« verfallen konnte! Er musste verrückt sein! Höhenkoller oder so!

22

Der nächste Morgen fing nicht viel besser an, als der dritte nächtliche Sprint zur (welchem Geschlecht auch immer zuzuordnenden) Toilette geendet hatte. Das erste Silbergrau eines zögernd beginnenden neuen Tages hatte draußen die Dunkelheit der Nacht behutsam gelüftet, als Horst endlich in den lang ersehnten Schlaf fiel. Tatsächlich hatte es bis dahin Stunden gedauert, weil zornige Stimmen die Nachtruhe störten, die mit großer Wahrscheinlichkeit vom Matratzenlager durch das Haus drangen. Hatte es sich wirklich um ein merkwürdig quietschendes Geräusch gehandelt, das der Auseinandersetzung vorangegangen war, oder war das nur das Produkt seiner allmählich am Wahnsinn vorbeischrammenden Fantasie? Quietschende Matratzen, wütende Schreie eines eifersüchtigen Mannes. Des Lebensgefährten oder des Ehemannes? Das Kreischen der Frau! Welcher Frau? Der Ehefrau oder der Lebensgefährtin? Oder das Zetern von Jadranka, der kroatischen Köchin: »Nix gut, Teiffel!« Du meine Güte aber auch: Lautstark war sie auf jeden Fall verlaufen, diese Auseinandersetzung, bis dann plötzlich, urplötzlich, Ruhe eingekehrt war. Fast schon gespenstische, beklemmende Stille durchdrang mit einemmal die Hütte. Stille, die eine wahre Kettenreaktion von Gedanken in Horsts gemartertem Gehirn hervorrief. Sinnlose, bizarre Gedanken ohne Verknüpfung, ohne Logik, ohne jede Basis! Lisa und der Angeber plötzlich zusammen! Oder: Sylvia, die Ehefrau des mürrischen Andy, plötzlich auf dem Schoß von Ulrich, dem Stiernacken hockend? Wo doch dieser erst gerade noch in einem Anflug von rasender Eifersucht dem Rolex tragenden Sven hatte an die Kehle springen wollen! Oder, waren sie nun zusammen, Sylvia und Sven? Hatte die etwa Svens Einladung in das Selbstversorgerhaus angenommen? Tausend Gedanken, einer bizarrer und unlogischer als der andere. Aber Logik! Was hatte der durcheinandergeratene Hormonhaushalt von einigen in die Jahre gekommenen Immobilien-Yuppies schon mit Logik zu tun?

Ganz allmählich fielen Horst nun doch die Augen zu. Gott sei Dank: Am nächsten Morgen wollten alle erst spät aufstehen, da war sich die abendliche Runde dann doch ausnahmsweise einig gewesen. Den Protesten des Hüttenpersonals zum Trotz hatten sie einhellig beschlossen, auf keinen Fall vor 8 Uhr 30 zum Frühstück zu erscheinen, womöglich sogar erst gegen 9 Uhr. »So gegen 9!«, hatte Hägele festgelegt und den Blick auf eine Reihe blütenweiß polierter Zähne freigegeben. Er grinste dabei nassforsch. »Wenn wir da sind, sind wir da! Vorher nicht! Logisch, oder?« Anschließend, so hatte er die weiteren Pläne für den folgenden Tag geschildert, wollten die Immobilienleute eine Mountainbiketour zur Friedrichshafener Hütte unternehmen. »Bei dem Matsch!« Horst hatte fassungslos den Kopf geschüttelt und seiner Claudia einen vielsagenden Blick zugeworfen. »Wir, auf jeden Fall, wir bleiben hier und werden uns rund um die Hütte im Schnee vergnügen – wenn das die Kinder sehen könnten! Eine Schneeballschlacht! Und das schon Ende September!«

Mountainbike im Tiefschnee! Oder durch Matsch und Schlamm! Und das auf über 2000 Meter Höhe! Also wirklich! Leute gibt's! Teuflisch! Teuflisch? Wieso teuflisch? Was wollte die denn. Wieso flüsterte da plötzlich jemand etwas in sein Ohr. Wie hieß das? Wie von ferne drang die raue weibliche Stimme durch Horsts Gehörgang: »Ist nich teifflisch!«

Sie biss ihn in das Ohrläppchen! Was sollte das denn?! »Jadranka!« Wie von der Tarantel gestochen fuhr Horst in die Höhe. Zu schnell! Viel zu schnell! Ein stechender Schmerz schoss durch seinen Kopf. »Was soll denn das?!«

»Mein Ehemann! Denkt noch im Schlaf an andere Frauen!« Claudia schlang lachend ihren Arm um seine Schulter, während sich Horst langsam die dumpf pochende Stelle an der Schläfe rieb.

Was war denn jetzt schon wieder angesagt? Aus vor Müdigkeit geschwollenen Augen – so jedenfalls schien es ihm – blinzelte er in das von fahlem Licht nicht einmal notdürftig erhellte Zimmer. »Was ist denn los? Wieso lässt du mich denn nicht schlafen? Und was war das da für eine Geschichte mit dieser Jadranka?!« Oh, dieser Magen! Gaben die verdammten Nerven denn immer noch keine Ruhe?!

»Jadranka? Ich habe nichts von einer Jadranka erzählt«, spielte Claudia die zu Unrecht zur Rede Gestellte.

»Claudia! Bitte!« Die bohrenden Kopfschmerzen waren für sich allein genommen schon schlimm genug. Und dazu noch dieses schwerelose Gefühl im Magen, dieses ... Nein, nicht daran denken! Bloß nicht! Horst schluckte den Kloß schon im Ansatz hinunter. Dann diese grauenhafte, viel zu kurze Nacht in dem furchtbaren Bett! Und jetzt auch noch ein Rätselspiel! Nein, danke!

»War doch bloß ein Späßle!«, lachte Claudia glockenhell und ganz offenkundig bester Urlaubslaune. »Jetzt komm schon, raus aus den Federn!«

»Aber wieso denn? Wir haben doch gestern ausgemacht, dass wir alle ausschlafen können – und auf keinen Fall vor halb neun zum Frühstück gehen!« Allein das Stichwort Frühstück ließ seine Speiseröhre erbeben. »Außerdem: Ich fühle mich wie durch den Wolf gedreht!«

»So siehst du tatsächlich auch aus, mein Guter!«, kicherte Claudia wenig mitfühlend und betrachtete ihren Ehemann kopfschüttelnd. »Wenn man halt so wenig verträgt oder vielleicht ja auch nur schlecht drauf ist, dann schüttet man sich auch nicht zu wie eine Haubitze!«

»Claudia! Bitte!«, empörte sich der solchermaßen Kritisierte, während die nächste Angriffswelle (um in dem von Claudia gewählten Jargon zu bleiben) einen Frontalangriff auf seine Magenschleimhaut startete. »Und was war denn jetzt mit dieser Jadranka? Jetzt sag schon?«

»Da ist wirklich nichts gewesen! Den Namen hast tatsächlich du ins Spiel gebracht! Doch, wirklich«, beschwichtigte Claudia und spreizte die Finger. »Ich hab nur gemeint, es sei eine teuflisch schöne Stimmung da draußen! Komm doch mal ans Fenster und guck dir das an: Ist ja wirklich Weltuntergangsstimmung pur!«

Während Horst es dennoch vorzog, aufgrund seines eher miserablen Gesamtzustandes vorsichtshalber erst einmal im Bett zu verharren, öffnete seine putzmuntere Ehefrau das Fenster und deutete enthusiastisch nach draußen. »Da schau, wirklich apokalyptisch! Dort hinten sind noch die letzten dunklen Wolken von dem Wind, der da heute Nacht geblasen hat und hier drüben, sie wandte sich in Richtung Osten, da dämmert gerade ein wunderschöner neuer Tag herauf. Glutrot ... oder besser blutrot, das passt meinem Kommissar vielleicht besser ins Bild! Auf, komm, das musst du sehen!«

Claudia hatte in ihrem Drängen nicht nachgegeben. Und nachdem sich Horst müde und elend schließlich aus dem Bett gewälzt hatte, da ging es munter weiter: »So komm, schlüpf in deine Hose und dann gehen wir raus vor die Hütte! Das muss ein fantastisches Erlebnis sein, wenn jetzt die Sonne aufgeht und sich die Berge dann in dem See da draußen spiegeln!«

»Wie?!« Horst glaubte (und hoffte) sich verhört zu haben. »Du willst doch nicht etwa jetzt da hinaus? Bei dieser Eiseskälte? Im Leben nicht!« Er schüttelte heftig den Kopf, eine Aktivität, die er freilich postwendend wieder einstellte, denn schlagartig zertrennte ein messerscharfer Stich sein Großhirn vom Kleinhirn. »Aua! Guck lieber mal nach, ob du Kopfschmerztabletten dabei hast!«

»Hab ich schon! Geb ich dir aber nicht! Denn ich weiß inzwischen, wohin das bei deinen sensiblen Magennerven führt!« Claudia konnte manchmal aber auch wirklich eine gnadenlose Mitleidslosigkeit an den Tag legen. »Ich sag dir's ja immer wieder: Da hilft nur eins, und das ist frische Luft! Würzige, frische, vollkommen reine Bergluft! Sauerstoff pur! Goldrichtig für die alten Lungen!«

»Frische Luft!« Horst wusste aufgrund früherer, ähnlicher Erfahrungen nur allzu genau: Sie würde nicht locker lassen. »Also, dann von mir aus! Aber auf keinen Fall länger als fünf Minuten! Ich hab nämlich absolut keine Lust, mir in dieser Kälte da draußen den Tod zu holen.« Mit zerknirschter Miene streifte er sich die Hose über und nahm den wattierten Anorak vom Haken. »Bringen wir's also hinter uns!« Er schlurfte mit wenig Begeisterung seiner freudig hinauseilenden besseren Ehehälfte hinterher.

Nicht einmal zwei Minuten später wurde Horst schlagartig klar, dass er sich wesentlich länger dort draußen am See würde aufhalten müssen. Viel länger, als er gerade vorher noch mit festem Vorsatz hatte verlauten lassen. Denn bei dem regungslosen Schwimmer da vorne handelte es sich eben nicht um einen Schwimmer, und schon gar nicht um einen mehr oder minder wahnsinnigen Bergseetaucher. Der Mann, der regungslos drüben im schwarzblauen Wasser des Scheidsees dümpelte, war tot. Mausetot, um es klipp und klar auszudrücken. »Claudia! Der Mann ist tot. Toter geht's nicht! Das habe ich – leider – schon viel zu oft gesehen! Das rieche ich förmlich!« Er wandte sich um und richtete seinen Blick prüfend auf die Nordostwand der Heilbronner Hütte. Doch in keiner der Fensteröffnungen konnte er eine Bewegung erkennen. Bleierne Stille hatte sich in der Hütte ausgebreitet – ganz im Gegensatz zu den lautstarken Auseinandersetzungen der gerade erst vergangenen turbulenten Nacht. Nichts regte sich – oder doch? Richtig! Da war etwas! Ein untersetzter Mann in einem knallroten Anorak war eben auf die Terrasse getreten und streckte gähnend die Arme aus. Sepp Tschofen, der Hüttenwirt! Na, Gott sei Dank! Der kam gerade zur rechten Zeit! Oder, war er vielleicht schon vor den Meyers da gewesen und die hatten ihn nur nicht bemerkt?

»Quatsch«, verscheuchte Horst die neuerlich in ihm aufkeimenden Gedankengänge. Anscheinend gab es ab 2000 Metern Meereshöhe tatsächlich so etwas wie Sauerstoffmangel und den damit verbundenen Zustand der verminderten Zurechnungsfähigkeit. Alles Quatsch! »Sepp!«, winkte er den anderen mit der ausgestreckten rechten Hand nachdrücklich zu ihnen herüber. »Komm doch mal bitte schnell! Wir müssen dir etwas zeigen! Da ist etwas passiert!«

23

Mit trüber Miene hockten die drei Menschen am Tisch und starrten stumm aneinander vorbei. Unablässig kreisten ihre Gedanken um die schauderhafte Entdeckung, der sie vor einer knappen halben Stunde völlig unvorbereitet ausgeliefert gewesen waren. Ein Toter im See! Und allem Anschein nach handelte es sich um keinen Unglücksfall!

»Sag mal, Claudia, was würdest du vermuten«, durchbrach der Kommissar vorsichtig die lastende Stille. »Was hat bei ihm denn wohl diese Beule am Hinterkopf verursacht? Hast du da irgendeine Idee?«

Eine ganze Weile herrschte wieder Stille in der Stube. Es schien beinahe so, als habe Claudia die Frage gar nicht gehört. Dann stützte sie ihre Ellbogen auf die Tischplatte und spitzte abschätzend die Lippen. »Hmmh!« Noch einmal schien sie genau zu überlegen, bevor sie zögernd antwortete. »Schwierig. Es war ein Schlag, ganz eindeutig! Auf keinen Fall ist der irgendwo gestolpert oder hat sich einfach so den Kopf gestoßen, um dann in quasi halb ohnmächtigem Zustand in den See zu fallen! Nein! Ich bin zwar keine Gerichtsmedizinerin, aber so viel ist selbst mir als Kinderärztin klar: Das war ein Schlag. Ein kräftiger Schlag mit einem stumpfen Gegenstand. Da hat jemand mit ziemlicher Brutalität dafür gesorgt, dass sein Opfer in die Knie gegangen ist!«

»So sieht's aus!«, bestätigte Horst die Analyse seiner Ehefrau. »Das habe ich mir nämlich auch gedacht, als ich diese Schwellung da hinten gesehen habe! Aber umgebracht hat ihn das nicht, oder?« Wieder wartete er gespannt, ob Claudia seine Vermutung bestätigen würde.

»Glaube ich auch nicht! Da müsste ich mich schwer täuschen! Nein«, Claudia schüttelte den Kopf. »Ich könnte mir vorstellen, dass ihn dieser Schlag zwar ziemlich übel erwischt hat, aber zum Sterben reicht das noch lange nicht. Der ist erst nachher ums Leben gekommen – im See nämlich!«

»Bingo! Genau meine Meinung! Da wollte jemand auf Nummer sicher gehen. Was meinst du? Ersäuft oder erfroren?«

»Herrgott«, fuhr der Hüttenwirt mit einemmal kerzengerade in die Höhe. »Das ist ja wie im Gruselfilm!« Er baute sich vor den beiden Meyers auf und starrte ihnen entgeistert ins Gesicht. »Das ist ja eine richtige Horrorshow, wenn man euch so reden hört! Da wird's einem ja ganz anders im Magen! Apropos Magen! Wem ist denn eigentlich übel hier, dir oder mir? Mir ist nämlich so langsam der Appetit vergangen bei eurer Diskussion.«

»Bitte!«, winkte Horst unwirsch ab. »Jetzt hab ich es tatsächlich fünf Minuten lang geschafft, nicht an meine Magennerven denken zu müssen, und jetzt fängst du davon an! Mir wird schon wieder ganz anders.«

»Also!«, wurde der Disput an dieser Stelle von Claudia unterbrochen. »Ich denke, die Sache ist klar: Das Opfer wird mit einem stumpfen Gegenstand fachmännisch k.o. geschlagen und anschließend zum See geschleift. Dort geht der Täter auf Nummer sicher, indem er ihm den Kopf so lange unter Wasser drückt, bis auch das letzte bisschen Leben aus seinem Körper entwichen ist. Wobei der das gar nicht gemerkt hat in seiner Ohnmacht. Der ist also direkt aus seiner Bewusstlosigkeit heraus in die ewigen Jagdgründe hinübergedämmert!«

»Was für eine Ausdrucksweise!«, beklagte sich der Wirt.

Claudia ließ sich jedoch nicht beirren. »Und für den Fall, dass das alles – aus welchem Grund auch immer – vielleicht doch noch nicht ausgereicht hätte, brauchte er ihn heute Nacht ja bloß im eiskalten Wasser tiefgefrieren zu lassen: An Unterkühlung gestorben! Erfroren! Das kennt man ja aus den Bergen, oder?«, wandte sie sich an den sichtlich schaudernden Tschofen Sepp.

Der fasste sich vieldeutig an die Schläfe. »Eine Ausdrucksweise habt ihr Ärzte ...«

»Es geht aber noch weiter ...« Sie machte eine Pause und blickte bedeutungsvoll zu Horst hinüber. »Dann kommt ja auch noch der Schock dazu. Stellt euch mal vor: Überfall, brutaler Schlag auf den Hinterkopf. Wenn er wieder zu sich gekommen wäre, was ich aber nicht glaube, findet er sich im Eiswasser wieder, der Kopf wird ihm unter Wasser gedrückt: Schock! Also, der arme Mensch da draußen«, sie nickte mit dem Kinn in die entsprechende Richtung, wo sie den Toten an der Hüttenwand unter einer Plane geborgen hatten, »der ist gleich mehrfach gestorben! Insofern war das perfekte Arbeit! Donnerwetter!«

»Sieht also nicht so aus, als hätte der Mörder im Affekt gehandelt? Der hat das schon lange akribisch geplant, meinst du damit«, setzte Horst seine Recherchen fort.

»Muss nicht sein. Es kann sich schon um eine Kurzschlusshandlung handeln, so nach dem Motto: Dir zeig ich's, Bürschchen! Der haut ihn nieder, schleift ihn zum See und sorgt in seiner Raserei, dass der Kerl ihm nie mehr wieder in die Quere kommt!«

»Also doch!« Sepp Tschofen, der sich gerade wieder an den Tisch gesetzt hatte, sprang von neuem in die Höhe. »Dann müssen wir aber jetzt doch dafür sorgen, dass der Kerl nicht fliehen kann!«

Verwundert musterte Horst Meyer den aufgeregt mit den Armen wedelnden Wirt. »Du scheinst also schon zu wissen, wer es gewesen ist, oder wie?«

»Aber natürlich!« Der andere schien die Welt nicht mehr zu verstehen. »Ist doch sonnenklar! Was gibt's denn da noch zu überlegen? Denk doch mal an gestern Abend ...«

»Lieber nicht!«, verzog Horst schmerzhaft das Gesicht und legte die Hand auf seinen urplötzlich wieder pochenden Magen.

»Lass den Quatsch!«, erregte sich Tschofen. »Die Eifersuchtsszenen. Denkt doch einmal nach: Wie oft hat der eine da, wie hieß er gleich ...« Er hielt inne und schien fieberhaft zu überlegen. »Richtig! Wie oft ist dieser

Unruh, dieser Andy da, mit den beiden anderen ins Gehege gekommen?! Der war's! Es war der Unruh! Kommt mit! Den suchen wir jetzt!« Der Wirt streckte den Arm aus und machte eine eindeutige Handbewegung.

»Wen sucht ihr?« Lisa Schönleber, die blonde Fränkin, hatte im selben Moment die Türe geöffnet und betrat gefolgt von ihrer Freundin Sylvia Unruh die Stube. Die beiden schienen keine allzu ruhige Nacht verbracht zu haben, das sah man auf den ersten Blick. Schließlich hatten sich die beiden Frauen noch nicht geschminkt, sondern waren anscheinend gleich nach dem Erwachen im Matratzenlager heruntergekommen. »Wartet ihr noch auf die Männer? Die werden schon noch kommen!« Müde zog sie sich einen Stuhl heran und ließ sich gähnend darauf niedersinken. »Was für eine Nacht aber auch!«

Sylvia, die ihrer Freundin bisher stumm gefolgt war, blinzelte irritiert in die Runde. »Was ist denn los? Was sitzt ihr denn alle da, als hättet ihr gerade den Leibhaftigen gesehen? War der Wein denn so miserabel gestern Abend?«

»Hör bloß auf!«, murmelte Horst und schluckte tapfer den Kloß hinunter, der wie auf ein Stichwort in seiner Speiseröhre hochstieg.

»Setz dich erst mal hin, Sylvia!«, nahm Sepp Tschofen die Fragestellerin ernst ins Visier.

»Was soll denn das?« Sylvia blieb trotz der Aufforderung stehen. »Ist jemand gestorben oder wie? Was macht ihr denn bloß für Gesichter?« Immer noch machte sie keine Anstalten, sich zu setzen.

»Du sollst dich hinsetzen!«, steigerte Sepp seinen Tonfall. »Bitte!« Es hatte sich mehr um einen Befehl, als um eine wirkliche Bitte gehandelt, die der Hüttenwirt gleich noch einmal wiederholte. »Bitte!«

»Ist ja schon gut!« Abwehrend hob Sylvia die Hände, dann griff auch sie sich einen der Stühle und ließ sich darauf nieder. »So! Jetzt bin ich aber wirklich gespannt, worum es eigentlich geht!«, musterte sie den heute Morgen gar nicht freundlichen Vorarlberger mit indignierter Miene.

Eigentlich hatte Horst vorsichtshalber in die Bresche springen wollen, bevor sich Tschofen womöglich zu weit aus dem Fenster lehnte. Doch zu spät. »Wo ist denn eigentlich dein Mann?«, hatte der seine Frage bereits formuliert.

»Wie? Mein Mann? Wo soll der Andy schon sein? Oben natürlich! Was soll das denn jetzt geben?« Ärgerlich fuhr sich die Angesprochene durch die langen blonden Haare. »Wird das jetzt ein lustiges Frage-und-Antwort-Spiel für Bergtouristen oder was?«

»Bitte!« Der Wirt baute sich direkt vor Sylvia auf und stemmte die Hände in die Hüften. »Kannst du mir jetzt sagen, wo dein Mann ist, oder nicht?«

»Können tu ich's vielleicht, aber müssen muss ich's nicht!«, gab die genervte Frau spitz zur Antwort. Kann mir jetzt vielleicht einer sagen, was hier eigentlich gespielt wird?«

»Ich weiß nur eins, ich brauch jetzt erst mal einen Kaffee!«, meldete sich nun wieder die müde Stimme von Lisa Schönleber zu Wort. Sie erhob sich und blickte suchend zur Küchentheke hinüber. »Ihr habt da drüben nicht etwa zufällig schon einen Kaffee stehen?«

»Setz dich!«, erhielt sie vom Wirt die nicht erwartete Antwort, während die beiden Meyers andeutungsweise die Köpfe schüttelten.

»Wieso denn? Jetzt ist es aber allmählich wirklich genug!« Aus den zornigen Augen der Fränkin sprühten Blitze. »Ich bin doch nicht deine Befehlsempfängerin, oder was!«

»Na gut!«, wehrte Tschofen ab. »Ich hab's ja nur gut gemeint! Heute Nacht«, er hielt kurz inne und versuchte, die beiden Frauen gleichzeitig ernst und bedeutungsvoll ins Visier zu nehmen, »heute Nacht ist jemand gestorben!«

»Gestorben!«, echote Sylvia verständnislos.

»Es ist etwas passiert!«

»Etwas passiert!«, wiederholte sie roboterhaft auch diese Feststellung.

»Allerdings!«

»Und was bitte ist denn passiert?!«

»Wir haben einen Toten gefunden!«

»Einen Toten gefunden!« Lisa hatte sich erschrocken die Hand vor den Mund gehalten. »Das ist ja furchtbar!«

»Es kommt noch schlimmer ...«, setzte Sepp mit ernster Miene hinzu.

»... jetzt sag schon!« Unwillig klatschte Sylvia in die Hände. »Lass dir doch nicht jedes Wort einzeln aus der Nase ziehen! Dazu hab ich heute Morgen wirklich überhaupt keine Lust. Also!« Sie baute sich direkt vor dem Hüttenwirt auf und blinzelte ihm herausfordernd in die Augen. »Wer ist es? Wie heißt der Kerl?«

»Sven!« Jetzt war es also heraus!

»Sven!«

»Unser Sven?!«, flüsterte Lisa kraftlos.

»Ja! Sven! euer Sven!« Lange blieb es still, keiner der Anwesenden war fähig, sich zu der unglaublichen Nachricht zu äußern.

Es war schließlich Lisa, die langsam den Kopf hob und mit zitternder Stimme die nächste Frage stellte: »Und ... wie ... ich meine ... wie ist es denn passiert?«

»Tja!« Geistesgegenwärtig sprang Horst in die Bresche und nutzte, seinem schlechten Allgemeinzustand zum Trotz, die kurze Pause. Höchste Zeit, das Heft des Handelns nun selbst in die Hand zu nehmen. »Wenn wir das wüssten! Er scheint heute Nacht irgendwann noch einmal draußen gewesen zu sein ...«

»Draußen ...«, echote Lisa mit leichenblasser Miene.

»Ja, draußen!«, nickte der Kommissar und rutschte mit seinem Stuhl näher an die erschrockene Frau heran. »Und zwar danach ...«

»Danach ...«, wiederholte die Fränkin kraftlos.

»Ja! Danach!« Horst wechselte seinen Tonfall und sprach nun mit fester, strenger Stimme weiter. »Du weißt schon! Nachdem wir uns heute Nacht begegnet sind!«

»Danach!« Die blonde Frau hielt den Kopf gesenkt und schien das gerade eben Gesagte noch nicht richtig verstanden zu haben. »Du meinst ... nachdem ... nachdem das mit der Toilette gewesen ist ...«, fragte sie stockend, während sie ihre Augen weiterhin starr auf den Boden geheftet hatte.

»Auf der Toilette? Heute Nacht?« Claudia setzte sich kerzengerade auf und musterte die beiden erstaunt. »Was soll das denn heißen, heute Nacht?! Du warst doch im Bett, Horst! Oder wie?«

»Na ja!« Verlegen hob er die Schultern. »Fast die ganze Nacht! Nur ist mir irgendwann so sterbensübel geworden, dass ich mich nur noch mit Ach und Krach auf die Toilette habe retten können.«

»... und da hast du ganz zufällig die Lisa getroffen!«

»Claudia, lass das jetzt! Das bringt uns nicht weiter!« Horst sandte einen flehenden Blick zu seiner ziemlich angesäuert dreinschauenden Ehefrau hinüber. »Und bevor du es von anderen erfährst: Es war die Damentoilette.«

»Die Damentoilette! Ach so!« Ein zynisches Grinsen spielte um Claudias Lippen, während sie leise den Kopf schüttelte.

»Claudia! Bitte!«

»Ja, was denn jetzt? Gibt das hier Szenen einer Ehe oder wie?«, meldete sich Sylvia unwillig zu Wort. »Sven, sagt ihr also. Unser Sven! Sven soll tot sein! Irgendwie verunglückt! Heute Nacht! Da draußen!«, deutete sie mit dem ausgestreckten Arm hinter sich.

»Nicht verunglückt!«, widersprach der Hüttenwirt energisch, noch bevor ihm Horst ins Wort fallen konnte. »Der ist ermordet worden!«

»Ermordet!« Sylvia schlug die Hände vor das Gesicht und sank in sich zusammen.

»Umgebracht! Das ist nicht wahr!« Mit abgespreizten Fingern schien ihre Freundin Lisa die unglaubliche Nachricht von sich fernhalten zu wollen. »Ermordet! Das glaube ich nicht!«

»Ist aber so!« Wie zur Bestätigung seiner Feststellung klopfte Tschofen heftig mit der Faust auf den Tisch. »Irgendjemand hat ihn umgebracht!«

»Und wer?« Die panisch hervorgestoßene Frage hing düster im Raum. Horst zuckte bekümmert mit den Schultern. »Wenn wir das wüssten ...«

Wieder breitete sich unbehagliche, gespenstisch anmutende Stille in der Stube aus. Keiner der Anwesenden sagte ein Wort. Schließlich war es Sylvia, die sich vorsichtig räusperte. »Andy! Weshalb habt ihr euch vorhin nach Andy erkundigt?«, fragte sie mit belegter Stimme.

Niemand antwortete. Düster blickten die Männer zu Boden.

»Jetzt sagt schon! Was ist mit Andy?«

»Das hätten wir ja gerne von dir gewusst! Sven und der Andy, die sind doch gestern Abend ganz schön heftig aneinander geraten, oder?«, wagte der Hüttenwirt schließlich den Anflug einer Andeutung.

»Aneinander geraten!« Sylvia spuckte die Worte förmlich aus dem Mund. »Und jetzt sucht ihr einen Schuldigen und meint, wegen so einer Meinungsverschiedenheit muss man gleich jemand umbringen, oder wie?« Zornig baute sie sich vor Tschofen auf und funkelte ihm wütend ins Gesicht.

»Immer langsam!«, versuchte Horst, die aufgebrachte Frau zu beruhigen. »So weit sind wir noch lange nicht!

Und glauben tue ich in dieser Phase sowieso grundsätzlich gar nichts!«

»Hört sich ja an wie im Tatort!«, zischte die Fränkin alles andere als besänftigt. »Ich glaub, ich bin im falschen Film, oder wie?« Sie beugte sich zu der regungslos auf ihrem Stuhl sitzenden Sylvia hinunter. »Jetzt sag du doch auch mal was, Sylvia!«

Diese fuhr sich mit einer verlegenen Geste durch die Haare und atmete einmal tief durch. »Was weiß ich«, hob sie anschließend den Kopf und blickte ratlos um sich. »Wir haben uns halt gestritten. Kommt doch in den besten Familien vor, oder? Und dann hab ich ja mit dir zusammen im Matratzenlager übernachtet. Na und? Und weiß auch gar nicht, wo der Andy jetzt grade steckt«, setzte sie bekümmert noch hinzu.

In diesem Moment wurde die Tür der Stube geöffnet und Ulrich Hägele betrat den Raum. »Hab ich da grade den Namen meines Freundes Andy gehört?«, grinste er mit aufgesetzter Fröhlichkeit in die Runde. »Guten Morgen übrigens! Was ist denn das für eine Trauergesellschaft hier?«

»Sven ist tot!«, klärte ihn Lisa mit schonungsloser Direktheit über den Sachverhalt auf. »Ermordet!«

»Was ist los?!« Verwirrt schüttelte Hägele den Kopf. »Jetzt mach aber bitte bloß keine Witze! So ulkig ist das auch wieder nicht!«

»Das ist kein Witz! Sven ist tot! Ermordet!«, bestätigte Sylvia mit tonloser Stimme. »Und jetzt haben sie den Andy in Verdacht, weil der nirgends zu finden ist ...«

»Aber, das ist doch ... Ihr habt sie ja wohl nicht mehr

alle! Der Andy ein Mörder!« Der Stiernacken hieb sich mit der flachen Hand an die Stirn. »Der Mörder von Sven!« Er stutzte. »Was ist denn da passiert um Himmels willen? Und, wo ist denn der Sven jetzt!«

»Der liegt da draußen! Abgedeckt unter einer Plane!«, überzog Claudia den Fragesteller mit einer Woge aus eiskaltem Realismus. »Wir haben ihn im See gefunden! Leblos! Irgendjemand hat ihm eins über den Kopf gehauen heute Nacht und ihn anschließend im See ertränkt.«

»... oder erfrieren lassen!« warf Horst dazwischen. »So ganz genau wissen wir das noch nicht. Das wird wohl erst die Obduktion klären können!«

»Wieder wie im schlechten Krimi«, stichelte die Fränkin bitterböse.

»Also bitte!« Tschofen fixierte Lisa mit strenger Miene, um sich anschließend direkt an Hägele zu wenden. »Ihr wart doch heute Nacht zusammen im Matratzenlager, der Andreas und du ...«

»Ja, waren wir ... na und?!«

»... und wo ist der Andy jetzt?«

»Woher soll ich denn das wissen?«, schnaubte Hägele aufgebracht. »Hier jedenfalls nicht. Und im Zimmer war er auch nicht mehr heute Morgen!« Er hob die Achseln und tippte sich vieldeutig an die Stirn. »Bin ich denn dem sein Kindermädchen oder was?«

»Das nicht, aber doch wohl sein Geschäftspartner und eventuell auch sein Freund«, konstatierte der Kommissar nachdenklich. »Da wird man ja wohl noch fragen dürfen, oder?«

»Sein Freund! Dass ich nicht lache! Habt ihr denn nicht mitbekommen, wie der sich gestern Abend verhalten hat! Also ehrlich gesagt«, Hägele stellte eine genervte Miene zur Schau, »ich hab mir allen Ernstes überlegt, in einem anderen Raum zu übernachten! Bevor der mich noch umbringt ...«

»Weshalb sollte er dich denn umbringen wollen?«, erkundigte sich Horst gespielt beiläufig. Die Sache begann allmählich interessant zu werden.

»Na, weshalb wohl?! Ihr habt doch mitbekommen, wie eifersüchtig der gewesen ist!«

»Aber doch nicht auf dich, sondern auf den Sven!«, gab Horst zu bedenken.

»Ja, und der ist jetzt tot!«, polterte Hägele los.

»Uli, bitte!«, Sylvia war aufgesprungen und blitzte dem anderen zornig in die Augen. »Das ist doch wohl nicht dein Ernst, was du da sagst!«

»Ich?« Er schlug sich an seine Brust. »Ich habe gar nichts gesagt. Ich habe mich nur – aus welchen Gründen auch immer – anscheinend dafür rechtfertigen müssen, dass ich im selben Zimmer mit deinem Mann geschlafen habe und dass ich ihm keine Handschellen angelegt habe. Nein, ich hab doch nur gemeint: Wenn der eifersüchtig gewesen ist, dann hat er komplett durchgedreht. Dann hat er Schwarz nicht mehr von Weiß unterscheiden können. Das weißt du doch wohl am besten, Sylvia!«

Die Frau war bei dem Rechtfertigungsschwall ihres Bekannten ganz langsam auf ihren Stuhl zurückgesunken und nickte nun müde. »Hast ja Recht«, murmelte sie mit tränenerstickter Stimme.

»Und jetzt?« Mit kritisch gerunzelter Stirn glotzte Hägele in die Runde. »Was machen wir jetzt? Den Andy suchen?«

»Bloß nicht!« Horst hob abwehrend die Hände. »Entweder der kommt gleich von ganz alleine und wir können ihn dann fragen, was Sache ist, oder eben nicht. Nein, da hilft nur warten. Warten auf die Gendarmerie, die der Sepp bereits verständigt hat!«

»Das kann aber dauern!«, klärte der Hüttenwirt seine Gäste auf. »Bei der Schneelage. Wenn's dumm läuft, zwei Stunden. Mindestens.«

»Na, Servus!« In gespielter Verzweiflung tippte sich Hägele an die Stirn. »Das kann ja ein netter Vormittag in den Bergen werden! Darf man ihn wenigstens einmal angucken?«

»Wen denn?«

»Na, wen wohl? Den Sven natürlich!«

»Also wirklich, Uli!« Lisa war aufgefahren und musterte ihren Lebensgefährten missbilligend. »Schon mal was von Pietät gehört?«

»Pietät!«, schnaubte Hägele verächtlich. »Was hat denn das mit Pietät zu tun, wenn ich meinen Freund Sven noch einmal sehen will?«

»Lebendig wird der sowieso nimmer ...«, pflichtete Sepp Tschofen dem anderen bei.

»Also wirklich!« Die Fränkin raufte sich fassungslos die Haare. »Man könnte ja grade glauben, ihr seid das gewohnt, das macht euch anscheinend gar nichts aus! Da draußen liegt ein Toter! Begreift ihr das denn nicht?! Zu allem Überfluss auch noch einer von uns! Sven!«

Schluchzend sank sie in sich zusammen.

»Eben drum! Deshalb hab ich ihn ja noch einmal sehen wollen«, murmelte Hägele betroffen und legte vorsichtig die Hand auf Lisas Schulter. »Aber schon gut, ich lass es bleiben! O.k.?«

Ein ersticktes Schniefen war die Antwort.

»Übrigens«, meldete sich nun wieder Horst zu Wort. »Wir sollten jetzt bitte sowieso nicht mehr vor die Hütte gehen.«

»Wieso das denn?!« Unwirsch wandte Hägele sich um.

»Ganz einfach, weil wir jetzt auf die Gendarmerie warten sollten. Ihr habt gehört, dass das durchaus noch zwei Stunden dauern kann, aber dennoch! Wir haben ja auch so bereits mehr als genug Spuren verwischt!« Horst war jetzt schon gespannt auf den Vortrag in Sachen Kriminaltechnik und Fundortsicherung, den ihm die österreichischen Kollegen halten würden. Die würden sich freuen, wenn sie sahen, dass der Tote nicht nur aus dem See geborgen, sondern mittlerweile auch hoch zur Hütte transportiert worden war! Und das unter tatkräftiger Mithilfe eines Kriminalkommissars! Na, bravo! Gut, er, Horst, konnte denen immerhin kriminalistisch einwandfrei exakt die Fundsituation schildern, aber dennoch. Klar war dem Kommissar durchaus, dass er tatsächlich Fehler gemacht hatte, Anfängerfehler! Nun gut, in seinem – nach wie vor labilen - Zustand! Und schon wieder begannen sich beim bloßen Gedanken an den Wein und die vergangene Nacht die Magennerven zu regen, ein Ziehen unterhalb des Nabels signalisierte ihm nachdrücklich, dass der Kampf noch längst nicht gewonnen war. »Und noch etwas.« Er hob den Kopf und blickte langsam und bedeutungsvoll in die Runde. »Machen wir uns bitte nichts vor: Wir alle sind auch verdächtig!«

»Verdächtig!« Hägele tippte sich mit dem Zeigefinger an die Stirn. »Du hast sie ja nicht mehr alle!«, funkelte er dem Kommissar aus zornigen Augen ins Gesicht. »Der Einzige, der verdächtig ist, das ist derjenige, der verschwunden ist! Basta!«

Ein ersticktes Schluchzen von Sylvia folgte auf diese ebenso nüchterne wie brutale Feststellung. Horst ließ sich jedoch nicht beirren: »Es wäre nicht das erste Mal, dass das Naheliegende nicht das Tatsächliche ist. Gut, Andy scheint verschwunden zu sein ...«

Wieder schniefte die Frau des Vermissten jammervoll in ihr Taschentuch. »Aber ... Verzeihung, Sylvia«, Horst senkte die Lautstärke seiner Stimme, »wer sagt uns denn beispielsweise, dass Andy noch am Leben ist?«

»Was?!« Lisa fuhr kerzengerade in die Höhe. »Was sagst du da? Noch ein Mord! Das darf doch wohl nicht wahr sein!« Sie schlang die Arme um ihre nun hemmungslos weinende Freundin. »Sylvia, bitte! Hör nicht auf den! Der spinnt doch!«

»Hab ich doch gar nicht so gesagt«, hob Horst verwirrt die Schultern. »Ich hab doch nur sagen wollen, dass nicht jeder Verschwundene automatisch auch der Täter sein muss. Ich meine doch nur ...«

»Ich glaube, du hast jetzt genug gemeint.« Sachte drückte Claudia ihren Ehemann auf den neben ihm stehenden Stuhl. »Ich denke, wir haben alle verstanden, oder?«

Während die anderen dieses Fazit nicht weiter kommentierten, setzte sich Sylvia auf. »Der kann was erleben«, flüsterte sie leise. »Wartet nur, bis der zurückkommt!« Tränen der Verzweiflung – oder war es Wut? – rannen über ihre Wangen. »Die ganze Nacht habe ich kaum geschlafen, weil ich gedacht habe, mein Andy kommt zu mir und entschuldigt sich. Aber nein! Der muss ja wieder seinen Trotzkopf pflegen.«

»Was hast du?«, mischte sich Lisa in die jammervolle Aufzählung ihrer Freundin. »Du hast doch ganz fest geschlafen, keinen Mucks hab ich von dir gehört!« Mit einer nervösen Bewegung fuhr sie sich durch die Haare. »Du hast doch geschlafen!«

»Kaum!«, verneinte die andere. »Hab halt die Augen zugemacht! Aber mir ist so viel im Kopf herumgegangen ... Diese ganzen Eifersuchtsanfälle, die Versöhnungen, die Diskussionen ... Er hätte bloß zu kommen brauchen, heute Nacht ... Aber nein!« Energisch schnäuzte sie sich in ihr Taschentuch. »Der kann was erleben, das verspreche ich euch!«

»Wenn wir ihn nur schon mal gefunden hätten!«, konnte es Horst wieder einmal nicht lassen, seinen Kommentar hinterher zu schieben. Der schmerzhafte Kratzer, den unmittelbar nach diesem Fazit der Fingernagel an seinem Hals verursachte, wurde begleitet von Claudias vorwurfsvollem Blick.

Wieder senkte sich bleierne Stille über die düstere Runde. Minutenlang sprach keiner der Anwesenden ein

Wort. Es war schließlich Ulrich Hägele, der sich verlegen räusperte: »Na ja, jetzt bin ich ja gespannt, was die Österreicher herausfinden werden. Ich hab's ja schon immer gesagt: Eifersucht kann einen Menschen um den Verstand bringen.«

Wie auf ein Stichwort schoss Sylvia in die Höhe: »Andy! Wo steckst du? Um Gottes willen! Andy!« Noch ehe jemand reagieren konnte, hatte sie die Stubentüre aufgerissen und schoss mit hysterischen Schreien in den Flur hinaus. »Andy! Wo bist du denn! ANDY! Bitte!«

»Die dreht durch!« Hägele sprang als Erster auf. »Ich passe auf, dass nichts passiert! Sylvia! Langsam!« Ohne sich weiter um die Reaktion der Übrigen zu kümmern, rannte er der verzweifelten Frau hinterher.

»Ich schau mal, was daraus werden soll!«, erhob sich auch Horst. Im selben Moment klingelte es, begleitet von einem schwachen Brummen. Das Handy. Horsts Handy. Nachdem der Hüttenwirt damit die Polizei alarmiert hatte, war es von diesem auf der Küchentheke abgelegt worden. Der Kommissar warf Tschofen einen fragenden Blick hinüber. »Kann das für dich sein? Die Polizei?«

Der Gefragte schüttelte den Kopf. »Nicht möglich! Ich hab denen doch die Nummer gar nicht gesagt. Weiß sie ja selber nicht.«

»Das spielt eigentlich keine Rolle mehr heutzutage.« Horst nahm das Mobiltelefon von der Theke und drückte den grünen Knopf. »Hallo, Horst Meyer!« Gespannt lauschte er in das wirre Rauschen und Knattern hinein, das aus dem Hörer an sein Ohr drang.

Der Wirt deutete mit dem Arm hinaus in Richtung Nordosten. Horst nickte. »Moment bitte«, sprach er in den Hörer zu dem unbekannten Anrufer. »Ich muss erst einen besseren Standort finden. Ich verstehe Sie noch nicht. Bleiben Sie bitte dran!« Hoffentlich brach die Verbindung nicht zusammen, bis er seine Position vor der Hütte erreicht hatte. Vielleicht ... ein Hoffnungsschimmer keimte in ihm auf. Vielleicht war es ja Protnik, der sich endlich bei ihm meldete. Gesund und munter! Hoffentlich!

24

Er war es. Der alte Freund und Kollege Michael Protnik befand sich tatsächlich am anderen Ende der Handyverbindung! Gesund und munter! Und wie! »Hast du jetzt endlich deinen Standpunkt gefunden?! Ausnahmsweise einmal?!«, donnerte es durch Horsts Gehörgang, kaum dass der ein zaghaftes »Also, versuchen wir's noch einmal« in das Mikrofon geraunt hatte.

Protnik! Gott sei Dank! Er war am Leben! »Michael! Endlich! Alles in Ordnung mit dir?« Die erste positive Nachricht dieses schrecklichen Tages. »Und was ist mit der Uschi? Geht's der auch gut?«, sprudelten die Fragen nur so aus Horsts Mund. Wo steckst du denn um alles in der Welt?«

»Wo ich stecke?« Laut und deutlich war die Stimme zu verstehen. »Du wirst es nicht glauben: Auf dem Parkplatz am Zeinisjoch! Direkt hinter eurem Wagen!«

»Am Zeinisjoch! Und weshalb seid ihr dann gestern nicht heraufgekommen? Habt ihr im Zeinisjoch übernachtet?«, kombinierte Horst messerscharf. »Also, das hättest du mir ja ruhig sagen können. Ich warte da und warte und mach mir allmählich fürchterliche Sorgen, dass euch etwas passiert ist. Ich hätte fast die Polizei alarmiert und eine Suchaktion losgetreten! Und da steckt der Kerl mit seiner Uschi in aller Seelenruhe am Zeinisjoch unter der Bettdecke!«

»Jetzt mach aber mal halblang!« Protniks Stimme klang ärgerlich. »Wenn du schon nicht fähig bist, einem eine korrekte Wegbeschreibung zu liefern, dann solltest du jetzt wenigstens den Rand halten und nicht unschuldige Leute anmachen.«

»Welche Wegbeschreibung denn?«

»Na, die zur Heilbronner Hütte!«, tönte es zornig aus dem Hörer.

»Ja und? Die war doch wohl ganz eindeutig!« Der Kommissar war sich nicht der geringsten Schuld bewusst und konnte sich auch nicht im Entferntesten vorstellen, worauf der andere eigentlich hinauswollte. Er sollte es postwendend erfahren.

»Du hast uns auf den falschen Weg geschickt! Wir waren schon fast an der Kemptener Hütte!«

»Wie? An der Kemptener Hütte?« Was sollte das denn heißen. Irritiert legte Horst die Stirn in Falten. »Was treibst du denn an der Kemptener Hütte, wenn du zur Heilbronner Hütte rauf sollst?« Der Kerl schien es wieder einmal fertig zu bekommen, die einfachsten Sachverhalte auf den Kopf zu stellen!

»Weil der Heilbronner Weg nicht zur Heilbronner Hütte geht! So einfach ist das!«

»Der Heilbronner Weg zur Heilbronner Hütte? Was soll das denn heißen?«

»Das soll heißen«, zischte der Gesprächsteilnehmer giftig, »dass der Heilbronner Weg nicht zur Heilbronner Hütte führt!«

»Was du nicht sagst!«

»Und das heißt weiter, dass wir uns also auf dem falschen Weg die Sohlen abgelatscht haben.«

»Dem falschen Weg ...« Noch immer war es Horst nicht gelungen, die Informationen, die ihm da vorwurfsvoll aus dem Telefon entgegensprudelten, richtig miteinander zu verknüpfen.

»Ja, dem falschen Weg.« Protnik legte eine unheilschwangere Pause ein. »Gib mir mal das Handy«, ließ sich wie aus weiter Ferne eine weibliche Stimme vernehmen. Eine knappe Sekunde später kam es schon zur Übergabe und unbarmherzig prasselte der Wortschwall nun auf seinen Adressaten nieder.

»Wir sind den Heilbronner Weg hochgeklettert! Stundenlang! Das ist lebensgefährlich! Weißt du das eigentlich?« Das Bebele! Der Vorwurf in Person! Horst Meyer konnte sich die Miene seiner ehemaligen Sekretärin lebhaft vorstellen: Zorngeladen, puterrot, Schweißperlen auf der Stirn, Funken sprühende Blicke!

»Wieso soll ich das denn wissen?« Dennoch, der Funken einer Vorahnung blitzte ganz allmählich in seiner Wahrnehmung auf.

»Weil du uns ja schließlich dort hochgehetzt hast!«, krachte die nächste Breitseite an das Ohr des Ahnungslosen. »Das ist hochalpin! Da muss man klettern! Da hat es schon Tote gegeben!«

Er wusste, es würde ein Fehler sein. Aber er konnte nicht anders: »Die gibt es überall!«

»Wie bitte?!« Glücklicherweise lagen Kilometer zwischen den beiden Gesprächsteilnehmern, denn sonst, darüber war sich Horst im Klaren, hätte er für nichts mehr garantieren können. Uschi war ganz offenkundig nicht nur sauer, sondern megasauer. »Es hätte uns etwas passieren können, bei diesem Gekraxel! Das war lebensgefährlich! Wir sind doch keine professionellen Bergsteiger! Das hättest du uns sagen müssen!«

»Ja, aber was denn, Uschi? Also, beim besten Willen, der Weg zur Heilbronner Hütte, der ist nicht lebensgefährlich! Den sind die Claudia und ich doch auch gegangen. Gestern Mittag erst! Bei Eis und Schnee sogar!«

»Der Weg zur Heilbronner Hütte!«, schnaubte das Bebele außer sich. »Ich meine aber den Heilbronner Weg! Der ist lebensgefährlich! Da kannst du sagen, was du willst!«

»Will ich ja gar nicht! Glaube ich dir sogar! Ich hab selber mal gelesen, dass der ganz schön heftig sein kann, ja! Aber was, um alles in der Welt, hat denn das eine mit dem anderen zu tun?!«

»Was das eine mit dem anderen zu tun hat!« Selbst durch die Handyübertragung hindurch war Uschis Empörung quasi mit Händen zu greifen. »Gar nichts! Nicht das Geringste hat das eine mit dem anderen zu tun! Höchstens die völlig idiotische Tatsache, dass der Heilbronner Weg nicht zur Heilbronner Hütte führt! So ist das!«

»So ist es!«, bestätigte Horst in die empörte kurze Pause hinein. »Und jetzt sag bloß noch, ich hätte euch den Heilbronner Weg hochgehetzt, oder wie?«

»Ja, wer denn sonst? Glaubst du vielleicht, wir kriechen da aus lauter Jux und Tollerei teilweise auf allen vieren über diese grässlichen Geröllfelder? Und das, wo du doch ganz genau weißt, dass ich nicht schwindelfrei bin!«

»Aber Uschi! Noch mal, was um alles in der Welt klettert ihr auch auf dem Heilbronner Weg herum, wenn wir uns doch auf der Heilbronner Hütte verabredet haben. Das ist doch wo ganz anders: Der Heilbronner Weg ist irgendwo hinter Oberstdorf in den Allgäuer Alpen, so viel ich weiß. Aber die Heilbronner Hütte, die liegt in Österreich, in Vorarlberg, im Montafon!«

»Was du nicht sagst!«, tönte es sauer aus dem Lautsprecher. »Vielleicht teilst du uns deine geografischen Grundkenntnisse künftig aber ein bisschen früher mit!«

»Ja aber, wieso denn ich?« Nun war es Horst, der die Gegenoffensive einleitete. Sein Geduldsfaden war nun aber wirklich heftig genug strapaziert worden. »Was kann ich denn dafür, wenn ihr nicht gleich hierher zum Zeinisjoch kommt, sondern über Oberstdorf an den Heilbronner Weg geratet! Ich habe doch ausführlich mit dem Michael telefoniert! Ich hab ihn noch gefragt, ob ich ihm sicherheitshalber eine Anfahrtsskizze faxen soll ...«

»Aber Horst!« Protnik hatte sich vorsichtshalber nun wieder des Mobiltelefons bemächtigt, bevor seine Lebensabschnittsgefährtin sonst eventuell auf den verhängnisvollen Gedanken verfallen konnte, dass nicht Horst, sondern er, Michael Protnik, für den Irrtum verantwortlich zu machen war. »Wir haben doch noch zusammen telefoniert, kurz nachdem wir hinter Sonthofen waren.

Spätestens da hättest du ja sagen können, dass wir auf dem Holzweg sind!«

»Hätte ich gerne, aber da war ja dann plötzlich die Verbindung weg!«, verteidigte sich der Kommissar. »Und bei deinem zweiten Anruf, da war ja schließlich auch nichts zu verstehen, oder?«

»Nein, zugegeben! Da waren wir ja bereits auf diesem engen steilen Pfad. Deshalb hab ich ja versucht, dich anzurufen, weil ich dich habe fragen wollen, ob das denn dein Ernst sei, da hinaufzuklettern wie eine Gämse! Aber da war die Verbindung tatsächlich vollkommen daneben!«

»Und dann? Was habt ihr dann gemacht?«

»Na ja, irgendwann hab ich mir gesagt, dass das ja wohl nicht sein kann. So eine Klettertour, und dann für Anfänger! Ich hab also jemanden gefragt, der mir entgegengekommen ist, wie weit es denn noch bis zur Heilbronner Hütte sei. Da hat der sich halbtot gelacht und irgendwas von zwei oder drei Tagen erzählt. Und dann hat er uns aufgeklärt, dass das eine nicht das Geringste mit dem anderen zu tun hat – außer dem Namen eben. Ältester Klettersteig in den nördlichen Alpen, einer der höchsten und einer der schwierigsten. Ich sag's dir!« Man konnte die Gänsehaut förmlich vor sich sehen, die den armen Michael Protnik bei der bloßen Erinnerung an sein Bergabenteuer heimgesucht hatte.

»Wir haben dann eine furchtbare Nacht in irgend so einem Gasthaus verbracht, wo sie dann zu allem Überfluss auch noch einen Polterabend gefeiert haben – Polternacht hätte wohl eher gestimmt –, sind ganz früh aufgestanden, wir haben ja sowieso kein Auge zutun können bei dem Krach und jetzt: Jetzt sind wir da!«

»Na prima!« Horst hätte es eigentlich wissen müssen! Eine typische Michael-Protnik-Nummer hatte der Sputnik da wieder mal hingelegt! Das schaffte aber wirklich auch nur der! »Ich hab's dir ja noch gesagt: Aber du hast ja wieder mal alles besser gewusst und eben kein Anfahrtsfax gebraucht! Und als ich dir habe sagen wollen, dass du aufpassen musst, dass man die Heilbronner Hütte schon oft verwechselt hat, da ...«

»Ist ja schon gut!« Protnik unterbrach Horsts vorwurfsvollen Redeschwall abrupt. Wahrscheinlich hörte das Bebele mit. Und es hätte sich überhaupt nicht gut gemacht, wenn Uschi den Eindruck gewonnen hätte, dass nicht der bisher genauso ahnungs- wie wehrlose Horst für das ganze Dilemma verantwortlich zeichnete, sondern in Wirklichkeit ihr Lebensgefährte. »Also dann, wie gesagt. Wir sind schon fertig bepackt und steigen gleich auf. Es wird aber sicher Mittag werden, bis wir oben sind. Der Uschi tun nämlich von gestern die Füße weh! Mir übrigens auch!«, setzte er noch hinzu. »Also noch mal, fürs Protokoll: Wir sind jetzt genau vor dem Haus am Zeinisjoch auf dem Parkplatz. Ich drehe mich gerade nach Norden ...« Die Drehung wurde durch ein undefinierbares Knattern in der Telefonübertragung bestätigt. »Und da, hat es geheißen, müssen wir jetzt hinüber. Den Berg hoch. Dann kämen wir ganz sicher zur Heilbronner Hütte. Ist das korrekt?«, rauschte die Frage durch das elektronische Ziepen und Knirschen hindurch.

»Korrekt!« Horst verdreht die Augen. In was für einen aufgeblasenen Umstandskrämer sich der Freund und Kollege doch manchmal verwandeln konnte, wenn es darum ging, vor Uschi unbedingt glänzen zu müssen. »Also, dass das aber klar ist, zweieinhalb Stunden werdet ihr schon brauchen! Mindestens! Es läuft sich nämlich bei dem Eis und Schnee nicht ganz so gut. Zweieinhalb Stunden«, er streifte den Ärmel seines Pullovers zurück und betrachtete die Ziffern auf seiner Armbanduhr. »Das heißt, jetzt ist es acht Uhr, dann müsstet ihr so gegen 10 Uhr 30 oder eher wahrscheinlich dann um elf hier oben sein.«

»Na also! Nach der Tour von gestern wird das ein Kinderspiel für uns werden!«, versprühte der Angeber munterste Zuversicht. »Dann lass uns schon mal ein spätes Frühstück oder, noch besser, ein frühes Mittagessen vorbereiten! Weißbier gibt's doch hoffentlich in deiner Bruchbude dort oben?«, sandte er noch die alles entscheidende Frage hinterher.

»Sag das bloß dem Wirt nicht, sonst haben wir gleich noch mal Mord und Totschlag!« Der gute Protnik! Hauptsache, ein oder zwei (eventuell auch drei) gut gekühlte, sauber eingeschenkte Hefeweizen – und die Welt um ihn herum konnte zusammenbrechen!

»Was soll denn das heißen: Noch mal Mord und Totschlag?«, knisterte es aus dem Hörer.

»Das soll heißen, dass da heute Nacht jemand ums Leben gekommen ist und wir jetzt darauf warten, dass die Polizei kommt und den Fall in die Hand nimmt!«

»Mord und Totschlag! Du hältst es nicht für möglich!

Uschi! Stell dir vor, da oben hat es einen Toten gegeben und unser Horst ist schon wieder mittendrin!«, proletete der Sputnik fröhlich weiter. »Mensch Horst, wenn man dich einmal im Leben alleine lässt! Es ist doch wirklich immer dasselbe mit dir! Was genau ist denn ...«

Sicherlich wäre Horst noch eine ganze Weile in dem lästigen Frage-und-Antwort-Spiel mit dem Kollegen verstrickt gewesen, wenn nicht in diesem Augenblick die blonde Lisa um die Ecke gestürmt wäre. Keuchend blieb die Frau stehen und musterte Horst aus verzweifelten Augen.

»Michael, ich muss Schluss machen. Wir bleiben in Kontakt, aber jetzt muss ich das Gespräch abbrechen! Bis nachher!« Ohne eine Antwort abzuwarten, drückte Horst auf den roten Knopf seines Mobiltelefons und beendete die Unterhaltung abrupt. »So, das hätten wir!«, seufzte er, ließ das Telefon in die Hosentasche gleiten und machte einen vorsichtigen Schritt auf Lisa zu. »Was ist denn mit dir passiert?«, versuchte er die erregte Frau mit einem gewinnenden Lächeln zu beruhigen. »Ist denn der Leibhaftige hinter dir her, oder wie?«

Lisa schüttelte heftig den Kopf und gab zunächst aber keinen Ton von sich. Dann räusperte sie sich trocken. »Liegt er ...«, begann sie mit rauer Stimme. »Ich meine ... ist er ... liegt er hier?« Suchend sah sie sich um.

»Du meinst den Sven?«

Lisa nickte heftig, ihre Mundwinkel begannen zu zucken und dicke Tränen tropften aus ihren Augen.

»Ich glaube nicht, dass es gut wäre ...« Weiter kam Horst nicht, denn in diesem Augenblick näherte sich

Ulrich Hägele seiner nunmehr hemmungslos schluchzenden Freundin. »Du meine Güte, Lisa! Jetzt nimm dir das doch nicht so zu Herzen!« Ratlos stierte er auf die allem Anschein nach kurz vor einem Nervenzusammenbruch stehende Frau.

»Wo ist er? Wo habt ihr ihn hingebracht?«, murmelte sie mit tonloser Stimme. »Ich will ihn sehen!«

Hägele legte die Hand fest auf ihre Schulter und hinderte sie so am Aufstehen: »Lisa, lass das! Das ist jetzt nichts für dich! Warte erst mal, bis die Polizei da ist!«

»Lass mich! Fass mich nicht an!«, fauchte die Fränkin und wischte mit einer heftigen Bewegung Ulrichs Hand von ihrer Schulter, um anschließend erneut von einem heftigen Weinkrampf geschüttelt zu werden.

»Aber Lisa ...«

»Du sollst mich in Ruhe lassen!«

Für Horst stand fest: Hägeles Anwesenheit machte alles nur noch schlimmer. Aber, wie sollte er diesem sein Fazit beibringen? »Uli!« Horst näherte sich dem anderen vorsichtig. »Das bringt nichts, im Augenblick wenigstens! Die Lisa ist fertig! Fix und fertig!«, erklärte er und deutete auf die Frau, die sich an die holzverschalte Außenwand der Hütte gelehnt hatte und einen jammervollen Anblick bot. »Schließlich war der Sven Konerth ja nicht nur euer Geschäftspartner, sondern auch euer Freund! Es muss sie schockartig getroffen haben ... Aber das wird auch wieder, Ehrenwort!«

Hägele nickte wenig begeistert. Missmutig stierte er zu dem tränenüberströmten Häufchen Elend hinüber. »Ich frag mich bloß, ob sie genauso heulen würde, wenn ich da anstelle von Sven unter der Plane liegen würde«, murmelte er düster.

»Sven!« Als habe sie auf dieses Stichwort gewartet, wandte sich Lisa um und starrte ihm mit tränennassen Augen ins Gesicht. »Und wo ist der Andy? Was hast du mit dem Andy gemacht?«, flüsterte sie mit heiserer Stimme.

»Ich! Mit dem Andy! Ich würde gerne wissen, wo der ist und was das alles soll! Also, mir reicht es jetzt! Ich gehe wieder rein! Du kannst dann ja kommen, wenn du dich endlich ausgeheult hast!« Mit wütenden Schritten stapfte Hägele zurück zur Terrasse.

25

»Das ist ja eine schöne Sauerei!« Fast wäre Horst mit Ulrich Hägele zusammengestoßen, als der auf dem unteren Flur der Heilbronner Hütte wutentbrannt um die Ecke schoss. Der Kommissar hatte gerade eben die verzweifelte Lisa zum Matratzenlager der Frauen hinaufgebracht, nachdem er ihr versprochen hatte, Claudia zu ihr hoch zu schicken. Denn allein wollte die Frau jetzt auf gar keinen Fall bleiben, das halte sie nicht aus! Nach den ganzen schrecklichen Dingen, die sich ereignet und die ihr Nervenkostüm völlig in Mitleidenschaft gezogen hatten. Als sie das Zimmer betreten hatten, kauerte da freilich schon die ebenfalls ziemlich durcheinander geratene Sylvia in einer Ecke und starrte blicklos zum Fenster hinaus. Lisa hatte daraufhin aufgeatmet und Horst versichert, dass die Anwesenheit von Claudia dadurch nicht mehr nötig sei. Dank ihrer Freundin Sylvia sei sie ja nun nicht mehr alleine in dem einsamen Raum.

»Das ist wirklich nicht zu fassen!« Mit zorngerötetem Gesicht hielt Hägele inne und wischte sich den Schweiß von der Stirn. »Das ist ja allmählich ein Irrenhaus, oder was!« Er atmete schwer, während er vorwurfsvoll zu seinem Gegenüber hinüberstierte.

»Was ist denn jetzt schon wieder los?«, erkundigte sich Horst genervt. Er hatte schließlich selber genug von diesen ständigen Überraschungen, die seit dem Morgen in unschöner Regelmäßigkeit blitzartig aus dem Nichts auftauchten. Eigentlich hatte er ja immer noch ganz andere Sorgen! Aber bitte, nur nicht daran denken! Denn schon wieder meldete sich sein Magen mit unangenehmem Drücken.

»Was los ist!«, schnaubte Hägele. »Jetzt hat mir einer auch noch meine Wanderstiefel gestohlen!«

»Die Wanderstiefel gestohlen!«, wiederholte Horst. »Wer soll das denn gewesen sein?«

»Was weiß ich!«, zischte der Stiernacken wütend. »Ich weiß nur, dass ich Kleinholz aus dem mache, wenn ich den erwische.«

»Aus wem willst du Kleinholz machen?« Sepp Tschofen hatte die letzten Worte der wenig freundlichen Unterhaltung mitbekommen und näherte sich den beiden mit fragender Miene.

»Aus dem, der mir meine Stiefel gestohlen hat!«

»Die Stiefel gestohlen!« Der Hüttenwirt lachte kurz auf. »Das gibt's nicht!«

»Was heißt hier, das gibt's nicht! Und was gibt es da auch noch zu lachen? Weg ist weg, da brauchst du dich nicht auch noch darüber freuen! Die sind noch fast neu und waren schweineteuer. Außerdem hab ich sie ja so gut wie gar nicht benutzt, weil wir ja immer mit dem Bike unterwegs waren!«

»Schon gut, schon gut!«, beschwichtigte Tschofen den aufgebrachten Mann. »War nicht so gemeint mit dem

Lachen. Aber ich bin jetzt seit über 20 Jahren auf der Hütte und habe tausende Gäste kommen und gehen sehen. Da ist noch nie auch nur ein einziger Stiefel bisher geklaut worden.«

»Einmal ist immer das erste Mal«, brummte Hägele unwirsch.

»Ganz langsam! Ich war noch nicht fertig!«, gebot der Hüttenwirt seinem Gegenüber Einhalt. »Was aber ständig passiert, das ist die Tatsache, dass sich der falsche Mensch die Schuhe anzieht.«

»Eine feine Umschreibung für Diebstahl!«, spöttelte Hägele.

»Nein! Jetzt wart doch mal! Da ist kein Diebstahl im Spiel. Die Wanderstiefel sehen ja heutzutage fast alle gleich aus. Da gibt's drei oder vier Grundmodelle, und deshalb kann es mal passieren, dass einer den falschen Schuh anzieht. Aber das geht meistens keine hundert Meter, dann hat er's gemerkt, wenn der Schuh beispielsweise zu groß war. Und dann ist derjenige bisher noch jedes Mal freiwillig zurückgekommen. Denn mit den falschen Schuhen auf- oder abzusteigen, das ist nun wirklich kein Vergnügen!«

»Aber wer, bitte schön, soll denn meine Schuhe angezogen haben. Es ist ja gar niemand da!«, war Hägele mit der Antwort alles andere als zufrieden. »Außer dem Andy natürlich ...«, setzte er nachdenklich noch hinzu.

»Jetzt erst mal langsam, bevor wir ständig falsche Verdächtigungen aussprechen!« Tschofen hatte sich an Hägele vorbeigeschoben und öffnete die Tür des Schuhdepots. »Wo hast du sie denn hingestellt?«

»Na, da drüben, gegenüber von der Eingangstür!«, deutete Hägele auf die Stelle, an der er vorhin vergeblich seine Stiefel gesucht hatte.

»Aha«, nickte der Wirt nachdenklich. »Da sind sie tatsächlich nicht!«

»Was du nicht sagst!«

»Und neu waren sie auch«, tat Tschofen so, als habe er den hämischen Kommentar einfach überhört.

»Nagelneu! Wieso?«

»Na ja, weil es schon mal vorkommt, dass einer seine ausgetretenen alten Latschen hier einfach zurücklässt und sich mit seinen bequemen Turnschuhen auf den Weg ins Tal macht – falls die Wegverhältnisse das zulassen! Und ich kann dann den Abfall wieder entsorgen!«

»Aber jetzt mach mal bitte einen Punkt!« Entrüstet glotzte Hägele zum Hüttenwirt hinüber, der in der Tat bereits gepunktet hatte.

»Schon gut, schon gut! War nicht so gemeint. Aber sagt mal, da ist es ja nass auf dem Boden!«, deutete Tschofen mit ausgestrecktem Arm auf die zahlreichen Wasserflecken, die von der Außentür bis zum Schuhregal an der gegenüberliegenden Wand führten, auf dem Hägele gestern Abend seine Schuhe abgestellt hatte. »Da muss jemand hier gewesen sein!«, konstatierte der Wirt und legte nachdenklich die Stirn in Falten.

»Das ist sicher noch von gestern! Wir waren ja alle klatschnass um die Beine herum! Bis das trocknet! Ich bin gespannt, wie feucht meine Stiefel jetzt noch sind.« Horst warf einen prüfenden Blick auf das zweite Schuhregal und griff dann nach einem seiner Stiefel. »Donnerwetter!« Überrascht tastete er das Innere des Schuhs ab. »Trocken! Vollkommen trocken! Das hätte ich nie und nimmer für möglich gehalten!«

»Doch«, nickte Tschofen. »Wir haben hier extra deswegen auch eine Heizung. Sogar noch zusätzlich unter den Schuhregalen. Eben deshalb, damit niemand morgens in eiskalte nasse Stiefel steigen muss. Deshalb ist es ja auch so warm hier drinnen«, setzte er mit bedeutungsvollem Augenzwinkern noch hinzu.

»Schön!«, nickte Horst anerkennend. »Da hat sich ja jemand glatt was dabei gedacht!«

»Eben! Aber jetzt überleg mal, gerade weil es so warm hier drinnen ist, können die Wasserflecken unmöglich von gestern Abend stammen. Oder siehst du irgendwo in der Nähe von deinen Schuhen noch nasse Stellen? Müsste ja dann der Fall sein, oder?«

»Du hast Recht! Alles trocken!«, pflichtete der Kommissar ihm bei. »Das heißt also, dass da heute Nacht jemand drin gewesen ist!«

»Aber da ist doch hoffentlich abgeschlossen in der Nacht!«, warf Hägele dazwischen.

Tschofen machte eine wegwerfende Handbewegung. »Wieso soll denn da abgeschlossen sein? Es kommt doch keiner mal schnell vorbei und räumt die Hütte aus!«

»Eben doch!«

»Ach was! Du wirst sehen, deine Stiefel finden sich bald wieder! Nein«, Tschofen schüttelte langsam den Kopf. »Da muss jemand am frühen Morgen gekommen sein, jemand, der in der Nacht unterwegs war! Denn das Wasser wäre längst getrocknet, wenn unser Besucher schon in der Nacht gekommen wäre. Nein, das kann erst drei oder vier Stunden her sein!«

»Das wird ja immer besser!«, schnaubte Hägele unwillig. »Das heißt, du willst uns damit sagen, dass da heute Nacht womöglich der Mörder hereingekommen ist. Also derjenige, der den Sven auf dem Gewissen hat!«

»Ich will gar nichts sagen!« Ein strenger Blick streifte den anderen. »Das ist Sache der Polizei. Ich beobachte nur, weiter nichts!«

»Wenn wir aber schon dabei sind«, mischte sich Horst in die Debatte, »was wolltest du denn eigentlich hier unten?«

»Ich?!« Genauso überrascht wie verständnislos starrte der Gefragte in das Gesicht des Kommissars. »Was ich hier wollte ...«, stammelte er und schien zu überlegen. »Na, nach meinen Schuhen gucken natürlich! Ob die trocken sind!«

»Ich denke, du hast sie gar nicht benutzt! Ihr seid doch mit dem Bike gekommen!«

Hägele zuckte kurz zusammen, dann jedoch grinste er breit. »Schlaumeier! Deshalb stehen ja auch meine Fahrradschuhe gleich daneben! Da schau!«, deutete er zum Regal hinüber, auf dem die Schuhe auch tatsächlich zu sehen waren.

»Na ja«, überspielte Horst die in ihm aufkommende Verlegenheit. »Trotzdem hatten wir ja gesagt, dass wir drinnen bleiben. Aber noch was: wo sind denn eigentlich die Schuhe von deinem Kompagnon?«

»Du meinst den Andy?«

»Genau den!«, nickte Horst.

»Tja«, ratlos blickte sich Hägele in dem Raum um. »Wo hat der sie denn hingestellt. Ja, doch, da drüben, neben denen von Sylvia! Da guck, da stehen sie ja!«

»Also jetzt verstehe ich aber bald gar nichts mehr!« Das wurde alles immer merkwürdiger. Ein unbehagliches Gefühl beschlich den Kommissar. »Also, der Sven ist tot – ganz offensichtlich ermordet worden. Der Andreas Unruh, euer Andy, der ist spurlos verschwunden. Seine Schuhe sind aber da. Dafür sind deine Schuhe weg! Merkwürdig! Dabei hast du doch mit Sicherheit viel größere Füße als der Andy, oder?«

»Stimmt«, nickte Hägele. »Aber in zu große Schuhe passt man ja eher rein als in zu kleine, oder?«

»Schon! Aber trotzdem ist das alles merkwürdig! Und dann noch die nassen Spuren auf dem Fußboden ... also ich weiß nicht! Klar, alles spricht dafür, dass es der eifersüchtige Ehemann war, der den Konerth umgebracht hat. Wieso wäre er sonst auch verschwunden. Aber ich weiß nicht!« Horst überlegte fieberhaft, doch die Puzzleteile wollten einfach nicht so recht ineinander passen. »Wer weiß, vielleicht ist der Mörder doch unter uns!«

»Na, bravo! Das wird ja immer besser!« Entrüstet ballte Hägele die Fäuste. »Jetzt sind wir auch noch unter Mordverdacht, oder wie? Teufel auch!«

»Tja«, ließ sich Horst nicht beirren. »Dann bin ich gespannt, was die Kollegen nachher herausfinden werden, wenn sie kommen. Und was uns der Tag sonst noch an Überraschungen bringt!«

Es würden einige sein, aber wie sollte er das zum jetzigen Zeitpunkt schon ahnen ...

26

»Kurz nach 10 Uhr!«, brummelte Sepp Tschofen und starrte verdrießlich auf seine Armbanduhr. »Drei Stunden haben die Kerle also gebraucht, unglaublich!« Gerade eben war die Köchin Jadranka in die Stube gekommen und hatte berichtet, dass sich zwei Gendarmeriebeamte der Hütte näherten. Der Hüttenwirt erhob sich. »Na dann! Mach denen doch bitte einen Kaffee, Jadranka. Nicht, dass die sonst vor Schwäche umfallen, wo sie doch jetzt schon drei Stunden im Dienst haben sein müssen!«

Im selben Moment wurde die Tür geöffnet und zwei uniformierte Polizeibeamte betraten den Raum.

»Grüß Gott! Da sind wir!«, grüßte der erste, ein langer schlaksiger Mann mit schiefsitzender Krawatte, und ließ seinen Blick prüfend über die Versammlung schweifen.

»Grüß Gott!«, tat es ihm sein Begleiter nach, der mit hochrotem Kopf auf der Türschwelle verharrte und ein großes, kariertes Taschentuch aus der Hosentasche zog, mit dem er sich erschöpft dicke Schweißperlen von der Stirn wischte.

»Na, da schau an! Der Felix und der Anton! Grüß euch!«, begrüßte Sepp Tschofen die beiden Neuankömmlinge und machte eine einladende Geste. »Respekt, Kameraden, Respekt! Ihr habt es tatsächlich geschafft, durch Schnee und Eis! Und gegen einen schönen, warmen Kaffee habt ihr wohl auch nichts einzuwenden, oder? Jadranka, bring bitte zwei Tassen!«, nickte er zur Küche hinüber, während ein spöttisches Lächeln um seine Mundwinkel zuckte.

»Also, mir ist auch so schon warm genug!«, stöhnte der eine und hob abwehrend die Hand. »Ich hätte lieber einen Almdudler! Für ein Bier ist's ja noch zu früh!«, warf er einen bedauernden Blick auf seine Uhr.

»Also, ein Almdudler! Geht in Ordnung! Und du«, wandte sich der Wirt an den hageren Gendarmeriebeamten, »auch lieber ein Almdudler oder doch einen Kaffee?«

»Mir kannst du ruhig einen Kaffee bringen, Jadranka«, wandte er sich direkt an die Köchin. »Und dann …«

Vom Flur her war das Geräusch von Schritten zu hören. Grinsend blinzelte der Gendarm zu seinem immer noch in der Tür stehenden Kollegen hinüber. »Aha! Da sind sie! Fast fünf Minuten später als wir!«

»Wer, die?«, erkundigte sich Tschofen.

»Wirst es gleich sehen!«, lachte der Gefragte. »Da schau, da kommen sie schon! Grüß Gott die Herren!«

»Du mich auch!«, knurrte es von der Tür herüber.

»Jetzt mach halt schon mal Platz!«, schob ein weiterer Uniformierter den verschwitzten Polizisten energisch in die Stube. »Das gibt Revanche, das schwöre ich euch!«

»Und wie!«, bestätigte dessen Begleiter, seinem Gesichtsausdruck nach offenbar genauso angesäuert wie der andere.

»Ja, da schau an: Die Gendarmerie aus Ischgl!« Sepp Tschofen war aufgesprungen und musterte die vier Polizisten kopfschüttelnd. »Was tut ihr denn hier? Alle auf einmal!«

»Betriebsausflug«, murmelte Horst, der es wieder einmal nicht lassen konnte, leise. Ein bitterböser Blitz aus den Augen des zweiten Ischglers war die Folge.

»Was wir hier tun? Das frage ich dich!« Der Gendarm baute sich entrüstet vor dem Hüttenwirt auf. »Du warst es doch, der uns alarmiert hat, oder etwa nicht?«

»Ja, schon«, räumte der Gefragte ein.

»Also, und hier sind wir!« Missmutig ließ er seinen Blick durch die Stube wandern. »Weshalb allerdings die auch da sind«, er glotzte böse zu seinen kurz vor ihm angekommenen Kollegen hinüber, »das ist mir aber schon ein Rätsel!«

»Ein Rätsel ist das keines!«, erhielt er postwendend die Antwort des anderen Gendarmen. »Wir sind auch alarmiert worden, anscheinend zeitgleich!«

»Auch alarmiert worden!«, schnaubte der erste empört. »Das heißt, du hast beide Posten hintereinander hier hochgejagt! Einfach so!«, funkelte er zornig in das Gesicht des Hüttenwirts. »Das ist ja unglaublich! Das lassen wir nicht einfach auf sich beruhen! Mein lieber Freund, das wird ein Nachspiel haben, das garantiere ich dir!«

»Ein Nachspiel!« Jetzt war es an Tschofen, allmählich die Geduld zu verlieren. Er schlug sich mit der flachen Hand an die Stirn. »Jetzt haltet aber mal bloß die Luft an! Da draußen haben wir heute Morgen einen Toten entdeckt, eventuell ist sogar ein Mord geschehen! Und da will man mir jetzt einen Strick daraus drehen, dass ich euch alarmiert habe! Das glaubt ihr doch wohl selber nicht! Wie wäre es denn eigentlich, wenn ihr euch den Toten mal ansehen würdet, anstatt mich mit Drohungen zu überschütten!« Er hatte sich erhoben und deutete mit dem ausgestreckten Arm zum Fenster hinaus.

»Das hat Zeit! Tot ist tot!«, machte der andere in alpenländischem Fatalismus. »Den juckt schließlich nichts mehr. Mich würde aber dennoch die Frage interessieren, wieso du offensichtlich nicht nur uns in Ischgl alarmiert hast, sondern auch noch den Posten Gaschurn!«

Tschofen, der sich diesen Nachweis akribischer Polizeirecherche kopfschüttelnd angehört hatte, breitete die Arme aus. »Na, das ist doch wohl klar – und zwar aus mehreren Gründen: Erstens liegen wir hier im absoluten Grenzbereich zwischen Vorarlberg und Tirol. Den Toten da haben wir unten am Scheidsee gefunden, wer weiß, wer hinterher also wieder dafür zuständig ist. Ich sage nur Ötzi und so ... Da streiten sie sich ja noch heute darüber!« Er hielt kurz inne und blickte bedeutungsvoll von einem zum anderen. »Oder etwa nicht? Und da geht's sogar um Österreich und Italien und nicht bloß um Tirol und Vorarlberg! Und außerdem, wer weiß denn, wer von den beiden Posten wirklich abkömmlich ist? Ischgl oder Gaschurn? Deshalb habe ich vorsichtshalber beide angerufen!«

»Das hätten wir auch selber klären können«, warf der Gendarm in die Debatte.

»Das sehe ich!«, knurrte Tschofen. »Es hätte ja wohl wirklich auch im Bereich des Möglichen gelegen, dass ihr euch untereinander anruft und klärt, wer denn jetzt da hochfährt, aber nein ...«

»Nun ist es aber so, wie es ist!«, ergriff der Gendarm geistesgegenwärtig die Flucht nach vorne.

»Was mich aber dennoch interessieren würde«, ließ sich der Hüttenwirt nicht beirren. »Wo kommt ihr denn jetzt erst her? Drei Stunden sind ja wirklich eine lange Zeit. Das schaffe ich normalerweise in 60 Minuten! Also, wo um alles in der Welt habt ihr so lange gesteckt?« Neugierig musterte er die vier Gendarmen.

»Gesteckt ist gut!«, brummte einer der Gaschurner. »Unser Allrad hat nicht mehr richtig funktioniert und ist dann schließlich im Tiefschnee ganz ausgefallen. Da unten, bei dem steilen Anstieg, da sind wir dann stecken geblieben. Und deshalb haben wir die letzten Meter ja auch zu Fuß machen müssen!«, deutete er verstimmt auf seine nassen Hosenbeine. »Mitten durch den Schnee hindurch!«

»Und wieso habt ihr uns denn dann bitteschön nicht überholen lassen?«, zischte einer der Gendarmen aus Ischgl böse. »Ich war ja irgendwann hinter euch und wollte überholen, man hat ja gesehen, dass ihr Probleme mit dem Wagen habt! Der Kollege hat euch sogar noch angefunkt, aber ihr habt nicht reagiert! Im Gegenteil, ihr habt uns regelrecht den Weg versperrt, als ich versucht habe, an euch vorbeizukommen, dass unser Auto ausgebrochen ist und wir dann in einer Schneewehe festgesteckt sind! Bis wir uns da wieder freigeschaufelt haben!«

»Das war doch keine Absicht!«, gab sich der Beschuldigte zerknirscht, während sein Begleiter ganz offensichtlich nur mühsam ein Grinsen unterdrücken konnte. »Du sagst es ja selber, der Wagen hat immer ganz furchtbar hin- und hergeschleudert, auch grade dann, als ich dich habe vorbeilassen wollen! Pech!«

»Pech!«, zischte der andere. »Dann hättet ihr wenigstens anhalten und uns helfen können, oder?!«

»Und wären dann selber stecken geblieben. Du weißt doch, wie es ist: Wenn ich da anhalte, dann komme ich nie wieder in Schwung!« Das Unschuldslamm breitete bedauernd die Arme aus. »Tut mir leid, ehrlich! Und jetzt seid ihr auch noch ganz umsonst gekommen.« Er rutschte vorsorglich mit seinem Stuhl ein Stückchen weiter nach hinten. Man konnte ja schließlich nie wissen ... »Denn zuständig ist eindeutig Gaschurn – also Vorarlberg! Wenn auch nur wegen ein paar Metern. Der Scheidsee gehört zu uns und die Heilbronner Hütte sowieso! Ich hätte die Arbeit ja wirklich gerne euch überlassen«, setzte er mit scheinheiliger Miene noch hinzu, »aber wie gesagt ...«

»Komm, Hans!« Mit zorngerötetem Gesicht wandte sich der Gendarm aus Ischgl an seinen Kollegen. »Verarschen können wir uns selber!« Mit wütenden Schritten stampfte er hinaus.

»Aber, aber ich hätte schon noch vorher gerne einen Kaffee getrunken! Warte doch, Josef!«

»Die sollen an ihrem Kaffee ersticken!«, schallte es durch den Flur herein. »Ich gehe! Basta!«

Mit resignierter Geste zuckte der so an seinem Kaffeegenuss rüde gehinderte Beamte die Schultern: »Kann man nichts machen! Der ist wieder mal am Durchdrehen! Der ist imstande und fährt ohne mich los.« Hastig setzte er seine Dienstmütze auf und eilte dem erbosten Kollegen hinterher.

»Das war wohl nichts!« Grinsend triumphierte der hagere Gendarm aus Gaschurn in die Runde. »Na, dann können wir uns jetzt also an die Arbeit machen!« Er tippte sich grüßend an die Schläfe: »Schwarzenberger Anton heiß ich. Und das da«, deutete er auf seinen Begleiter, der mittlerweile mit gierigen Schlucken die zweite Flasche Almdudler in die Kehle schüttete, »das ist der Gstrein Felix! Also, machen wir uns an die Arbeit! Wer hat denn den Toten gefunden?«

Horst hob zögernd die Hand. »Ich. Das heißt, wir! Meine Frau Claudia und ich, um genau zu sein. Aber Entschuldigung, eine Frage hätte ich noch. Der Name Schwarzenberger, der kommt mir irgendwie bekannt vor. Kann es sein, dass Sie einen Verwandten in Kufstein haben, bei der dortigen Gendarmerie?!«

Ein Sonnenstrahl huschte über das Gesicht des Gefragten. »Ja, richtig! Natürlich. Meinen Vater. Der ist Kommandant dort in Kufstein! Kennen Sie den?«

Und ob Horst den kannte. Diesen Namen würde er nie vergessen!

Spätestens dann, wenn er kurz vor der Grenze zwischen Deutschland und Österreich an den Verkaufsstellen für die österreichischen Autobahnvignetten vorüberfuhr, dann drängte sich der Name Schwarzenberger Alois regelmäßig in sein Gedächtnis. Denn immerhin hatte ihn jener auf einer dienstlichen Recherchefahrt im November 1997 stundenlang in der Gendarmeriestation Kufstein festgehalten, nachdem Horst von zwei Gendarmen kurz vorher festgenommen worden war. Ja, tatsächlich festgenommen, nur weil er damals vergessen hatte, das berühmt-berüchtigte Pickerl auf die Scheibe seines Wagens zu kleben!

»Ja, den kenne ich! Ich bin nämlich Kollege, müssen Sie wissen: Kriminalkommissar in Heilbronn. Damals, 1997, war ich noch bei der Polizeidirektion Ulm, als ich dann im Gendarmerieposten in Kufstein auf ihren Vater getroffen bin. Der hat mich damals ordentlich schmoren lassen, wegen eines vergessenen Pickerls. So etwas geht einem halt nie aus dem Sinn. Und Sie sind also jetzt in seine Fußstapfen getreten?«

»Bin ich!« warf sich der Hagere (das Ebenbild seines Vaters!) stolz in die Brust. »Ach ja, jetzt erinnere ich mich wieder! Richtig! Sie waren das also damals!«, grinste er jetzt über alle vier Backen. »Was haben wir damals gelacht, als uns mein Vater diese Geschichte von Ihrer Verhaftung erzählt hat!« Begeistert klatschte er die Hände zusammen. »Eine tolle Geschichte, wirklich!«

»Na ja!« Horst zog es vor, seinen Blick auf die Tischplatte zu senken und die Vergangenheit ruhen zu lassen. Also doch! Er hatte es damals schon geahnt, dass die österreichischen Kollegen nur ihre Späße mit dem deutschen Piefke getrieben hatten, aber zu beweisen war das natürlich nie gewesen. Bis gerade eben! Rein zufällig! Und nun? Nun war es das Beste, das Thema zu wechseln. Und zwar so schnell wie möglich!

27

Die Begutachtung der Leiche und die darauf erfolgte Inaugenscheinnahme des Tatortes durch die beiden Gendarmen hatten keine neuen Fakten ans Tageslicht kommen lassen. Im Gegenteil! Horst konnte sich nicht genug darüber verwundern, dass ihnen keiner von denen Vorhaltungen wegen der zertrampelten Spuren unten am See gemacht hatte. Von wegen! Die zwei waren mehrmals mit wichtiger Amtsmiene am Ufer auf und ab patrouilliert, hatten das Kinn bedeutungsvoll in die Höhe gereckt und sich anschließend eifrig Notizen über ihre Beobachtungen gemacht. Auch die Tatsache, dass man die Leiche hoch an die Hütte transportiert hatte, war achselzuckend zur Kenntnis genommen worden und hatte nicht die geringste Missfallensbekundung hervorgerufen. Vielleicht auch deshalb, weil ja bereits tatsächlich ein echter Kieberer anwesend war, zwar ein deutscher, aber immerhin ein Kieberer! Und das von Anfang an!

Dass es sich nicht um einen Unglücksfall handeln dürfte, auch darüber waren sich die Gendarmen Gstrein und Schwarzenberger relativ schnell im Klaren. Die Beule am Hinterkopf deute ja glasklar in eine andere Richtung. »Mord!« hatte der Schwarzenberger Anton das Ergebnis seiner Recherche mit unheilvoller Miene verkündet. »Eindeutig Mord!«

»Und was jetzt?«, stierte sein Kollege ratlos in das Panorama der von gleißendem Sonnenlicht überstrahlten Bergwelt.

»Was jetzt? Ganz klar, jetzt müssen wir die Kieberer alarmieren! Das ist jetzt deren Sache! Ich fasse da nichts mehr an! Tatortsicherung und so! Namen der Zeugen notieren!«, fasste er sein Wissen aus dem Grundkurs für Gendarmeriebeamte musterhaft zusammen. »Kann ich mal dein Telefon benutzen, Sepp?«

»Theoretisch ja, praktisch nein!«, gab der zur Antwort.

»Ja, wie jetzt? Ja oder nein?«

»Also, vorhin zumindest war's noch gestört! Aber vielleicht geht es inzwischen wieder, ihr könnt es einmal probieren!«

»Telefon gestört!« Nachdenklich legte Schwarzenberger den Zeigefinger an die Lippen und schien zu kombinieren. »Ob das womöglich auch etwas mit der Tat zu tun hat? Hmm! Komm, Felix, wir schauen mal, ob das Ding jetzt vielleicht tut!«

Der Kollege hatte bereits den Telefonhörer abgehoben und lauschte angestrengt in die Muschel. »Wort mit x!«, murmelte er bedeutungsvoll.

»Wie? Was soll das heißen?«

»Nix!« Der Gendarm legte den Hörer zurück auf den Apparat. »Da tut sich nichts! Die Leitung ist tot!«

»Tot wie unser Mordopfer! Wird ja immer krimineller. Obwohl, der Täter dürfte ja wohl eindeutig feststehhen!« Schwarzenberger verschränkte die Arme vor der Brust und musterte den anderen herausfordernd. »Was meinst du, Felix? Die Sache ist doch sonnenklar, oder?«

»Klar wie Kloßbrühe!«, nickte der. »Das ist dieser Kerl da gewesen, der jetzt verschwunden ist! Dieser«, er blätterte in seinen Notizen. »Richtig, da steht es: Unruh. Dieser Andreas Unruh ist es gewesen! Logisch!«

Noch bevor Schwarzenberger in der Lage war zu antworten, ertönte ein spitzer Schrei: »Nein! Das ist nicht wahr! Das stimmt nicht! Das dürft ihr nicht sagen! Der Andy ist kein Mörder!« Verzweifelt rang Sylvia Unruh die Hände. Wirr fielen die blonden Haare über ihr Gesicht, ganz offensichtlich stand die hysterische Frau am Rande eines Nervenzusammenbruchs.

»Nicht das auch noch!«, stöhnte Horst. »Die dreht durch! Kannst du denn da nichts machen!«, wandte er sich an Claudia, die die Frage ihres Mannes mit einem ratlosen Achselzucken quittierte. »Na gut, ich kann's ja mal probieren.« Sie erhob sich und legte der jetzt hemmungslos schluchzenden Sylvia den Arm um die Schulter. »Sylvia, das wird schon wieder. Das ist doch nur so eine Theorie. Das kann sich doch alles noch ganz anders entwickeln!«

»Das dürfen die nicht! Das dürfen die nicht sagen! Sag ihnen, dass sie das nicht sagen dürfen! Der Andy ist kein Mörder!« Mit Panik im Blick stierte Sylvia in die Runde. »Das dürfen sie nicht, nein, das ist nicht richtig«, flüsterte sie kraftlos, während ein neuerlicher Weinkrampf ihren Oberkörper erbeben ließ.

»Komm, wir gehen wieder hoch auf das Zimmer! Da

kannst du dich ein bisschen ausruhen!« Claudia schob die weinende Frau vorsichtig zu der Stube hinaus.

Die beiden Gendarmen schauten den beiden mitleidig hinterher, dann übernahm Schwarzenberger wieder die Initiative. »Tja, da kann man nichts machen! Die Wahrheit tut halt manchmal weh!«, setzte er mit gedämpfter Stimme noch hinzu. »Hat eigentlich jemand von euch ein Handy dabei, wenn schon das Telefon nicht funktioniert?«, musterte er die Anwesenden hoffnungsvoll.

Horst streckte den Zeigefinger in die Höhe. »Ja, ich! Es funktioniert aber nur draußen, an der Nordostseite!«

»Na, wenigstens funktioniert es überhaupt!«, nickte der Gendarm zufrieden. »Kannst du das mit dem Telefonieren übernehmen, Felix?«, wandte er sich zu seinem Kollegen.

»Klar!«, streckte dieser die Hand aus, um das Mobiltelefon im Empfang zu nehmen. »Mach ich!« Damit stapfte er gemessenen Schrittes nach draußen.

»Was mich noch interessieren würde«, setzte sich Schwarzenberger zu den anderen an den Tisch der Stube. »Was für ein Mensch ist der denn gewesen, dieser Sven Konerth. Ihr müsstet den ja ganz gut kennen. Ihr seid ja allesamt seine Kollegen, oder?«

Bevor Horst zumindest für sich und Claudia die Tatsache reklamieren konnte, dem braungebrannten Angeber gestern Abend zum ersten mal im Leben (und auch zum letzten Mal) begegnet zu sein, meldete sich von der Küchentheke eine weibliche Stimme zu Wort: »War nix gutt Mensch! War Teiffel!« Jadranka! Entschlossen hatte sie die Arme vor der Brust verschränkt und fixierte den überraschten Gendarmen mit ernster Miene. »Nix gut Mensch gewesen! Ist nix schade um den! War schlimmer Teiffel!«

Da schau an! Jadranka!

In diesem Augenblick durchzuckte Horst ein schlimmer Gedanke: Was wäre, wenn ...

Er verwarf die Theorie so schnell, wie sie gekommen war. Jadranka! Nie und nimmer! Unmöglich!

Doch so einfach ließ sich der Verdacht nicht niederkämpfen. Unaufhaltsam brach sich die Erinnerung Bahn. Die Erinnerung an gestern. Gestern Abend. Der »Besuch« des Angebers bei der wild um sich schlagenden kroatischen Köchin. Deren Verzweiflung. Deren Abscheu. Deren bitteres Fazit! »Nix gutt, Teiffel!«

Wieder und wieder kreiste die Aussage in seinem Gehirn: »Nix gutt, Teiffel!«

Jadranka?

28

»Da bitte, Telefon für Sie!« Mit freundlichem Lächeln streckte der Gendarm mit Namen Gstrein Horst das Handy entgegen und riss den überraschten Kommissar damit aus seinen düsteren Gedanken.

»Wie? Telefon?«

»Ja! Ich habe grade eben mein Gespräch mit den Kollegen beendet, da hat es schon wieder geklingelt! Ich hab halt abgenommen«, hob der Polizist verlegen lächelnd die Achseln. »Ein Freund von Ihnen ist dran: Brodnigg oder so ähnlich!«

»Protnik!« Horst erhob sich und nahm das Handy in Empfang.

»Protnik, auch möglich!«, sinnierte der andere und deutete nach draußen. »Aber hier drinnen werden Sie wahrscheinlich nichts verstehen, da rauscht und knattert es bloß!«

In der Tat. Zwar hatte sich Horst mit Namen gemeldet, doch mehr als ein aufgeregtes chaotisches Fiepen und Zischen drang nicht an sein Ohr. »Moment bitte noch. Bleib bitte dran! Ich muss mir nur erst eine bessere Stelle suchen.« Er öffnete die Tür und trat auf die Terrasse. »Jetzt müsste es langsam besser werden«, informierte er den Teilnehmer am anderen Ende der Verbindung. »Pass auf, gleich haben wir vollen Empfang!« Kaum war Horst um die Ecke gebogen, verebbte das Rauschen augenblicklich und glasklar war mit einem Mal die ärgerliche Stimme von Michael Protnik zu hören. »Der Kerl hat vielleicht Nerven! Das kostet Unsummen! Bin ich Krösus oder was?! Mensch, Mann. Beweg endlich deinen Arsch!«

»Hab ich schon! Und im Übrigen höre ich seit drei Sekunden alles!«, wies Horst den Kollegen auf die unfeine Formulierung hin, die soeben an sein Ohr gedrungen war.

»Der Herr Kommissar! Endlich!«, tönte es unbeeindruckt von der Meyerschen Kritik zurück. »Na, rate mal, wo wir sind!«

»Wo wer ist?«, stand Horst irgendwie auf der Leitung.

»Na, wir natürlich! Die Uschi und ich! Wir sind nämlich gleich da!«, schallte es triumphierend aus dem Hörer.

»Das gibt's doch nicht! Donnerwetter! Das wäre ja Spitze! Kompliment!« Er schaute auf seine Uhr. Ungefähr drei Stunden waren seit ihrem letzten Telefonat vergangen, als Uschi und Michael gerade losgegangen waren. Da hatten die aber kräftig Gas gegeben. Hätte er ihnen gar nicht zugetraut, so ein Tempo!

»Da staunst du, was?« Auch Protnik war – nicht zu Unrecht – von Stolz über die alpinistische Glanzleistung des Duos erfüllt. »Ich sehe dich gleich – die Hütte ist schon in Sichtweite. Eigentlich müsstest du uns jetzt auch sehen können! Komm halt mal um die Ecke!«, versuchte Protnik, den Sichtkontakt mit dem Freund und Kollegen herzustellen.

»Wenn ich um die Ecke gehe, dann ist aber der Empfang gestört«, gab Horst zu bedenken.

»Das macht doch nichts, das ist bei dir doch öfter der Fall«, kicherte es blöde aus dem Hörer.

»Witzig, witzig, der Herr Kollege! Na gut, wenn's denn also sein muss!« Horst ließ sich kein zweites Mal bitten. Er machte ein paar Schritte nach vorne und drehte sich dann in Richtung Westen, wo die beiden also zu sehen sein mussten. Angestrengt kniff er die Augen zusammen. Wahrscheinlich waren sie ja doch noch ein ganzes Stück entfernt, schließlich sah man die Hütte schon von weitem, während man als Wanderer selbst höchstens einen winzigen schwarzen Punkt in der Weite der Bergwelt darstellte. Aber da war nichts, nicht einmal ein winziger schwarzer Punkt! »Da ist nichts!«, meldete Horst in sein Telefon, aus dem ihm aber lediglich ein inzwischen fast schon vertrautes Rauschen und Knattern entgegenzischte. Ach ja! Natürlich! Er tippte sich an die Stirn: der Empfang! Wieder zurück auf die Nordostseite! »Hallo Michael! Hörst du mich!«

»Klar wie Kloßbrühe!«, jubelte es frohgelaunt zurück. Den Kerl schien in Sachen deutscher Sprache nichts, aber auch wirklich gar nichts aus der Fassung zu werfen, nicht einmal ein dermaßen jämmerlicher Vergleich.

»Selber Kloßbrühe!« Horst begann zu frösteln. Trotz der strahlend hellen Sonne war es immer noch ziemlich kalt hier draußen, fünf Grad plus, aber höchstens. Und so sonderlich wohl fühlte er sich schließlich immer noch nicht. »Also du, ich seh da niemanden!«

»Hast wohl Tomaten auf den Augen! Das gibt's doch nicht! Also, wir sind wirklich nicht mehr weit weg! Komm, versuch es bitte noch mal. Wir bleiben jetzt stehen und winken dir zu, einverstanden?«

»Meinetwegen!« Wieder begab sich der Kommissar auf die andere Seite der Heilbronner Hütte und wieder spähte er angestrengt in das Tal hinab, von dem aus sich der Weg in zahlreichen Windungen nach oben schlängelte. Nichts, überhaupt nichts war zu sehen, nicht einmal ein einsames Murmeltier! Und schon gar nicht der Kollege Protnik samt seinem Bebele! Und das Bebele konnte man ja eigentlich kaum übersehen, bei deren Körperfülle. »Da ist nichts! Kein Muckenschiss und erst recht kein Sputnik!«, gab der Kommissar das Fazit seines neuerlichen Beobachtungsganges via Handy weiter ins Tal hinunter.

»Also bitte!«, tönte es daraufhin vorwurfsvoll zurück. »Jetzt mach dir doch wenigstens die Mühe und komm um die Ecke!«

»Hab ich doch! Zweimal schon! Da ist nichts zu sehen, tut mir leid!« Allmählich hatte er dieses ewige Hin und Her satt, und zwar kräftig! »Das bringt nichts! Ihr seid einfach noch zu weit entfernt! Ich hab's ja selber erlebt: Die Hütte sieht man schon, wenn man fast noch eine dreiviertel Stunde entfernt ist. Aber wie gesagt, das dauert dann noch eine ganze Weile!«

»Jetzt mach aber mal halblang!«, widersprach der Sputnik energisch. »Ich kann ja fast schon die Astlöcher in der Holzfassade zählen, so nah sind wir schon dran! Und die Inschrift in diesem Kreuz da …«

»Welches Kreuz denn?« Er hatte seine verwunderte Frage noch nicht richtig ausgesprochen, da durchzuckte Horst schlagartig eine Vorahnung der Erkenntnis.

»Welches Kreuz denn! Der will uns auf den Arm nehmen, Uschi!«, trompetete es vorwurfsvoll aus dem Handy. »Na, das Kreuz natürlich! Das Holzkreuz an der Heilbronner Hütte!«

Also doch! »Michael!« Horst versuchte es, dem Kollegen ganz sanft und schonend beizubringen. »Michael! An der Heilbronner Hütte steht kein Kreuz!«

»Also, jetzt mach keine Witze! Und wie da ein Kreuz steht. Direkt oberhalb von der Hütte! Da, ja was ist das denn! Uschi, schau mal! Ja, doch – da steht sogar so ein halbnackter Kasper draußen am Kreuz! Selbsterfahrungsgruppe oder was? Bist du das etwa, mein Guter?!«

Nun war es allmählich aber wirklich gut! »Michael! Jetzt hör mir bitte mal zu, verdammt noch mal! Es hat kein Kreuz an der Heilbronner Hütte! Weder vor ihr, noch neben ihr und erst recht nicht auf ihr! Da ist nix! Basta!«

»Und was sehe ich dann?« Die Stimme am anderen Ende klang nicht mehr ganz so selbstsicher wie zu Beginn. »Ich sehe doch aber dieses Kreuz da! Und den komischen Kerl, der da herumhängt!«

Komischer Kerl! »Also wirklich, Michael! Das ist kein komischer Kerl, das ist der Jesus!«

»Blödsinn!« Das Wort war fast nur noch als Knistern

zu verstehen, so laut hatte der Sputnik seinen Vorwurf in das Mikrofon geschmettert. »Ganz meschugge bin ich ja auch nicht! Nein, der Kerl, der lehnt da am Kreuz. Sieht aus, als sei der sturzbesoffen!«

Ein sturzbetrunkener halbnackter Mann, der an einem nicht vorhandenen Kreuz bei der Heilbronner Hütte lehnte. Einen Moment lang war Horst nun wirklich im Zweifel. Im Zweifel darüber, ob nun der Kollege Michael Protnik oder er selbst, Horst Meyer, reif für die Insel war. »Uschi«, drang es aus dem Hörer an sein Ohr. »Komm, Uschi, bestätige dem Horst da bitte, dass ich nicht spinne und dass da wirklich einer am Kreuz lehnt!«

»So ist es!« Zweifelsfrei war das Uschis Stimme, die das Unglaubliche bestätigte. Das Inselticket ging also an Horst! »Du, Michael. Ich sag's dir jetzt noch einmal: Wohin ich auch schaue, da ist weit und breit kein Kreuz bei der Hütte!«

»Ja, was denn dann?«

»Nichts! Gar nichts! Übrigens liegt die Heilbronner Hütte ganz oben auf einer Art Bergkuppe, während du doch wohl gerade eben noch von oben auf diese andere Hütte geguckt hast, oder?« Der Kommissar ahnte allmählich, bei welcher Hütte die beiden offenbar doch nicht ganz so munteren Wandersleute angelangt waren.

»Stimmt!« Jetzt begann die Stimme des Sputnik eindeutig ins Klägliche abzurutschen. Der Arme!

»Tja«, Horst entschied sich dennoch für die Radikalkur. »Dann ist das, was ihr da seht, erst die Verbellahütte. Die liegt am Rand von so einer Senke, nicht wahr? Das ist nämlich die Verbellaalpe. Und damit habt ihr jetzt gerade die halbe Strecke geschafft! Immerhin!« Horst ahnte, was gleich kommen würde – und es kam!

»Was!? Wie bitte!« Das blanke Entsetzen schlug ihm aus dem Hörer entgegen. »Das darf doch wohl nicht wahr sein! Die halbe Strecke erst!« In die männliche Stimme mischte sich jetzt eine weibliche, überdies ziemlich hysterisch klingende. »Ihr habt ja wohl einen Vogel! Ich habe genug! Keinen Meter werde ich mehr gehen! So eine elende Dapperei! Das ist ja Folter pur! Und einen Mordssonnenbrand hab ich auch!«

Horst konnte sich das vor Zorn und Sonnenbrand mindestens krebsrote Gesicht des Bebele plastisch vorstellen. Und er war sich sicher: Die würde ihre Drohung wahr machen und keinen Meter mehr weitergehen. Aber was dann? »Und was ist das für ein Blödsinn mit diesem nackten Kasper da? Wer hat denn den da hingestellt?!«, kreischte die in ihrer Urlaubslaune hörbar durcheinander geratene Frau mit schriller Stimme.

»Was weiß ich«, murmelte Protnik eine matte Entgegnung. »Jetzt sag bitte, Horst: Ist es wirklich noch so weit?«

»Tja, was soll ich dir anderes sagen? Soll ich dir etwas vormachen? Das bringt ja auch nichts, oder?«

»Kann man dann wenigstens in dieser Hütte auch übernachten? Wie heißt die?«

»Das ist die Verbellahütte«, gab Horst zur Antwort. »Übernachten kann man da glaube ich schon, während der Saison. »Aber die haben gestern zugesperrt. Schluss für dieses Jahr! Hat mir der Senner, oder wie das heißt, gestern selber erzählt!«

»Na bravo!« Es entstand eine unbehagliche Stille.

Mit einemmal durchzuckte den Kommissar ein heißer Impuls. »Du sag mal, Michael! Michael, bist du noch dran?«

»Bin ich!«, kam es tonlos zurück.

»Sag mal, du behauptest doch, dass da einer am Kreuz lehnen würde.«

»Was heißt hier behaupten? Der lehnt tatsächlich da! Völlig apathisch und anscheinend sturzbesoffen! Wie gesagt, halbnackt noch dazu! Ich glaub sogar fast, der ist ohnmächtig! Der hat bisher noch keinerlei Regung von sich gegeben!«

»Michael!« Horst schluckte den Kloß hinunter, der sich vor Aufregung in seinem Hals gebildet hatte. Dann sprach er mit heiserer Stimme weiter. »Kannst du mir den Mann einmal beschreiben?«

»Wieso das denn?«, murrte Protnik, kam der Bitte aber dennoch nach. »Also, halbnackt wie gesagt. Blaue Jeanshose, Reißverschluss scheint offen zu stehen, mittelgroß. Knappe 40 Jahre, schätze ich. Wenig Haare. Dunkle Haare. Hat aber schon fast eine Glatze.«

Bingo! Das konnte stimmen!

»Eine Flasche, wahrscheinlich eine Schnapsflasche, hat er in der Hosentasche stecken. Mein lieber Mann, und einen ganz ordentlichen Bauch streckt der auch noch in die Landschaft!«

Er war es, darin war sich Horst nun ganz sicher. Am Holzkreuz bei der Verbellahütte lehnte nicht irgendein durchgeknallter Jesusanhänger! Nein! Bei dem offenbar ohnmächtigen halbnackten Mann handelte es sich um den eifersüchtigen Ehemann der blonden Sylvia. Anders herum gesagt, sie hatten den Haupt-Tatverdächtigen gefunden! Es war Andreas Unruh, der seit dem Mord spurlos verschwundene Andy! Sie hatten ihn!

29

Es hatte länger gedauert, als ihnen recht war. Erst eine halbe Stunde später kamen Horst und Claudia zusammen mit den beiden Gendarmen in Sepp Tschofens Geländewagen bei der Verbellahütte an. Sie hatten erst das Polizeifahrzeug auf die Seite schieben müssen, das ja auf der Herfahrt kurz vor dem steilen Anstieg steckengeblieben war und so den Weg versperrte. Und das war bei dem tiefen Schnee ringsum eine mühsame und schweißtreibende Angelegenheit gewesen. Claudia war auch deshalb mitgekommen, weil sie eventuell als Ärztin gebraucht werden könnte, hatte Horst den beiden österreichischen Kollegen verständlich machen können.

»Da drüben!« Horst deutete nach vorne. Da sah er Michael Protnik stehen, der sich gerade über einen leblosen Mann beugte, den sie auf eine Holzbank vor der Verbellahütte gelegt hatten. Aufgeregt winkte Uschi den Geländewagen heran. »Kommt schnell! Der ist total am Ende. Erfrierungen, Unterkühlung und so! Und er stinkt nach Schnaps wie eine ganze Brennerei!«

»Lass mal sehen!« Claudia riss die Tür des Wagens auf, noch ehe dieser völlig zum Stillstand kam und eilte besorgt zu der Holzbank hinüber. Uschi und Michael hatten ihre Anoraks über den Ohnmächtigen gebreitet und einen Rucksack unter seinem Hinterkopf platziert. Mit raschen geübten Griffen untersuchte die Ärztin den Mann, bei dem es sich tatsächlich um den seit gestern Abend vermissten Andreas Unruh handelte.

»Du meine Güte! Der ist völlig unterkühlt und Erfrierungen hat er auch!«, konstatierte Claudia erschrocken. »Außerdem befindet er sich entweder im Delirium tremens – kein Wunder, bei dem Alkohol«, deutete sie auf die vor der Bank im Schnee liegende leere Flasche, die laut Etikett einmal mit 60-prozentigem Rum gefüllt gewesen war, »oder aber, er steht unter Schock! Wenn ihr mich fragt, dann ist beides der Fall!«

Sie blickte sich prüfend um. »Ja, wäre möglich! Also, es ist folgendermaßen: Der Mann muss so schnell wie möglich ins Krankenhaus. Der stirbt mir hier unter den Händen weg! Da hilft nur eins: Wir müssen den Hubschrauber kommen lassen! Sie haben doch die Nummer, oder?«

Der von Claudia angesprochene Gendarmeriebeamte nickte eifrig: »Klar!« Er stockte und setzte ein verlegenes Grinsen auf: »Könnte ich dann bitte noch einmal kurz das Handy haben?«

»Das Handy? Geht das hier überhaupt?«, runzelte Horst die Stirn.

»Klar geht es, wir haben doch grade erst miteinander telefoniert!«, mischte sich Protnik in das Gespräch. »Nehmen Sie meins. Dieses Netz funktioniert auf alle Fälle, haben wir ja bewiesen!« Michael Protnik streckte dem österreichischen Kollegen das Mobiltelefon entgegen.

Der nahm es dankbar an. Wenige Augenblicke später war der Notruf abgesetzt. »Also, der Hubschrauber kommt! Wird keine zehn Minuten dauern!«

»Hoffentlich!«, wiegte Claudia besorgt den Kopf. »Arg lange hält der Mann da nämlich nicht mehr durch!«

Eine Zeit lang sprach niemand ein Wort. Hilflos betrachteten sie den regungslosen Mann, der vor ihnen auf der Holzbank in der Sonne lag.

Schließlich war es Horst, der sich kurz räusperte, bevor er seine Frage an die Gendarmeriebeamten stellte: »Sagt mal, was mir schon die ganze Zeit über durch den Kopf geht: Habt ihr den Mann da denn nicht vorher schon gesehen, als ihr zur Hütte hinaufgefahren seid?«

»Vorher schon gesehen?« Schwarzenberger nahm seine Mütze ab und fuhr sich nachdenklich mit der Hand durch die Haare. »Na ja, was heißt hier gesehen?«

Horst bemühte sich, trotz dieser Antwort ruhig zu bleiben, atmete tief durch und wartete auf das, was vielleicht doch noch kommen würde.

»Was meinst du, Felix?«, suchte der Hagere offensichtlich den verbalen Beistand seines Kollegen.

»Na ja«, wiegte der Gefragte nachdenklich den Kopf. »Gesehen ...« Er schien zu überlegen. »Man sieht so viel in den Bergen ...« Wieder legte der Beamte, der allem Anschein nach von der naturphilosophischen Lehre geprägt war, eine Pause ein. »Also wenn du da jedes Mal anhalten würdest, wenn dir so ein ausgeflippter Tourist über den Weg stolpert ...«

»Ausgeflippter Tourist!« Zum ersten Mal seit erstaunlich langen Minuten meldete sich nun Uschi Abele zu

Wort. »Was heißt denn hier ausgeflippter Tourist! Der Mann ist fix und fertig, wenn er überhaupt am Leben bleibt!«

»Und woher sollten wir das bitte wissen?«, fauchte der Schwarzenberger Anton zornig.

»Aha! Habt ihr ihn also doch gesehen!« Das Bebele hatte die Hände in die Hüften gestemmt und nickte streng. »Und dann seid ihr einfach so an dem vorbeigedonnert! Das ist unterlassene Hilfeleistung, ganz klar! Wenn nicht mehr ...«

»Jetzt ist aber gut, ja?!« Der Gendarm machte einen drohenden Schritt auf Uschi zu.

Doch diese ließ sich davon wenig beeindrucken. »Ist aber so! Das heißt, dass ihr es sozusagen billigend in Kauf genommen habt, dass der Mann hier in den Bergen sein Leben aushaucht! Insofern geht das über unterlassene Hilfeleistung noch hinaus!«

»Die Deutschen! Typisch!« Schwarzenberger tippte sich mit dem Zeigefinger vielsagend an die Stirn. »Was glauben Sie eigentlich, was hier in der Saison immer los ist. Da kommen sie scharenweise, die braven Bundesbürger, und lassen dann bei uns mal so richtig die Sau raus. Sachen gibt es da, davon haben Sie nicht die Spur einer Ahnung. Da ist es überhaupt nichts Besonderes, wenn da so ein halbnackter Kerl im Delirium an einem Kreuz lehnt! Im hellen Sonnenlicht übrigens! Und wissen Sie, was passiert, wenn wir anhalten und fragen, was das denn solle?« Er machte einen weiteren Schritt in Richtung Uschi. »Dann sagt der Ihnen im Normalfall, ich solle mich gefälligst schleichen und nicht die Touristen belästigen, die ihr sauer verdientes Geld nach Österreich schleppen würden! So ist das! Irgend so ein ausgeflippter Tourist halt, haben wir uns gedacht!«

»Nix im Hirn und Stroh im Meckel, fertig ist der Schwabensäckel!«, tönte es fröhlich aus dem Mund des Kollegen.

Horst atmete tief durch, blieb im Gegensatz zu Uschi aber nach wie vor stumm. Diese jedoch baute sich entrüstet vor den Gendarmen auf und sprühte mordlüsterne Funken aus ihren Augen. Die puterrote, vom Gletscherbrand durchglühte Gesichtsfarbe des Bebele tat ein Übriges, um das zornige Fazit der Rachegöttin noch zu unterstreichen. »Ich hab's ja immer gesagt: Die Berge können nichts dafür, dass sie in Österreich stehen!«, zischte sie giftig.

Die Sekunden vergingen: Eine, zwei, drei ... Nachdenklich drehte der Schwarzenberger Anton die Dienstmütze in seinen Händen, dann hob er langsam den Kopf und blickte bedeutungsvoll zu seinem Kollegen hinüber. »Siggst es! Ich hab's ja immer gesagt! Die Deutschen!«

Der Gstrein Felix deutete ein Kopfnicken an, setzte eine betont amtliche Miene auf und zog dann langsam einen Notizblock samt Kugelschreiber aus seiner Uniformjacke. »So, dann wollen wir nun einmal zum dienstlichen Teil übergehen! Ich würde jetzt gerne Ihre Personalien aufnehmen! Sie können sich doch ausweisen, oder?«

»Was? Wie ausweisen?« Die Kinnlade des Bebele klappte überrascht herunter. Ratlos starrte sie auf ihren

Rucksack. »Wieso ausweisen! Ich kann Ihnen doch auch so sagen, wer ich bin und wie ich heiße!«

»Die Deutschen! Halten uns allesamt für deppert oder was?!« Vorwurfsvoll legte der Gendarm die Stirn in Falten. »Habts denn jetzt einen Ausweis dabei oder net?«

»Den, den ... den hab ich unten im Auto gelassen!«, stotterte Uschi los, um während der Antwort jedoch zu ihrer berühmt-berüchtigten Scharfzüngigkeit zurückzufinden. »Ich hab gedacht, bei den zwei, drei österreichischen Murmeltieren, denen ich begegnen werde, da geht's auch ohne Ausweis!«

»Ja, des hältst doch im Kopf nicht aus ...« Der so deutlich in seine Schranken gewiesene Polizist schien ganz allmählich Probleme mit seinem Geduldsfaden zu bekommen. Wer weiß, wie krisenhaft sich das Wortgefecht in den nächsten Minuten womöglich noch zugespitzt hätte. Und so atmete Horst erleichtert auf, als er von ferne ein dumpfes Ploppen am Himmel hörte. »Der Hubschrauber! Da kommen sie schon!«, deutete der Kommissar auf einen dunklen Punkt am azurblauen Berghimmel, der sich der Verbellahütte rasch näherte.

Minuten später hob sich der Hubschrauber in einer dichten Wolke aufgewirbelten Schnees bereits wieder donnernd in die Luft, um den mit dem Tod ringenden Patienten so schnell wie möglich in die Notaufnahme des Krankenhauses von Schruns zu bringen.

Der Mörder mit der Schnapsflasche! So ähnlich würden die dünnen Blätter mit den dicken Buchstaben wohl titeln, sinnierte Horst, während er dem Rettungshubschrauber hinterherblickte, der bald schon am Horizont verschwunden war. Alles klar? Der Täter gefasst? Entwarnung also? Horst war sich da nicht so sicher. Warum auch immer ...

30

Wenig später waren sie wieder auf der Heilbronner Hütte angelangt. Bereits unten an der Verbellahütte hatten die Meyers beschlossen, ihren Aufenthalt zu beenden und lieber noch zusammen mit Michael Protnik und Uschi eine Nacht am Zeinisjoch oder am Silvrettastausee zu verbringen. Der Sputnik und das Bebele hatten sich, nachdem die Auseinandersetzung mit den österreichischen Kollegen glücklicherweise dank des Hubschraubers im Sande verlaufen war, standhaft geweigert, auch nur einen einzigen Schritt weiter bergauf zu gehen. Darüber hinaus hatte der Hüttenwirt keinen Platz mehr in seinem Geländewagen gehabt. »Macht nichts!«, hatte Protnik gemeint, »das hat den Vorteil, dass wir nicht die ganze Strecke wieder herunter laufen müssen. So bleibt's bei der Hälfte, ist ja schließlich schlimm genug!« Uschi Abele hatte zustimmend genickt und so hatten sich die beiden auf den Rückweg gemacht. Angesichts der Ereignisse in der vergangenen Nacht, hatten sie Sepp Tschofen erläutert, sei ihnen die richtige Stimmung irgendwie abhanden gekommen, um eine weitere romantische Nacht dort oben zu verbringen.

Horst warf einen prüfenden Blick auf seine Armbanduhr. »Also, jetzt ist es noch nicht mal ganz 12 Uhr! Unglaublich, was in den letzten beiden Stunden alles passiert ist! Aber gut, jetzt werden gleich die Kollegen von der Kripo da sein, schätze ich. Dann die routinemäßige Befragung aller Zeugen«, überlegte er kurz, »müsste ja wohl in höchstens zwei Stunden über die Bühne gegangen sein. Aussagen aufnehmen, Adressen angeben und so weiter ... Das heißt, wenn wir jetzt bereits zusammenpacken, dann könnten wir uns gegen 14 Uhr auf den Weg machen!« Er nickte. »Doch, ja. Dann sind wir spätestens um fünf Uhr unten am Zeinisjoch. Ich hoffe, der Sputnik hat uns da unten noch ein Zimmer reservieren können.«

»Ist schon unglaublich, wie schnell sich die ganze Geschichte aufgeklärt hat, findest du nicht auch?« Claudia musterte ihren Mann nachdenklich. »Oder was hast du vorhin damit gemeint, dass dir das alles viel zu schnell geht und alles merkwürdig einfach aussähe ...«

»Eben drum!«, murmelte Horst. »Da passt alles dermaßen zusammen, dass man es kaum für möglich hält. Ein eifersüchtiger Ehemann, der besäuft sich sinnlos, lauert seinem Rivalen dann nachts auf, haut ihm eins über den Schädel, ertränkt ihn im See und gießt sich dann noch eine Flasche Schnaps hinter die Binde! Verschwindet im Morgengrauen und taucht dann halbtot ein paar Kilometer entfernt wieder auf. Merkwürdig!«

»Tja!« Verständnislos zuckte Claudia mit den Schultern. »Ist aber so!«

»Ist aber wie?« Der Kommissar setzte sich auf die Bettkante und versuchte, die Gedanken, die noch recht wirr in seinem Gehirn umherschwangen, in einer logischen Reihenfolge zu ordnen. »Also, jetzt noch einmal von vorn: Der Andreas Unruh macht mit seinen Geschäftspartnern, seiner Frau und einer Kollegin eine Mountainbike-Tour rund um die Heilbronner Hütte. Unruh ist kein Dummkopf, sondern hat mit den anderen beiden eine recht erfolgreiche Immobilienfirma gegründet.«

»Behaupten sie!«, gab Claudia zu bedenken. »Wer weiß, wie es denen wirklich geht.«

»Siehst du!«, nickte Horst nachdenklich lächelnd, »jetzt bist es schon du, die Einwände vorbringt. Andererseits, schau dir die Autos an, die super teuren Fahrräder, das ganze Geprotze von diesem Sven.«

»Kennt man ja auch, immer diejenigen, die es am wenigsten haben, die geben am meisten an. Ist ein Teil der Show, um den Rest der Menschheit zu blenden!«, ließ sich Claudia nicht auf diesen Hinweis ein.

»Dennoch, ganz blöde kann der Unruh ja nicht gewesen sein, wenn er so eine Firma mit gegründet hat. Und immerhin, ein paar Jahre lang gibt es die ja schon!«

»Richtig! Weiter!«

»Und da soll ausgerechnet so ein intelligenter Mensch seinen langjährigen Partner umbringen? Aus Eifersucht? Ihm einfach eins über die Rübe hauen?«

»Aber Horst!« Um Claudias Mundwinkel spielte ein amüsiertes Lächeln. »Du kennst doch die Männer! Wenn's um das Thema Frauen geht, dann schmoren da doch regelmäßig sämtliche Sicherungen durch.«

»Danke für die Verallgemeinerung!«, knurrte Horst. »Mag ja sein, dass der durchgedreht hat. Haben wir ja auch gehört und gesehen. Da scheint sich auch tatsächlich etwas aufgeschaukelt zu haben im Laufe der letzten Wochen. Aber noch einmal: Der schreit also gestern Abend herum wie ein Stier und stößt – vor uns als Zeugen – wildeste Drohungen aus. Und ein paar Stunden später ist der Konerth tatsächlich tot, ermordet, und der Unruh verschwunden! Also nein«, er hob wie zur Entschuldigung für sein Resümee die Achseln, »Eifersucht hin, Eifersucht her, das kann der doch intelligenter machen!«

»Hmm«, sinnierte Claudia. »Mag sein, mag auch nicht sein! Ich sag's noch mal: Wenn einer am Ausrasten ist, dann haut es eben sämtliche Sicherungen heraus. Und, bingo!«

Horst zuckte beim letzten Wort zusammen und fuhr sich über den Hinterkopf. »Bingo! Kann man eigentlich noch voll ins Schwarze treffen, wenn man sich dermaßen hat voll laufen lassen wie der Unruh?«

»Weiß ich nicht! Aber wer weiß, wie viel der denn schon vor dem Schlag intus gehabt hat. Oder, noch ein Aspekt, vielleicht hat er dem Konerth nur eine deutliche Abreibung verpassen wollen und hat den Schlag in seinem Alkoholrausch zu heftig ausgeführt. Wer weiß.«

»Weshalb hat er ihn dann sicherheitshalber gleich noch zum See geschleift und dort ertrinken und/oder erfrieren lassen?« Horst schüttele den Kopf.

»Auch wieder wahr! Tja, andererseits gäbe es da aber doch noch eine Frage, und die musst du erst mal befriedigend beantworten, bevor du jemanden davon überzeugen kannst, dass ein anderer der Täter war!«

»Und die wäre?«

»Ganz einfach: Wer sonst?«

Horst setzte sich kerzengerade auf. »Wer sonst?! Gute Frage. Aber darauf kommen wir auch noch, zunächst einmal ...«

Was war das für ein Gedanke, der immer wieder kurz in seinem Gedächtnis aufblitzte? Zu kurz, um klar formuliert werden zu können, lange genug, um Bedeutung zu signalisieren. Horst überlegte angestrengt. Der Andy Unruh, die Eifersucht, der Streit, Alkohol im Spiel, die Schnapsflasche ...

»Schnaps!«, rief der Kommissar und schnellte in die Höhe. »Schnaps! Das ist es! Wieso bin ich nicht eher darauf gekommen!« Er schlug sich mit der flachen Hand gegen die Stirn. »Natürlich! Der Schnaps!«

»Was ist mit dem Schnaps?«, fragte Claudia, die bei dem plötzlichen Gefühlsausbruch ihres Mannes erschrocken zusammengezuckt war.

»Na, überleg mal! Kannst du dich noch daran erinnern, wie wir angekommen sind auf der Hütte?«

Claudia kniff die Augenbrauen zusammen: »Ja schon! Und was ist damit?«

»Der Sepp hat uns dann doch gleich zur Begrüßung diesen Schnaps da eingeschenkt!«

Abwehrend streckte Claudia die Hände von sich. »Erinnere mich bloß nicht daran! Das hat ja furchtbar gerochen, das Zeugs da! Wahrscheinlich ist dir ja davon übel gewesen.«

»Ach was!«, schüttelte Horst entschieden den Kopf. »Das war ein rustikaler, ehrlicher Bauernschnaps! Das hat noch keinem geschadet! Aber wie war das, als du abgelehnt hast?«

»Hmh!«, zuckte Claudia wegwerfend mit den Achseln. »Der hat halt ein bisschen beleidigt geguckt, aber dann hat er's ja akzeptiert, dass ich so etwas nun einmal nicht trinke. Er hätte es mir ja schlecht sozusagen zwangsweise einflößen können!«

»Und dann?«, bohrte Horst unnachgiebig weiter.

»Und dann, und dann!« Unwirsch streifte sich Claudia eine Haarsträhne aus der Stirn. »Dann hat er den Schnaps dir angeboten. Eingeschenkt war das Glas ja schließlich schon.«

»Aber ich habe ihn nicht getrunken!«

»Du hast ihn nicht getrunken, nein!«

»Und deshalb hat er ihn der Runde am Tisch angeboten!«

»Ja, hat er. Der Sven hat ihn dann ja genommen, na und?«

»Und wer hat ihn nicht genommen?«, setzte Horst sein geduldiges Frage-und-Antwort-Spiel unbarmherzig fort.

»Du meine Güte! Natürlich, alle anderen nicht! Jetzt sag endlich, worauf du eigentlich hinauswillst!«

»Zum Beispiel auf die Tatsache, dass der Unruh ganz deutlich abgewinkt hat. Kannst du dich denn nicht mehr dran erinnern?«

»Doch, ja!« Claudia fasste sich nachdenklich mit der Hand unter das Kinn und überlegte. Dann sah sie auf und bedachte ihren Mann mit einem erleichterten Lächeln. »Doch, stimmt. Du hast Recht! Jetzt ist mir klar, was du meinst: Der hat sich geschüttelt und hat dann gesagt, dass er nie Schnaps trinkt.«

»... weil er gar keinen Schnaps mag!«, ergänzte Horst. »Also, bitte, da haben wir's! Da schüttet sich also ein Mann ausgerechnet mit dem Getränk zu, dessen Konsum er noch ein paar Stunden vorher vehement ablehnt! Wie passt das zusammen? Wieso finden wir den vollkommen abgesoffen und ohnmächtig an der Verbellahütte mit einer leeren Rumflasche, wo der doch gar keinen Schnaps gemocht hat?! Wie soll das gehen?«

»Hmm!« Wieder sagte keiner der beiden Meyers ein Wort. Jeder für sich war mit seinen eigenen Klärungsversuchen beschäftigt. Schließlich war es Claudia, die den Gesprächsfaden wieder aufnahm. »Aber wie auch immer, Horst«, begann sie vorsichtig. »Solange du nicht sagen kannst, wer es sonst gewesen sein soll, solange wird der Unruh bei deinen Kollegen auf alle Fälle als Mörder gelten. Da müssen wir schon ein überzeugendes Geständnis präsentieren, um dessen Unschuld zu beweisen! Wenn das überhaupt noch eine Rolle spielt.«

»Was soll das denn heißen?«

»So, wie der beisammen war, habe ich wirklich meine Zweifel, ob der durchkommt! Vielleicht«, Claudia senkte bekümmert den Kopf, »vielleicht hab ich ihm tatsächlich nimmer helfen können. Vielleicht ist er sogar schon tot!«

»Claudia!« Horst erhob sich und ballte die Fäuste. »Selbst wenn! Dann hat er ein Anrecht darauf, nicht als Mörder zu gelten! Und wir haben die Pflicht, den wahren Schuldigen zu finden!«

»Wenn das so einfach wäre! Mehr als eine vage Hypothese können wir ja schließlich nicht aufbieten, oder? Und schon gar nicht können wir hingehen und uns jetzt wahllos andere Schuldige herauspicken ...«

Ein lautes zorniges Wortgefecht, das vom Flur bis zu ihrem Zimmer drang, beendete ihre Diskussion. Vorsichtig öffnete Horst die Türe und spähte hinaus: »Lisa!«, wisperte er. »Das ist Lisa Schönleber! Die hat anscheinend Streit mit ihrem Freund, mit dem Hägele.« Jede weitere Übersetzung des Disputes entpuppte sich als unnötig, denn die Fränkin schraubte die Lautstärke weiter in die Höhe. »Doch! Das kann ruhig jeder hören! Und im Übrigen schreie ich, wann ich will und so laut ich will! Dass das klar ist – ein für alle Mal. Du kannst meinetwegen mit den anderen fahren! Aber ohne mich! Mit dir setze ich mich in kein Auto mehr! Mit dir fahre ich keinen Millimeter mehr!« Mit wütenden Schritten stampfte sie davon. »Schade! Da hätte ich doch gerne gewusst, worum genau es gegangen ist!«, wandte sich auch Horst wieder um und warf Claudia einen unternehmungslustigen Blick entgegen. »So, mein Schatz. Jetzt wäre die Reihe an dir: Wie wäre es, wenn du die Lisa so ganz en passant ein bisschen in die Mangel nehmen könntest?«

31

»Schade! Aber vielleicht klappt es ja doch noch!« Sie waren schon eine gute halbe Stunde unterwegs und bisher schweigend nebeneinanderher gelaufen, als Horst das Wort ergriff. »Ich denke, die werden es zwar heute Nachmittag nicht mehr schaffen mit dem Abstieg, aber morgen dann sicher so schnell wie möglich unserem Hüttenwirt Lebewohl sagen! Muss ja eh der Horror sein, so wie die sich mittlerweile angiften, und dann noch mit dem Mord im Hinterkopf und dem Unruh halbtot im Krankenhaus ...«

»Tja«, pflichtete ihm Claudia bei. »Aber da war nichts zu machen. Wirklich! Die Sylvia hat mich einfach nicht ins Zimmer gelassen. Sie hat gesagt, sie brauche jetzt ihre Ruhe und ihre Freundin genauso.«

»Verständlich. Aber andererseits versteh ich die Kollegen schon, dass die sich Zeit lassen mit der Vernehmung. Obwohl ihnen ja anscheinend alles schon klar war.«

»Tja. Der Unruh, wer sonst! Weiß du was, wir sollten morgen auf der Rückfahrt unbedingt einen Abstecher im Krankenhaus in Schruns machen. Wir fahren sowieso direkt daran vorbei!«

»Einverstanden! Ich denke, das sollten wir auf jeden

Fall machen. Und du als Kollegin wirst sicher auch eine Auskunft bekommen von den Ärzten dort, wo du ja schließlich die Erstversorgung übernommen hast!«

»Erstversorgung!«, schnaubte Claudia. »Was hab ich schon groß gemacht? Ich bin da gestanden und hab auf den Hubschrauber gewartet!«

»Na und! Aber Kollegin bist du trotzdem!«

»Kinderärztin!«

»Ärztin, das langt doch wohl! Na, wie auch immer. Vielleicht schaffen wir es ja morgen früh noch, mit den beiden Frauen ins Gespräch zu kommen. Vielleicht können wir den Unruh ja auch zusammen besuchen!«

»Besuchen! Wie gesagt, ich bin froh, wenn der morgen noch am Leben ist! Im Übrigen«, sie hielt inne und drehte sich mit dem Oberkörper zu ihrem hinter ihr in derselben eisigen Spur laufenden Mann. »Da bin ich ja gespannt, wie die ihre Heimfahrt antreten wollen, wenn sie völlig über Kreuz sind!«

»Du meinst, die beiden Frauen und der Hägele?«

»Richtig!«, nickte Claudia. »Gut, zwei Autos haben sie ja, aber dennoch: allein der heutige Abend und dann der Abstieg morgen, also, da ist Pfeffer drin!«

»Mal schauen, was sich daraus noch entwickeln lässt!«

Tief in Gedanken versunken marschierten sie weiter, ohne das herrliche Alpenpanorama richtig wahrzunehmen, das sich den Wanderern präsentierte. Stahlblauer Himmel, schneeweiß überzuckerte Hänge und eine geradezu atemberaubende Fernsicht bis weit hinter das gezackte Gipfelmassiv des Piz Buin. Nur einmal hatten sie ihr Schweigen kurz unterbrochen. Das war gleich nach der Verbellahütte gewesen, an der nur wenige Stunden nach der dramatischen Entdeckung und Bergung des ohnmächtigen Andreas Unruh wieder friedliche Stille eingetreten war – gerade so, als wäre nie etwas gewesen. »Ich denke, wir sollten den Fahrweg nehmen«, deutete Horst, der mittlerweile die Führung mit Claudia getauscht hatte, auf den schmalen Wanderpfad, über den sie gestern gekommen waren. »Schau mal, der Schnee ist hier geschmolzen. Da steht das Wasser teilweise mindestens knöchelhoch, und schlammig und matschig ist es auch. Ich hab keine große Lust, hier durch den Matsch zu schlittern und womöglich auszurutschen, was meinst du? Gehen wir den Fahrweg entlang!«

Claudia schreckte aus ihren Gedanken hoch und blinzelte unsicher ins Sonnenlicht. »Ja, doch, du hast Recht!«, pflichtete sie ihrem Mann bei, nachdem sie den Weg ins Visier genommen hatte. »Viel weiter ist das ja sowieso nicht, oder?«

»Auf keinen Fall!«, bestätigte Horst. »Nur, dass wir halt einen Teil der Strecke dadurch auf einer geteerten Straße laufen. Aber sonst ist es wahrscheinlich kein großer Unterschied. Wir kommen dann wohl oben am Parkplatz beim Kopsstausee raus. Von dort aus sind's nur noch ein paar hundert Meter bis zum Zeinisjoch. Also, immerhin auch eine Variante – und auf der Straße dürfte dort auch nicht allzu viel los sein heute.«

»Gut!« Claudia nickte zustimmend. »Machen wir's! Bin ja gespannt, ob wir die Uschi und den Michael dann auch wirklich dort treffen!«

»Tja!« Horst breitete die Arme aus. »Das weiß man

bei den beiden natürlich nie! Die brauchen bloß den matschigen Trampelpfad gegangen sein! Dem Bebele traue ich glatt zu, dass sie irgendwo ausrutscht und im Schlammloch ertrinkt!«

»Also Horst! Die arme Uschi!«, lachte Claudia. »Wo sie doch mit ihrem Sonnenbrand schon genug geschlagen ist!«

»Und dem Sputnik dann noch dazu! Na, warten wir's ab!« Horst klatschte unternehmungslustig in die Hände und marschierte weiter. Kurze Zeit später hatten die Gedanken um den möglichen Tathergang die beiden wieder völlig in ihren Bann geschlagen.

»Das ist die erste Menschenseele seit zwei Stunden!«, wies Claudia auf den einsamen Wanderer, der kurz vor dem Parkplatz am Kopssee um die Kurve bog. »Das ist auch so etwas, was du bei uns zu Hause nie erleben wirst! Diese Stille und diese Einsamkeit!«

»Das gibt es natürlich auch nicht jeden Tag hier! Im Hochsommer ist ganz schön was los da oben, hab ich mir zumindest sagen lassen! Und wenn du den Parkplatz hier so anschaust: Das sind ganz ordentliche Dimensionen!«, gab Horst zu bedenken. Er hielt kurz inne und richtete seinen Blick intensiv auf den näher kommenden Wanderer. »Sag mal, den kennen wir doch, den Kerl, der uns da entgegenläuft!«

Claudia kniff die Augen zusammen. »Ohne Sonnenbrille ist das schwierig. Das blendet so durch den Schnee.« Angestrengt spähte sie nach vorne. »Du hast Recht, das ist doch der Wanderer von gestern Abend, der einsame Wolf. Dem es zu voll war in der Hütte!«

»Genau! Na bitte. Also hat er seinen Entschluss überlebt.« Neugierig musterte er den eigenbrötlerischen Bergwanderer. »Und ist anscheinend einigermaßen wohlbehalten unten angekommen. Na bitte!«

»Grüß Gott! Ein herrlicher Tag heute!«, strahlte ihnen der Wanderer freundlich entgegen, als sie sich begegneten. »Na, ihr kommt von da oben, nicht wahr? War's euch denn nicht zu laut in der Hütte?«

»Na ja«, Horst wiegte den Kopf. Was sollte man schon sagen? Dem Mann etwa die ganze komplizierte Mord-und-Totschlag-Geschichte auftischen? »Zumindest war es warm in unserem Zimmer!«

»Bei mir im Wohnmobil auch!«, grinste der einsame Wolf.

»Im Wohnmobil?«, staunte Horst.

»Ja, genau! Mir waren einfach zu viele Menschen da oben, und zu laut ist es dann sowieso immer! Wissen Sie, ich brauche die Ruhe in den Bergen. Und ich bin ja nur deshalb gestern Nachmittag aufgestiegen, weil ich gedacht habe, dass nach dem Schneefall eh keiner kommt! Tja«, er kratzte sich am Hinterkopf. »Hab ich mich halt verkalkuliert gehabt! Auch recht. Dann bin ich halt wieder abgestiegen und hab im Wohnmobil übernachtet.«

»Und wo steht das, Ihr Wohnmobil?«, erkundigte sich Claudia neugierig.

»Gleich dort hinten«, wies der Einzelgänger mit dem Daumen hinter sich. »Nicht direkt auf dem Parkplatz, da kann es ja manchmal auch ganz schön laut werden. Aber da hinten auf dem Zufahrtsweg zu dem Wartungshäuschen von den Illwerken, da darf ich mich hinstellen mit dem Wohnmobil. Ich hab das schon ein paar Mal gemacht. Die Leute vom Stausee haben nichts dagegen.«

»Aha!« Was man so alles an Charakteren traf, in den Bergen. Eine wahre Fundgrube für jeden Psychologen, schoss es Horst durch den Kopf. »Aber es war doch schon fast dunkel, als Sie wieder heruntermarschiert sind. War das denn nicht gefährlich?«

»Es war schon längst dunkel!«, nickte der Wanderer mit bedeutungsvollem Grinsen. »Es war sogar mitten in der Nacht!«

»Mitten in der Nacht?«

»Ja«, lächelte der andere listig. »Ich hab's nämlich doch erst in der Winterhütte probiert. War ganz einfach, dort hineinzukommen!«

»In der Winterhütte!« Es war nicht zu fassen! »Aber der Hüttenwirt hat es Ihnen doch verboten.«

»Verboten, verboten«, wiegte der seltsame Mann den Kopf. »Was will man denn noch alles verbieten in den Bergen. Als ob das was ausmachte, wenn ich mich da mit meinem Schlafsack in einen stillen Winkel zurückziehe und am nächsten Morgen wieder in aller Herrgottsfrühe weiterziehe! Ich wette mit Ihnen, die würden nicht einmal merken, dass ich da gewesen bin, schließlich nehme ich – im Gegensatz zu den ganzen Touristen – ja auch alles, was ich mitgebracht habe, wieder mit!«

»Mag ja sein«, winkte Horst müde ab. Er hatte nun wirklich nicht die geringste Lust dazu, sich ausgerechnet jetzt auf einen Disput über naturschonenden Tourismus in den Alpen einzulassen. »Aber Sie sind doch gar nicht bis zum Morgen geblieben, haben Sie grade eben angedeutet.«

»Kompliment! Gut zugehört! Sie sollten Kommissar werden«, nickte der Wanderer anerkennend, um gleich darauf die Stirn in missmutige Falten zu legen. »Nein, wollte dort ja wirklich übernachten, hab auch schon meinen Schlafsack ausgepackt und gedacht, ich hätte hier wenigstens einigermaßen meine Ruhe, aber plötzlich, plötzlich war da auch Randale!«

»Wie Randale?«

»Na ja, wie gesagt, es war ja ganz einfach, in die Hütte zu kommen. Dort habe ich mich dann in die sozusagen hinterste Ecke gelegt. Doch dann, als ich gerade im ersten Schlaf war – wissen Sie, ich habe einen sehr oberflächlichen Schlaf –, wenn man in der Natur zu Hause ist, dann wird das Gehör durchaus geschärft, und man vernimmt jedes noch so kleine Geräusch, natürlich nur, wenn das Ohr dementsprechend geschult ist, Sie verstehen ...«

»Weiter«, drängelte Horst, der im Augenblick wirklich kein Interesse an wie auch immer gearteten naturphilosophischen Erkenntnissen verspürte. »Was war dann?«

»Dann bin ich aufgewacht. Da waren offensichtlich noch mehr Menschen in der Hütte, im Raum nebendran. Ein Mann und eine Frau. Die haben auch nur ganz leise miteinander getuschelt. Das muss ich deshalb auch noch mehr im Unterbewusstsein wahrgenommen haben. Erst dann, als offensichtlich ein zweiter Mann dazu gekommen ist, da bin ich dann richtig wach geworden. Bei dem

Lärm!« Er deutete sich mit einer unwirschen Geste ans Ohr. »Ein Geschrei war das vielleicht! Ich kann Ihnen sagen! Die scheinen sich kräftig in den Haaren gehabt zu haben. Erst ist ja noch lautstark diskutiert worden, aber dann sind sie sich gewaltig in die Wolle geraten. Hat sich wohl um die Frau gedreht. Auf jeden Fall, mir war das zu viel. Ich hab meine Sachen gepackt und bin gegangen!«

»Einfach so?«

»Natürlich! Bevor ich da auch noch in irgendwas hineingeraten wäre! Nein danke, wie gesagt, ich brauche meine Ruhe! Wozu sonst bin ich denn in den Bergen?«

»Na, Bravo! Da können sich die anderen also an die Gurgel gehen und Sie? Sie hauen in aller Seelenruhe ab!« Horst sah sich wieder einmal einem jener Zeitgenossen gegenüber, die absolut auf sich bezogen nur im Sinne von Nach-mir-die-Sintflut lebten. Eine Spezies, die sich in den letzten Jahren leider gewaltig vermehrt hatte. Schauderhaft!

»Ja, was hätte ich denn tun sollen? Am Ende dann stürzt sich womöglich noch einer auf mich!«

»Schon mal was von unterlassener ...«

»Horst! Das bringt doch nichts!«, mischte sich Claudia in die in der Tat fruchtlose Debatte und zwinkerte ihrem Mann beruhigend zu. »Also, das ist Ihre Sache, da haben Sie schon Recht. Wenn man nun mal seine Ruhe haben will«, heuchelte sie Verständnis für den Feigling.

»Ja, genau. Und wissen Sie ...«

Doch Claudia tat so, als habe sie den neuerlichen Anlauf zu einem naturhistorischen Vortrag schlichtweg überhört. »Was mich doch noch interessieren würde«, unterbrach sie den Mann ohne mit der Wimper zu zucken. »Haben Sie eventuell die Stimmen erkannt?«

»Die Stimmen erkannt«, starrte der verblüfft auf die Fragestellerin. »Ich kenne doch gar niemanden!«

»Na ja, nicht direkt erkannt, das ist ja klar. Nein, ich meine, ob vielleicht irgendeine Stimme da einen besonders markanten Tonfall hatte, sehr hoch oder besonders tief, Sprachfehler, Dialekt, irgendwas ...« Neugierig beobachtete sie das Mienenspiel auf dem Gesicht des Wanderers.

»Sprachfehler? Tonfall?«, kratzte der sich nachdenklich am Ohr und schien angestrengt zu überlegen. »Also, nicht, dass ich wüsste«, schüttelte er langsam den Kopf.

»Schade!«, enttäuscht klatschte Claudia in die Hände. »Kann man nichts machen. Hätte ja sein können, oder?«

»Halt! Da fällt mir doch noch etwas ein!« Der Zeuge der nächtlichen Auseinandersetzung hob den Zeigefinger. »Genau! Dieser Dialekt! Sie sagen es!«

»Welcher Dialekt?«, bohrte Claudia nach.

»Hmm, schwierig. So ein Dialekt halt ...«

Es war zum davon laufen. Also, von der schnellen Truppe schien der Kerl ja wirklich nicht zu sein. »Würden Sie ihn denn eventuell wiedererkennen?«, legte die Ärztin eine bewundernswerte Geduld an den Tag.

»Wiedererkennen? Weiß nicht! Auf jeden Fall war es eher ein süddeutscher Dialekt! Warten Sie mal. Ich erinnere mich vielleicht.« Wieder runzelte er angestrengt die Stirn.

»Schwäbisch vielleicht«, versuchte Claudia, ihm auf die Sprünge zu helfen.

»Nein! Schwäbisch nicht!«

»Bayrisch?«

»Mhmh?«, schüttelte er nachdrücklich den Kopf.

»Tja«, auch Claudia war nun kurzzeitig ratlos. »Was dann?«

»Na ja, warten Sie mal«, wieder zögerte er kurz, dann hob er den Kopf und blickte mit triumphierendem Lächeln um sich. »Ich hab's! Das war so fränkisch, irgendwie so eine Art Nürnbergerisch, glaube ich!«

»Lisa!« Ein elektrischer Impuls durchzuckte den Kommissar. »Das war die Lisa Schönleber, die Freundin vom Hägele! Klasse!« Voller Euphorie hieb er dem Wanderer seine rechte Hand auf die Schulter.

Der zuckte verständnislos zusammen. »Keine Ahnung! Ich kenne die beiden nicht!«

»Ist ja auch egal! Also noch mal: Es waren zwei Männer und eine Frau in der Hütte.«

»Na ja, erst nur der eine Mann und diese fränkische Frau.«

»Und dann ist der andere dazu gekommen und hat kräftig Ärger gemacht!«

»Genau!« Der Wanderer hielt inne und kniff die Augen zusammen. »Aber sagen Sie mal, wieso wollen Sie das eigentlich alles so genau wissen?«

»Ach«, lächelte Claudia zuckersüß. »Wissen Sie, da hat sich anscheinend ein kleines Ehedrama abgespielt, und es sind doch unsere besten Freunde. Jetzt reden die aber seit heute Morgen nicht mehr miteinander und wir wissen gar nicht genau, was da passiert ist. Wo wir die Sache doch so gerne kitten würden. Aber dazu muss man halt erst einmal wissen, was genau eigentlich passiert ist, nicht wahr?«

»Da haben Sie Recht!«, nickte der Zeuge eifrig. »Aber ich glaube, da brauchen Sie einen großen Eimer Kitt, so wie die aneinander geraten sind.«

»Also hat der eine ein Techtelmechtel mit der Fränkin gehabt, und plötzlich ist ihr Mann dazu gekommen und hat die beiden sozusagen in flagranti erwischt?«, hakte Claudia nach.

»Ja, so scheint es! Die Frau hat gekreischt und getobt, aber die beiden haben sich immer mehr aufgestachelt und sich wüste Schimpfwörter an den Kopf geworfen. Und dann haben sie sich Prügel angedroht. Tja«, er zuckte mit der Achsel. »Da bin ich dann lieber gegangen.«

»Gegangen!«, wiederholte Horst säuerlich. »Und dann haben Sie nichts mehr gehört?«

»Nein«, schüttelte der einsame Wolf heftig den Kopf. »Komisch, jetzt wo Sie es sagen: Ganz plötzlich war Totenstille! Zumindest habe ich nichts mehr gehört.«

Totenstille! Wieder durchzuckte ein elektrischer Impuls Horsts Körper. Das war es! Die Beule am Hinterkopf! Der Schlag mit einem stumpfen Gegenstand. Aber halt, wieso Lisa? Ihr Mann war doch Ulrich Hägele. Verschwunden und schließlich sturzbetrunken aufgefunden wurde dann aber doch Andreas Unruh. Unruh, der mutmaßliche Täter! Auf den alles hindeutete! Wieso war denn der verschwunden, wenn es sich beim wirklichen Mörder um Hägele handelte!? Da passte etwas nicht zusammen, gewaltig nicht zusammen! Und nur eine, nämlich Lisa, würde hier weiterhelfen können! Lisa! Die einzige Zeugin! Stopp, was hatte der da jetzt noch gemurmelt? Überrascht schreckte Horst aus seinen Gedanken: »Was haben Sie da grade eben noch gesagt? Entschuldigung! Könnten Sie das bitte wiederholen?«

»Wiederholen?« Irritiert glotzte ihm der andere ins Gesicht. »Sie meinen das mit dieser Ausländerin? Dass ich der dann draußen noch begegnet bin? Unglaublich, was da mitten in der Nacht in den Bergen für eine Unruhe herrscht!«, schüttelte er missmutig den Kopf. »Die ist tatsächlich mitten in der Nacht noch da draußen vor der Hütte herumgegeistert. Satanskult schätze ich!«

»Wieso das denn?«

»Na ja, weil sie in ihrem komischen Deutsch immer etwas vom Teufel oder so gemurmelt hat! Ich glaube, die hat mich gar nicht gesehen, so hat die nur auf die Hütte gestarrt!«

»Teufel!«

»Ja, genau! Ich sag's ja: Unglaublich, was es für Menschen gibt! Also nein«, wieder schüttelte er den Kopf. »Ich hab gemacht, dass ich davon gekommen bin! Nein danke! Ich brauche nachts meine Ruhe, wozu sonst bin ich in den Bergen?«

Die larmoyante Klage drang schon gar nicht mehr an Horsts Ohr. Wieder und wieder dröhnte das Zitat durch seine Gehirnwindungen: »Nix gutt, Teiffel!«

Jadranka! Lisa! Was zum Teufel hatte das denn zu bedeuten?! Und welches merkwürdige Geheimnis verband womöglich die beiden völlig unterschiedlichen

Frauen? Oder gab es keine Verbindung, so dass also eine der beiden Spuren ins Leere führen musste? Welche aber war dann in diesem Fall die richtige Fährte? Wenn überhaupt! Es war zum Verrücktwerden!

»Nix gutt, Teiffel ...«

32

Lange saßen sie an diesem Abend in der Gaststube des »Zeinisjoch« und diskutierten ihre so überraschend gewonnenen Erkenntnisse mit den beiden anderen. Kernpunkt der Meyerschen Theorie bildete die Vermutung, dass Unruh womöglich doch nicht der Täter war. Eine kühne These, zweifelsohne, aber weshalb das Feld nicht einmal von einer ganz anderen Seite her aufrollen?

Michael Protnik blieb skeptisch. »Klingt nicht sehr überzeugend, Horst, tut mir Leid!«, zeichnete der Kollege mit dem Zeigefinger einen imaginären Plan auf die Tischplatte. »Mal ehrlich, was hast du großartig in der Hand? Du hast die Aussage dieses Naturfetischisten, dass es da mitten in der Nacht einen Streit zwischen zwei Männern gegeben hat, wahrscheinlich wegen einer Frau. Gut«, räumte er ein, als Horst zu einem Protest ansetzte, »es war nicht irgendeine Frau, sondern wohl ziemlich eindeutig diese Fränkin, diese …«

»Lisa«, half ihm Claudia auf die Sprünge.

»Richtig, diese Lisa. Die also hat ein Date mit diesem Sven – und dann kommt plötzlich der Unruh dazu und rastet aus! So ist es dann passiert! Ohne wenn und aber.«

»Aber warte mal, wo ist denn da der Sinn? Der Unruh ist doch gar nicht der Mann von der Lisa? Weshalb also soll der sich rasend vor Eifersucht auf den Sven stürzen? Erklär mir das bitte mal!«

Protnik stutzte und rieb sich nachdenklich das Kinn. »Hmm! Auch wieder wahr! Das ergibt tatsächlich wenig Sinn! Andererseits, der Unruh ist nun mal gleich nach dem Mord spurlos verschwunden und hat sich sinnlos zugeknallt mit Alkohol.«

»Mit Schnaps, den er gar nicht mag!«

»Was tut man nicht alles in einer seelischen Ausnahmesituation!«

»Seelische Ausnahmesituation? Wenn der sieht, wie sein Kollege mit der Lisa herummacht, die ja ihn wiederum eigentlich gar nichts angeht ...«

»Aber du hast es doch vorher selber gesagt: Der Unruh war den ganzen Abend schon auf hundertachtzig! Dem hat doch anscheinend der ganze Ausflug nicht gefallen. Und dann hat dieser Sven schließlich auch die Frau vom Unruh, diese ...«

»Sylvia«, war Claudia wiederum hilfreich zur Stelle.

»Sylvia«, nickte Protnik. »Also, er hat auch die Sylvia Unruh angemacht. Und da ist der Unruh doch auch schon ausgerastet. Und so kann es dann schon gewesen sein, dass bei dem plötzlich sämtliche Sicherungen durchbrennen, nachdem er seinen Kollegen nachts erwischt, wie er schon wieder eine Frau anmacht. Da ist der dann einfach ausgerastet!«

»Du hättest Staatsanwalt werden sollen!« Missmutig schnäuzte sich Horst in sein Taschentuch, was ihm immerhin etwas Zeit verschaffte, um zu überlegen, wie er die zugegebenermaßen stichhaltigen Argumente des Kollegen kontern konnte.

»Was heißt hier Staatsanwalt?«, empörte sich der Sputnik. »Ich zähle nur eins und eins zusammen und verrenne mich nicht in irgendeine fixe Theorie. Die Fakten liegen doch glasklar auf dem Tisch!«

»Na, ich weiß nicht ...« In Horst keimte immer deutlicher ein ganz anderer Verdacht. Aber um diesen wirklich hieb- und stichfest präsentieren zu können, würde es noch einiger Recherche bedürfen. »Also, wenn ich mir die Geschichte mit der Toilette da so überlege ...«

»Toilette?!«, schüttelte sich Uschi unangenehm berührt. »Was gibt es denn jetzt noch mit einer Toilette? Und das ausgerechnet beim Essen!« Sie stocherte mit allen Anzeichen des Ekels lustlos mit der Gabel in ihrem Salatteller.

»Na, gestern Nacht, als mir übel geworden ist«, erläuterte Horst und vermied es dabei geflissentlich, seinem Gegenüber ins Gesicht zu schauen.

»Also wirklich! Ich esse!«

»Jetzt lass doch, Uschi«, sprang Protnik seinem Kollegen hilfreich zur Seite. »Was ist denn da gewesen?«

»Na, da bin ich plötzlich in die Damentoilette geplatzt ...«

»In die Damentoilette!«

»Ja Uschi! In die Damentoilette! Es war eilig, meine Güte! Also, und was glaubst du wohl, wen ich da sozusagen auf frischer Tat erwische?« Bedeutungsvoll musterte er die beiden Ulmer.

»Jetzt mach's nicht so spannend! Sag schon«, drängelte Michael Protnik.

»Den Sven und die Lisa!«

»Den Sven und die Lisa!«, echote es von der anderen Seite des Tisches. »Die scheinen es ja wirklich ganz wichtig miteinander gehabt zu haben! Gleich zweimal an einem Abend!«

»Eben!« triumphierte Horst. »Und schon beim ersten Mal hat der Hägele, also der Freund von der Lisa, Verdacht geschöpft. Zumindest hat er laut nach ihr gerufen und sie dann auch gesucht.«

»Gesucht«, sinnierte Protnik.

»Ja, genau. Und kaum war also wieder Ruhe in der Hütte, da sind die beiden nochmals auf die Walz gegangen. Nur diesmal halt zur Winterhütte hinüber, wo sie sich wesentlich sicherer fühlen konnten, wenn sich da nicht schon unser einsamer Wolf in die Ecke gekuschelt hätte ...«

»In die Ecke gekuschelt«, wiederholte der Kollege nachdenklich.

»Genau! Unser Zeuge! Der Beweis für die nächtlichen Auseinandersetzungen! Ein heimliches Treffen zwischen Männlein und Weiblein, ein ahnungsvoller Freund, eine plötzliche Entdeckung: Und schon hat es gerumst!«

»Aha!« Es klang wenig überzeugt, als Protnik zusammenfasste: »Und da hat dann halt der Hägele dem Sven eins über die Rübe gebraten!«

»Genau!«

»Und dann haben sie den Andreas Unruh geweckt,

ihn voller Schnaps gefüllt und hinaus ins feindliche Alpenleben geschickt, wo wir ihn dann runde acht oder neun Stunden später entdeckt haben! Also wirklich, Horst!« Vorwurfsvoll schüttelte der andere den Kopf. »Das ergibt doch überhaupt keinen Sinn! Das kannst du doch nie und nimmer beweisen!«

»Du kannst einem aber auch wirklich jede Lust an einer Theorie nehmen, Sputnik!« Doch insgeheim musste Horst Meyer seinem Freund ja Recht geben. Es handelte sich schon um eine abenteuerliche Geschichte, die er sich da zusammengereimt hatte. Und überdies um eine Geschichte, die nicht den geringsten Sinn ergab. Wie sollte er jemals nachweisen, weshalb Unruh dem Hägele sozusagen die Arbeit abgenommen hatte? Wie sollte er Hägele überhaupt ins Spiel bringen? Was noch erschwerend hinzukam: Ausgerechnet in jener Nacht hatte ja Sylvia, Unruhs Ehefrau, nicht bei ihrem Mann im Zimmer übernachtet, sondern bei ihrer Freundin Lisa. Also, keine Zeugin, die beweisen konnte, dass Unruh zur Tatzeit gar nicht aus dem Zimmer gegangen war. Andererseits, zum einen war er in der Nacht nach draußen gegangen, das konnte nicht wegdiskutiert werden, und zum anderen ... Zum anderen hatte Sylvia ja allem Anschein nach auch nicht bemerkt, dass ihre Freundin Lisa sich nachts aus dem Matratzenlager davongeschlichen hatte. Und zu guter Letzt: Jeder Verteidiger der Welt würde im Fall des Falles Horsts Behauptung in der Luft zerpflücken, dass Lisa sich überhaupt in der Winterhütte aufgehalten habe. Wie viele Millionen fränkischen Dialekt sprechende Frauen gab es wohl? Also konnte man auch diese Art der Beweisführung getrost vergessen.

Der Kommissar gähnte. »Ich sehe schon, wir kommen heute nicht mehr weiter. Außerdem bin ich hundemüde! Nach dieser Horrornacht gestern! Gehen wir ins Bett! Einverstanden?«

Claudia nickte, ebenso die beiden anderen. »Stimmt. Mir langt's auch für heute. Morgen ist ja schließlich auch noch ein Tag. Also dann, gute Nacht!«

33

Obwohl Horst unmittelbar, nachdem er sich ins Bett gelegt hatte, in einen erschöpften tiefen Schlaf fiel, stellte er am nächsten Morgen zu seiner Überraschung fest, dass es gerade einmal 7 Uhr war, als er die Augen aufschlug und zu seiner Armbanduhr hinüberblinzelte. 7 Uhr erst! Eine ganze Stunde zu früh also. Er bedachte seine friedlich neben ihm dösende Ehefrau mit einem neidvollen Blick, während sich bereits wieder die komplexen Theoriekonstruktionen vom gestrigen Abend in seinen Gedankengängen breit zu machen begannen. Es war zum Verrücktwerden! Aber da war etwas! Das spürte er ganz genau! Etwas, das ihn nicht mehr zur Ruhe kommen ließ.

»Kannst du nicht mehr schlafen«, riss Claudias Stimme den Kommissar aus seinen Gedanken. »Du glaubst das mit dem Unruh als Täter immer noch nicht, stimmt's?«

»Hmmh«, zuckte Horst ratlos mit den Schultern, »selbst wenn, ich habe ja überhaupt nichts in der Hand, was ich beweisen kann. Da hat der Michael schon Recht. Es ist, ich meine«, er suchte nach den richtigen Worten, »es ist halt nur so ein Gefühl ...«

Claudia hatte sich im Bett aufgesetzt und musterte

ihren Mann aus ernsten Augen. »Nur so ein Gefühl«, wiederholte sie langsam. »Irgendwie geht es mir genauso wie dir. Da ist etwas. Aber was? Ich weiß es auch nicht ...«

Überrascht registrierte Horst, dass er mit seiner Vermutung also nicht alleine stand. Das machte Mut. Mut, ein neues Theoriegebäude zu konstruieren und es, was mindestens genauso wichtig war, zu formulieren, auszusprechen, zu diskutieren, auf seine Stichhaltigkeit hin abzuklopfen. »Was also«, begann er mit neuem Schwung, »was, wenn folglich der Mörder gar nicht der Mörder wäre, sondern tatsächlich der Dritte im Bunde: Der Hägele. Und wenn die Lisa da mitgespielt hat, wenn sie also zunächst einmal den Konerth in die Winterhütte gelockt haben, um ihn beiseite zu schaffen. Wenn dann der Unruh nur zufällig vorbeigekommen ist ...«

»Zufällig! Horst! Mitten in der Nacht! Einfach so!«

»Stimmt! Ergibt keinen Sinn!« Er überlegte kurz. »Ergibt aber dann einen Sinn, wenn er seine Sylvia gesucht hat.«

»... die aber doch im Matratzenlager geschlafen und überhaupt nichts mitbekommen hat!«

»Sagt sie! Was, wenn das gar nicht stimmt? Was ist, wenn sie tatsächlich in der Winterhütte gewesen ist und der Unruh sie dort gesucht und gefunden hat?«

»Dann wäre eben jener Unruh ja doch wieder der Täter! Dann hast du mit deiner Theorie aber ein grandioses Eigentor geschossen!« Claudia breitete lächelnd die Arme aus, als sie die verblüfft-betroffene Miene bemerkte, die ihre logische Beweisführung bei Horst hervorgerufen hatte. »Jetzt komm halt her und lass uns noch eine Weile gemütlich im Bett zusammen kuscheln! Der Tag wird ungemütlich genug heute!« Sie deutete aus dem Fenster. Dunkle Wolken waren in der Nacht aufgezogen und hatten das prächtige Bergwetter vertrieben, das in den letzten beiden Tagen geherrscht hatte. Ein scharfer Wind rüttelte an den Fensterläden, während dicke Regentropfen fast waagrecht an die Scheiben prallten. »Ein mörderisches Wetter!« Fröstelnd kroch Horst unter die Bettdecke und schmiegte sich eng an den warmen Körper seiner Frau. Der Tag würde noch stressig genug verlaufen!

34

Schon kurz nach neun Uhr waren die drei von der Heilbronner Hütte am Zeinisjoch eingetroffen. »Da, schau! Da sind sie schon!«, wies Claudia mit ausgestrecktem Arm zu der Tür hinüber, die den Gastraum vom Flur des Hotels trennte. Mit ernster Miene betraten Sylvia Unruh, Lisa Schönleber und Ulrich Hägele das Frühstückszimmer.

»Ja, seid ihr etwa geflogen, oder wie?«, staunte auch Horst, als er die Neuankömmlinge begrüßte.

»Nein«, schüttelte Hägele knapp den Kopf und deutete mit dem Daumen hinter sich. »Der Sepp hat uns gefahren!«

»Die hätten doch sonst wie aus dem Schleudergang ausgesehen, bei dem Sauwetter da draußen«, lächelte der Hüttenwirt, während er seinen Anorak auszog und ihn über eine Stuhllehne hängte. »Da hab ich gedacht, ich fahre sie mit meinem Pick-up halt runter bis zum Zeinisjoch. Es gibt ja Mountainbiker, denen kann's nicht nass und stürmisch genug sein. Aber in diesem Fall ...« Er musterte seine Mitfahrer nachdenklich. »Da war es sicher besser, sich eng ins Auto zu quetschen und die Räder hintendrauf auf die Ladefläche zu werfen. Bei dem, was alles passiert ist in den letzten 24 Stunden, und wie gesagt, bei dem Matsch und dem Regen draußen!«

»Ich denke, das war eine gute Entscheidung«, nickte Claudia anerkennend. »Wer weiß, wenn man da ausrutscht auf dem Weg! Das ist sicher nicht das Angenehmste, dann vom Rad zu stürzen und womöglich klatschnass weiterfahren zu müssen. Da hast du dir ruck, zuck eine Erkältung geholt, oder!«, bedachte sie die depressiv vor sich auf den Boden starrende Sylvia mit einem mitleidig-forschenden Blick.

»Na, eine Erkältung kann man sich auch ohne Fahrrad holen«, trompetete Michael Protnik lautstark dazwischen und fingerte umständlich ein großes kariertes Taschentuch aus seiner Hose. »Hab ich mir vielleicht einen Schnupfen eingefangen! Und das bei dem Sonnenschein! Wo doch immer behauptet wird, dass die Bergluft doch so gesund sein soll!« Er schnäuzte sich ausgiebig und wischte sich anschließend mit demselben Taschentuch erschöpft einige dicke Schweißperlen von der Stirn.

»Sputnik!« Horst hatte einen Sekundenbruchteil zu spät zur Seite geschaut und spürte so ein würgendes Gefühl in seiner Speiseröhre.

»Was denn?«, blinzelte der Getadelte überrascht über den Tisch hinüber. »Man wird sich doch wohl noch die Nase putzen dürfen ...«

Horst zog es vor, nicht weiter auf die Antwort einzugehen, sondern starrte blicklos hoch zur Holzdecke.

»Was hat der denn?«, gab das Trampeltier jedoch keine Ruhe und stupste seine Lebensgefährtin mit dem Ellbogen.

»Der hat Angst vor deinen Bazillen, genau wie ich!«, zischte Uschi, während sie ein Stück von Protnik abrückte. »Michael, bitte! Du weißt doch, wie leicht ich mich immer anstecke!«

»Anstecke! Ich kann mir doch nicht die Nase zukleben, oder!«, schnaubte der Sputnik empört und blickte hilfeheischend in die Runde.

»Also, wie geht es denn nun bei euch weiter?«, erkundigte sich Claudia bei den Neuankömmlingen, ohne weiter auf Protnik und dessen Gesundheitszustand einzugehen. »Ihr werdet heute sicherlich in die Klinik nach Schruns gehen, oder? Wisst ihr überhaupt, wie es dem Andreas geht?«, wandte sie sich direkt an Sylvia.

Diese zuckte apathisch mit den Schultern. »Nicht so recht«, murmelte die Frau müde. »Wir haben vorher die Gendarmerie angerufen, weil uns das Krankenhaus keine Auskunft gegeben hat.« Sie holte tief Luft, bevor sie fortfuhr. »Aber die von der Polizei scheinen es auch nicht so recht zu wissen oder wollen es uns nicht sagen.«

»Was sagen sie denn überhaupt?«, ließ Claudia nicht locker.

»Dass sein Zustand unverändert sei«, übernahm Lisa mit leiser belegter Stimme die Antwort. »Wir fahren jetzt dann gleich weiter, die Bikes lassen wir erst einmal da.«

»Aber ich fahre nicht mit dem! Auf keinen Fall setze ich mich mit dir noch einmal in ein Auto!«, deutete Sylvia mit dem ausgestreckten Arm zitternd zu Hägele hinüber.

»Aber, Sylvia! Jetzt hör endlich auf mit diesem Blödsinn!«, fuhr dieser in die Höhe und funkelte der Frau aus zornigen Augen ins Gesicht.

»Jetzt lass sie doch!«, sprang ihre Freundin Lisa in die Bresche. »Dann fahren wir beide halt im Sharan, und die Sylvia nimmt den Smart! Einverstanden?«

Sylvia nickte wortlos, ohne Hägele eines weiteren Blickes zu würdigen.

»Da schau her«, entfuhr es Horst erstaunt.

»Wie?«

»Ach nichts, ich hab nur laut gedacht!«, wiegelte der Kommissar verlegen ab. In der Tat war es aber schon erstaunlich, wie schnell sich Lisa und Hägele wieder vertragen hatten. Er konnte sich doch noch ganz genau an Lisas zornigen Ausruf von gestern Nachmittag erinnern, dass sie auf gar keinen Fall mehr zusammen mit Hägele ein Auto besteigen wolle. Und nun? Nun schienen die beiden wieder ein Herz und eine Seele! Dafür war Sylvia jetzt diejenige, welche ...

Ein kurzer Blickkontakt zwischen den beiden Meyers genügte. Claudia deutete mit einem kaum wahrnehmbaren Augenzwinkern an, dass sie verstanden hatte. »Also weißt du was?«, legte sie fürsorglich den Arm um die wieder in sich zusammengesunkene Sylvia. »Dann begleite ich dich zum Krankenhaus. Du kannst dich nebendran ausruhen und ich fahre den Smart. Einverstanden?«

Die Frau hob langsam den Kopf und wischte sich eine blonde Strähne aus der Stirn. »Das würdest du machen?«

»Natürlich! Was ist schon dabei? Außerdem wollte ich schon immer mal ausprobieren, wie es sich mit so einem Smart fährt.«

»Danke! Das ist mir wirklich am allerliebsten so.« Sie streifte die Ärztin mit einem unsicheren Blick. »Meinst du ... ich meine ... würde es dir etwas ausmachen, wenn wir gleich losfahren könnten? Ich halte das hier nämlich nicht mehr aus!«

Hägeles Mundwinkel zuckten und auch Lisa starrte böse vor sich auf den Boden, doch keiner der beiden anderen gab einen Kommentar von sich.

»Ja, aber wir müssen doch noch packen, das dauert schon noch eine Viertelstunde«, gab Horst zu bedenken.

»Das kannst du doch auch allein machen, oder? Wenn die Sylvia gleich weiter will, ist das doch verständlich«, drückte Claudia die dankbar aufatmende Frau fürsorglich an sich. »Zur Not kann dir ja auch die Uschi helfen, oder?«

Horst hob abwehrend die Hände. »Schon gut, schon gut! Natürlich kann ich das selber! Hab ja nur gemeint. Aber gut, auch so recht!« In der Tat war es vielleicht wirklich das Beste, wenn sich Claudia ohne weitere Diskussionen gleich mit Sylvia auf den Weg nach Schruns machte. So hatten die beiden dann auch einen gewissen Zeitvorsprung vor den anderen, was einem vertraulichen Gespräch zwischen Claudia und Sylvia nur förderlich sein konnte.

»Ich würde übrigens auch ganz gern alleine fahren!«, wandte sich das Bebele an Horst, kaum dass die beiden Frauen den Raum verlassen hatten. »Kannst du denn dann den Michael mitnehmen? Bis Schruns wenigstens?«

»Ja, schon«, nickte Horst verwundert und sandte einen fragenden Blick in Richtung seines Kollegen. Doch der hockte genauso verdattert am Frühstückstisch und schien Uschis Ansinnen selbst nicht zu verstehen. »Und was hat er denn ausgefressen, mein armer Michael, dass er nicht mit dir fahren darf?«

»Ausgefressen?«, lächelte das Bebele. »Ausnahmsweise gar nichts. Aber«, sie tippte sich vielsagend an die Nase. »Du weißt doch, wie empfindlich ich bin, wenn es um Erkältungen geht. Ich habe mir da ganz schnell was eingefangen ...«, den Rest des Satzes ließ sie aus verständlichen diplomatischen Gründen offen.

»Ach ja, und nach mir die Sintflut! Ich darf mir dafür die Bazillen um die Nase pusten lassen! Wie nett!« Es war unfassbar – und dann auch wieder nicht: Es war halt Uschi! Das Bebele, wie es leibte und lebte! »Armer Sputnik! So schnell landet man also auf dem Abstellgleis!« Er verpasste dem entgeistert dreinschauenden Kollegen einen kräftigen Klaps auf die Schulter und erhob sich. »Also dann, auf in den Kampf, Toreros!« Im Hinausgehen streifte sein Blick die beiden Immobilienleute, die wortlos auf ihren Stühlen hockten. »Und ihr? Was macht ihr dann?«

»Wir?!«, schnaubte Hägele mit finsterer Miene. »Wir werden unsere Räder hier abstellen und dann auch nach Schruns ins Krankenhaus fahren. Ich lasse mir schließlich nicht gern nachsagen, ich hätte mich nicht um meinen kranken Partner gekümmert! Tja – und nach Schruns, dann kommen wir wieder hierher«, voller Ingrimm ballte er die Fäuste, »denn wir dürfen Österreich nämlich noch nicht verlassen, haben sie gesagt. Da gäbe es eventuell noch Fragen! Als wenn man das nicht auch per Telefon oder mit E-Mail lösen könnte! Aber nein, da sind sie stur, die Herrschaften!« Während sich Hägele kopfschüttelnd an die Schläfe tippte, erhob sich die Fränkin. »Tja, und ich bestelle uns dann mal ein Zimmer! Wenigstens ist man hier dann weitab vom Schuss, und bei so einem Wetter wie heute hat man dann auch seine Ruhe. Da kommt ja niemand – außer der österreichischen Polizei!«, setzte sie noch bitter hinzu.

Auch gut! Horst war mit der Entwicklung der Dinge ganz zufrieden. Claudia mit Sylvia mindestens eine Dreiviertelstunde zusammen im Auto, da konnte sich ja eventuell ein Vertrauensverhältnis aufbauen – zumal in dieser Situation, in der Sylvia jetzt steckte. Dann Uschi, die bis Schruns alleine fahren würde, Hägele und Lisa in ihrem pinkfarbenen Sharan, auch auf dem Weg zum Krankenhaus. Bestens! Dann trafen spätestens dort wieder alle zusammen, während er gemeinsam mit Protnik den Fall in aller Ruhe noch einmal ungestört würde durchdiskutieren können. Vor allen Dingen, ohne Uschi! So gesehen hatte alles auch seine gute Seite, Protniks Schnupfen genauso wie Uschis Empfindlichkeit.

Des Rätsels Lösung begann indessen immer deutlichere Konturen anzunehmen – zumindest in Horsts Gedankengängen.

35

»Pass doch auf!« Der Alarmruf von Michael Protnik war laut und er kam in allerletzter Sekunde. Dem wilden Hupen folgte das hässliche Geräusch von quietschenden Reifen. Das Lenkrad vibrierte unangenehm, der Wagen schien auszubrechen und mit der Fahrerseite in das entgegenkommende Fahrzeug zu prallen. Doch dessen Fahrer lenkte geistesgegenwärtig auf die linke Seite. Es waren nur noch Millimeter, die zwischen den beiden lagen. Mit schweißnassen Händen klammerte sich Horst an das Lenkrad. Endlich ließen die Schlingerbewegungen nach, das Fahrzeug kam zum Stehen, die Gefahr war vorüber. Kopfschüttelnd musterte Protnik seinen Kollegen, der sich mit einem Blick in den Rückspiegel versichert hatte, dass auch der Lenker des entgegenkommenden Wagens die gefährliche Situation unbeschadet überstanden hatte. Der deutlich in die Luft gestreckte Mittelfinger des anderen jedenfalls signalisierte dem zu Tode erschrockenen Kommissar, dass der bereits bei der Nachbetrachtung des völlig unvorhergesehenen Zwischenfalls angelangt war.

»Was war das denn?! Bist du eingeschlafen oder was?!«

Horst konnte es seinem Kollegen nicht verdenken: Er wäre an dessen Stelle mindestens genauso ärgerlich gewesen. Das war die Quittung dafür, dass er sich – total in Gedanken versunken – nicht mehr auf das Autofahren konzentriert hatte. Und das ausgerechnet auf der Silvretta-Hochalpenstraße! Um ein Haar wären sie aus der Kurve getragen worden und mit voller Wucht in den bergauf fahrenden Golf geprallt!

Horst startete den abgewürgten Motor und legte vorsichtig den ersten Gang ein. »Entschuldigung, Michael! Meine Schuld!«

»Was du nicht sagst!«, knurrte der Kollege missvergnügt und schnäuzte sich vorwurfsvoll.

»Du hast ja Recht. Mir ist da nur so einiges klar geworden!«

»Und das wäre?«, gab sich Protnik immer noch ziemlich verstimmt.

»Na ja. Was wäre denn, wenn es sich in Wirklichkeit bei dem Drama in der Selbstversorgerhütte gar nicht um ein richtiges Eifersuchtsdrama gehandelt hat? Sondern nur um ein inszeniertes?«

»Ein inszeniertes? Hmmh!«

»Doch! Wenn beispielsweise der Hägele seinen Kompagnon loswerden wollte und deshalb mit Hilfe seiner Lisa den Konerth erst scharf gemacht hat – was bei dem ja kein großes Problem dargestellt hat – und ihm dann eins übergebraten hat?«

»Und dem Unruh hat er dann gesagt: Zieh dich nackt aus, schütte eine Pulle Schnaps in dich hinein und dann ab an die Verbellahütte, den Mörder spielen«, resümierte Protnik wenig überzeugt. »Nein, mein Lieber, ergibt keinen Sinn! Leider!«

»Und wenn er beide Kollegen aus dem Weg räumen wollte?«, ließ sich Horst nicht beirren.

»Beide! Also wirklich!« Der Freund bedachte den Kommissar mit einem mitleidsvollen Blick. »Mensch! Pass doch auf!«

Schon wieder hatte Horst einen Sekundenbruchteil zu spät die Bremse betätigt, weshalb der Wagen mit einer schlingernden Bewegung um die Kurve schob. Dieses Mal jedoch glücklicherweise ohne Gegenverkehr. »Halb so wild, Sputnik! Powersliding nennt man so was!«

»Powersliding! Der Führerschein gehört dir entzogen, aber hallo!«

»Jetzt lass doch mal! Merkst du denn nicht, dass wir der Geschichte allmählich auf der Spur sind? Und dass diese Lisa vielleicht doch eine Rolle bei der ganzen Sache spielt?!« Horst schaltete in den dritten Gang und drückte entschlossen aufs Gaspedal. »Mensch Junge! Das kann man ja beinahe schon riechen: Wir sind verdammt nah dran!«

»Außer glühenden Bremsbelägen rieche ich gar nichts!«, konstatierte Protnik trocken, der ganz offenkundig beschlossen hatte, wieder einmal den advocatus diaboli zu spielen. Auch recht! Wenn er den überzeugt hatte, dann hatte er gewonnen, davon wiederum war Horst dank langjähriger Erfahrung felsenfest überzeugt. In der nächsten Spitzkehre vergewisserte er sich durch einen schnellen Rundumblick, dass sich weder von oben noch von unten ein Fahrzeug näherte. Er hielt an, entkuppelte und zog die Handbremse an. »Da bitte«, machte er eine einladende Handbewegung in Richtung Lenkrad. »Du bist dran!«

»Aber Horst!«, murmelte Protnik kopfschüttelnd. »Jetzt sei doch nicht gleich beleidigt!«

»Bin ich gar nicht!«, wischte der die Bedenken beiseite. »Nein, darum geht's nicht. Ich sollte nur ein paar Telefonate tätigen und da wäre es mir schon lieber, wenn du dich jetzt hinter das Steuer klemmen würdest!«

»Na, wenn das so ist!« Ächzend schob sich der nicht ganz unbeleibte Sputnik vom Beifahrer- auf den Fahrersitz, während Horst Meyer erwartungsvoll zum Handy griff.

36

»Nicht schlecht, Herr Specht!« Der Kommissar pfiff anerkennend durch die Zähne und legte das Handy beiseite, mit dem er während der Fahrt ins Krankenhaus weiter recherchiert hatte. Dies war zwar aufgrund der ständig wechselnden Empfangssituation alles andere als einfach und wurde deshalb auch von mancher lautstarken Verwünschung begleitet, wenn wieder einmal das Netz hinter einer der Haarnadelkurven auf der Hochalpenstraße zurückgeblieben war. Doch letztendlich hatte sich der Erfolg eingestellt. Die Telefonrecherche bei den Kollegen vom Wirtschaftsdezernat in Heilbronn und bei einem Bekannten in der Industrie- und Handelskammer war eindeutig verlaufen. Die Firma »Immo-Star« hatte längst das Interesse der Ermittler geweckt, denn so manche Finanztransaktion in den zurückliegenden beiden Jahren war zum Gegenstand von juristischen Auseinandersetzungen geworden. Der Kollege in der Polizeidirektion hatte es schließlich klipp und klar in dem Fazit zusammengefasst: Die Firma war am Auseinanderbrechen. Es war nur noch eine Frage der Zeit, wann der endgültige Bankrott stattfinden würde. Aber vorher hatten die drei Inhaber offenbar noch allerhand hektische Aktivitäten entwickelt, um so viel Geld wie irgend möglich aus der Firma auf ihre zahlreichen in- und ausländischen Bankkonten zu retten. Das war der Hauptgrund, weshalb Horst zu seiner großen Überraschung gar nicht lange hatte fragen müssen, ob jemandem die Firma »Immo-Star« und deren Inhaber bekannt sei. Im Gegenteil, die Kollegen hatten sich längst an deren Fersen geheftet.

Eine für die Immobilienbranche heutzutage leider nur allzu typische Geschichte. Zunächst der Beginn aus kleinen Verhältnissen heraus. Die Gründung der Bauträgergesellschaft mit einem Vertrag zwischen dem Kaufmann Andreas Unruh, dem ehemaligen Maurerpolier Ulrich Hägele und dem Immobilienmakler Sven Konerth. Alle drei hatten sich seit Jahren schon gekannt, als sie dann schließlich Anfang der 90er Jahre den Schritt zur Gründung einer eigenen Firma wagten. Die Voraussetzungen waren nicht schlecht, denn jeder von ihnen konnte sein ganz spezielles Fachwissen in die Waagschale werfen. Konerth war es gelungen, dank seiner Beziehungen an einige günstige Bauplätze zu kommen, die sie sofort mit großen Bürogebäuden bebauten und einen geradezu atemberaubenden Gewinn erzielten. Die Hausverwaltung wurde durch Gründung einer eigenen Verwaltungsgesellschaft, einer hundertprozentigen »Immo-Star«-Tochter zusätzlich übernommen. Zu hervorragenden Konditionen! Und so ging es mit dem Unternehmen steil bergauf. Die Aktivitäten, die ursprünglich auf den Raum Heilbronn beschränkt waren, wurden stark ausgeweitet. Die drei Partner kauften Bauplätze in ganz Südwestdeutschland, ja sogar in Österreich wurden Kooperationen geschlossen. Und – natürlich – im Osten. In den neuen Bundesländern! »Und da ist es denen gegangen wie vielen anderen auch! Sie haben die Nase reingeklemmt, aber kräftig!« Der Kollege in der Polizeidirektion fasste nüchtern zusammen. »Die haben auf Warnungen genauso wenig gehört wie diese ganzen anderen Geschäftlesmacher! Und dabei hat's an Warnungen ja wirklich nicht gefehlt im Hinblick auf die ehemalige DDR! Aber es ist immer und immer wieder dasselbe Lied: Wenn die ein paar Mal Erfolg gehabt haben, dann meinen sie, sie wären die Allergrößten und ihnen könne das nicht passieren! Tja – und drei Jahre später waren sie pleite! Auch wenn sie das eine Zeit lang noch gut haben kaschieren können! Irgendwann aber ist halt doch Schluss! Und zwar immer dann, wenn die stillen Teilhaber ihr Geld versilbert sehen wollen – und wenn dieses Spiel mit den Banken beginnt …«

»Welches Spiel mit den Banken?«

»Ach, das ist immer dasselbe!«, lachte der Kollege am anderen Ende der Verbindung. »Fast schon langweilig. Wenn das Konto halt nur noch rote Zahlen aufweist, dann kratzt man sein bisschen Zaster zusammen und überweist den auf ein neues Konto bei einer anderen Bank. Ein paar Wochen später beantragt man dann bei dieser neuen Bank einen Kredit. Die Bankmenschen sehen nur die schwarzen Zahlen, sind von ein paar zehntausend Euro beeindruckt, du glaubst es nicht, es ist aber so. Dazu kommt das entsprechend großspurige Auftreten und schon ist der neue Kredit in trockenen Tüchern. Ein, zwei Milliönchen, du meine Güte! Peanuts! Das macht man fix zwischen Lachssüppchen und Entrecote! Ein Schlückchen Champagner noch? Aber bitte! Arbeitsessen nennt sich so was! Handshake! Fertig! Wenn's dann eng wird, dann schämt sich der Herr Abteilungsdirektor natürlich, zuzugeben, dass er Mist gebaut hat, und lässt den Kredit nicht platzen, sondern bittet geradezu flehentlich darum, dass halt ab und zu ein bisschen Geld auf das tiefrote Konto überwiesen wird. Sonst wäre er ja eventuell plötzlich selber dran. So – dann hofft man noch, dass die Bankprüfer nicht gar so schnell auftauchen. Und das geht dann munter so weiter. Mit immer neuen Krediten und immer dreisteren Sprüchen. Wir bekommen es immer wieder mit: Die schieben nur noch irgendwelche Zahlen von A nach B, und dann immer wieder was auch nach C, D, E. Das sind dann die kleinen, schicken Privatkonten überall in der Welt, wo niemand nach dem woher und wohin fragt. Du glaubst es nicht, aber es ist wirklich so! Wenn dagegen du als kleiner Häuslesbauer mal einen Kredit willst, oder ein ehrlicher Mittelständler, ich sag dir's: Wie oft haben die da einen über die Klinge springen lassen, wegen 30.000 oder 40.000 Euro. Obwohl die Firma mit Sicherheit die Kante übersprungen hätte! Nein, die Summe muss nur groß genug sein, dann erst klappt das. Ich sag's ja, das haben wir schon zigmal erlebt, aber anscheinend lernt die Menschheit ja nie dazu!«

»Da hast du Recht, leider!«, pflichtete Horst seinem Kollegen zähneknirschend bei. »Ihr seid also längst dran und habt die Konten überprüft?«

»Allerdings! Wobei das eine Heidenarbeit ist. Denn

in Phase drei – spätestens – werden nun noch jede Menge Scheinfirmen gegründet, die einzig und allein dazu gebraucht werden, um den Geldfluss zu verschleiern. Da kommst du vom Hundertsten ins Tausendste! Eine unglaublich mühsame Aktenfresserei! Aber wir kennen ja andererseits unsere Pappenheimer und ihre Methoden!«

»Donnerwetter!« Horst nickte anerkennend.

Das war noch nie sein Ding gewesen, sich durch Berge von mehr oder minder verstaubten Akten zu wälzen. Oder, auch nicht besser, durch unendliche Zahlenkolonnen auf dem Computerbildschirm. Insgeheim lächelten sie ja immer über die Kollegen »Ärmelschoner« oder »Aktenfresser«, aber in Wirklichkeit wäre man ohne diese Spezies von Kriminalbeamten schlichtweg aufgeschmissen. Diese Tatsache wurde ihm ja gerade in diesem Augenblick wieder einmal überdeutlich vor Augen geführt!

Nachdem er die Verbindung getrennt hatte, starrte Horst einige Sekunden lang wortlos zur Windschutzscheibe hinaus in die malerische Herbstlandschaft des Montafon, ohne sie jedoch in sich aufnehmen und genießen zu können. Es waren zu viele Gedanken, die in seinem Kopf umherwirbelten. Die aggressive Angeberei mit den pinkfarbenen Autos samt der dazugehörigen Luxusräder, der gemeinsame Betriebsausflug, obwohl der Sand im Beziehungsgetriebe zwischen den Partnern bereits heftig knirschte, die Eifersüchteleien der Männer, der Mord, das Verschwinden des mutmaßlichen Täters und dessen Auffinden im Schnee.

»Ich muss noch mal telefonieren«, murmelte er mehr zu sich als zu Protnik gewandt.

»Auch recht!«, gab der zur Antwort. »Bin ja mal gespannt, ob's überhaupt etwas bringt. Denn wenn unser Hauptverdächtiger bis dahin über den Jordan gegangen ist ...«

»... ist damit noch längst nicht alles erledigt! Hallo, ist da die Kreissparkasse Heilbronn? Ja? Dann verbinden sie mich doch bitte mit dem Herrn Ott, ja, dem Richard Ott, genau!«

Horst konnte sich die Reaktion seines Bekannten, der in einer der oberen Etagen bei der Kreissparkassen-Zentrale in Heilbronn tätig war, lebhaft vorstellen. Der Anruf eines Polizeibeamten, erst recht natürlich ein dienstlicher, rief in dem doch eher dezenten Bankgewerbe nie überschäumende Begeisterung hervor, egal wie gut man sich im Privatleben auch kannte. Dennoch, es musste sein.

Und es kam genau so, wie erwartet. »Du weißt doch ganz genau, dass ich dir keine Auskunft geben darf. Da komme ich in Teufels Küche, das weißt du doch! Freundschaft hin oder her! Das ist eine ganz andere Baustelle!«

»Richard!«, versuchte Horst, seiner Stimme einen dringlichen Unterton zu verleihen. »Es ist Gefahr im Verzug! Da sieht die Sache doch wohl wieder ganz anders aus!«

»Gefahr im Verzug! Das kann jeder behaupten!«, schnaubte der Bankmanager missmutig in das Telefon. »Und dann noch am Handy! Also bitte! Da kann ich mich ja gleich auf den Kiliansplatz stellen und die Kontoauszüge von unseren Kunden öffentlich vorlesen!«

»Jetzt mach mal halblang!«, unterbrach Horst den Bedenkenträger rüde. »Wir haben wirklich nicht viel Zeit, es muss schnell gehen!« Er überlegte fieberhaft, wie er den anderen wenigstens einigermaßen auf seine Seite ziehen konnte. »Weißt du was, Richard«, kam ihm da mit einem Mal die (hoffentlich) rettende Idee. »Ich stell dir die Fragen und du sagst immer nur ja oder nein. Dann hast du ja letztendlich nix gesagt und kannst ja auch das Bankgeheimnis nicht gebrochen haben, wenn ich eh schon alles weiß!«

»Merkwürdige Logik«, wehrte sich der andere immer noch.

Doch Horst ergriff ganz einfach die Flucht nach vorn und begann die Fragerunde ohne sich auf eine weitere Diskussion einzulassen. »Also, pass auf, ihr verwaltet doch sicher auch die Konten einer Firma »Immo-Star« aus Neckarsulm. Könntest du mal nachsehen, ob das so ist? Oder vielmehr andersrum gefragt«, entsann er sich seines Versprechens, »das ist doch so, nicht wahr?«

»Ach, du meine Güte! Du auch noch!«, drang postwendend die überraschte Antwort aus dem Hörer. »Und ob das so ist! Die Herrschaften stehen auf unserer Giftliste! Und zwar ganz weit oben! Aber, da sind doch deine Kollegen schon dran. Was hast du denn damit zu schaffen. Das ist doch eine ganz andere Baustelle – im wahrsten Sinn des Wortes. Oder haben sie dich jetzt endlich strafversetzt? Du bist doch eigentlich bei der Mordkommission?«

»Eben!«, bestätigte der Kommissar trocken.

Richard Ott pfiff bedeutungsvoll durch die Zähne. »Aha! So weit sind wir schon! Verstehe!«

»Wird auch höchste Zeit! Also Richard, ich brauche von dir hauptsächlich die Bestätigung. Ich weiß bereits, dass die mit ihrer Firma im Osten gewaltig auf die Nase gefallen sind und die ganzen Kredite nur noch hin und her verschoben haben. Wann habt ihr das denn eigentlich gemerkt, dass da etwas nicht mehr mit rechten Dingen läuft?«, änderte Horst seine Fragetaktik.

Doch der Bankmitarbeiter schien das gar nicht zu merken. »Das hat wirklich lange gebraucht! Das haben wir selber erst vor ein paar Wochen so richtig gemerkt«, sprudelte es nun förmlich aus ihm heraus. »Die haben nämlich ihre Verluste von drüben mit der bis dahin wirklich kerngesunden Hausverwaltungsfirma hier in der Region Heilbronn kompensiert. Das ist – formal gesehen – eine eigenständige Firma mit regelmäßigen Zahlungseingängen. Kann man also ruhig ein bisschen Kredit aufnehmen, und dann noch ein bisschen und noch ein bisschen. Angeblich für die Erneuerung einer Heizanlage, für eine Wärmedämmung, neue Fenster und so weiter. Alles völlig satzungsgemäß und in Ordnung. Nur, es hat sehr lange gedauert, bis die Kollegen vor Ort in Neckarsulm dann irgendwann halt doch dahinter gekommen sind, dass das ganze Geld einfach verpufft ist. Das wurde an Scheinfirmen überwiesen, die angeblich als Bausanierer auftreten, in Wirklichkeit haben diese Firmen aber auch zur »Immo-Star«-Gruppe gehört, was freilich kein Mensch gewusst hat. Stutzig sind unsere

Leute aus zweierlei Gründen geworden: Erstens gab es kein einziges Objekt, das tatsächlich renoviert worden ist. Und wenn du als Bankangestellter hier wohnst, dann kriegst du das halt irgendwann aus dem Augenwinkel auch mit. Zweitens: Als dann auch noch die ganzen Gelder von den Verwalterkonten abgehoben worden sind. Also sämtliche Rückstellungen für Reparaturen und so weiter. Wie gesagt, ohne dass auch nur eine einzige Handwerkerrechnung beglichen worden wäre. Das alles ging nur an diese angebliche Renovierungs-Dachgesellschaft, in Wirklichkeit aber ist das ganze Geld rübergeschaufelt worden in den Osten.«

»Und da ist es jetzt auch noch?«, erkundigte sich Horst, der gleichwohl die Antwort längst ahnte.

»Von wegen! Das ganze Geld ist dort versickert. Da findest du keinen Cent mehr! Hier übrigens genauso wenig! Da gibt's nur noch rote Zahlen, und zwar dicke rote Zahlen! Weshalb die das wirklich erst so spät gemerkt haben, das ist übrigens eine der Fragen, denen wir jetzt im Augenblick auch selbst nachgehen! Und ich habe gar kein gutes Gefühl dabei!«

»Kann ich mir denken«, nickte Horst. »Andererseits, ihr habt doch den Daumen auf den Objekten drauf. Dann wird halt wieder mal eine Zwangsversteigerung fällig!«

»Bei dem Immobilienmarkt momentan! Kannst du glatt vergessen! Aber das ist noch nicht alles: Die Objekte waren ja bis zur Oberkante beliehen, letztendlich manchmal über hundert Prozent!«

»Über hundert Prozent? Wie geht denn das?«

»Ganz einfach, du bezifferst in Absprache mit der

Bank einen Betrag X, den das Objekt wert ist. Wenn sich da nun beide Seiten ein bisschen verschätzt haben ...«

»... oder sich halt ganz einfach zu gut gekannt haben!«, ergänzte Horst zynisch.

»Leider auch das, geb ich zu! Also, dann ist das Objekt statt seines wirklichen Wertes von 1,2 Millionen Euro halt 1,5 Millionen wert gewesen. Und so ist dann letztendlich eine Kreditsumme ausbezahlt worden, die nie und nimmer durch einen Gegenwert in dieser Höhe abgesichert war. So weit, so schlimm! Aber es kommt noch dicker!«

Der Bankangestellte legte eine kurze bedeutungsvolle Pause ein, bevor er fortfuhr. »Die waren dann nämlich dreist genug, auch noch gute Bekanntschaft mit anderen Kreditsachbearbeitern oder Filialdirektoren von anderen Banken zu pflegen. Da hatte man auch ein paar Konten, die schön hübsch und regelmäßig ein paar Abbuchungen und ein paar Einzahlungen vorweisen konnten. Immer ein bisschen mehr Plus, und wieder ein bisschen. Die klassischen Peanuts zwar, hunderttausend Euro oder so ...«

»Peanuts!« Diese Banker! Unwillig schüttelte Horst den Kopf. »Da muss eine alte Oma aber ganz schön lange stricken, für deine Peanuts!«

»Trotzdem: Peanuts!«, beharrte der andere auf seiner Wortwahl. »Was glaubst du wohl, welche Summe wir tagtäglich bewegen. Da sind 100.000 Euro halt leider tatsächlich nur Peanuts! Vielleicht liegt ja genau darin auch das Problem!«

»Genau das ist irgendwann der Untergang des Abendlandes«, war sich Horst in seiner Einschätzung der Banken und ihrer Geschäftspraktiken wieder einmal völlig sicher.

»Wie auch immer! Willst du jetzt wissen, was Sache ist, oder nicht?«

»Mach schon weiter!«

»Also gut! Die Schlaumeier sind dann, als der Kredit bei uns ausgereizt war, zur nächsten Bank gegangen und haben mit den netten Bekannten dort einfach noch einen hübschen kleinen Kredit draufgesattelt. Unsere normalen Geschäftskonten sind völlig in Ordnung, Sie sehen ja: Es geht immer aufwärts bei uns. Wir bräuchten da halt noch schnell ein paar hunderttausend Euro für Werterhaltungsmaßnahmen. Würden wir gerne bei Ihnen realisieren. Wir fühlen uns bei Ihnen sowieso besser aufgehoben als bei der Konkurrenz. Wir erwägen sogar, ob wir nicht unsere gesamten Geschäftskonten bei Ihnen einrichten sollten. Und so weiter und so fort: Schönes Geschäftsessen, nette Gespräche, am Ende dann noch: Ach ja, unser Kredit. 200.000 Euro sollten es schon sein, das Objekt, darin sind wir uns ja einig, ist immerhin gut und gerne 2 Millionen wert. Kein Risiko also für Sie als Bank. Könnten wir eventuell morgen Nachmittag schon alles klar machen? Na wunderbar! So läuft die Sache.«

»Mein lieber Schieber! Und unsereins kreucht da im Unterholz herum und kommt nie auf einen grünen Zweig!« Am liebsten hätte Horst gar nicht mehr zugehört, doch es kam noch besser.

»Eins hätte ich fast noch vergessen! Wenn das dann auch nicht mehr läuft und die Banken die Kredite fällig stellen, was sie aber oft genug aus Angst vor dem totalen Zusammenbruch gar nicht machen, dann fängt das Gegenseitig-Abkaufspiel an. Da kauft dann ein Strohmann ein Objekt, schiebt dafür Geld, das er vorher selber aus einem anderen Kreditkanal von der Firma bekommen hat, über den Tisch. Die Firma behauptet, das mit dem Verkauf sei schon im letzten Jahr geschehen, wodurch sich der Käufer zusätzliche Steuergewinne verschafft, die dann wieder redlich geteilt werden. Oder man macht dasselbe Spiel nicht mit Privatleuten, sondern mit Firmen. Datiert ganz einfach Verträge zurück und findet so immer die aktuellsten Steuerschlupflöcher ...«

»Aber, das geht doch nicht! Das geht doch immer über den Notar!«

»... der vielleicht auch eine neue Golfausrüstung braucht. Oder dessen Tochter hätte so gerne ein Pferd, die Frau will endlich ein neues Sportwägelchen, das übliche Spiel halt.«

»Aber das ist doch Betrug!«, ereiferte sich Horst.

»Betrug!«, lachte sein Bekannter bitter. »Wo kein Kläger, da kein Richter. Das musst du denen erst mal alles nachweisen. Das ist eine Heidenarbeit, aber das kennen deine Kollegen ja zur Genüge! Die Sauerei bei der ganzen Sache aber ist die: Die meisten Anleger und Handwerker, die treu und brav ihr Geld investiert und ihre Arbeit gemacht haben, die gehen dann pleite. Sogar ganze Banken sind ja schon den Bach runter und haben sich nur durch die Übernahme eines größeren Instituts noch retten können – und letztendlich sind dann die ehrlichen Kunden der Bank oft genug noch mit die Dummen! Ein oder zwei Figuren aber, die haben mit Sicherheit noch Kohle. Riesig viel sogar. Aber eben auch gut versteckt halt. In der Schweiz, du ahnst es nicht, was da so alles läuft. Aber irgendwann platzt die Bombe – genauso wie in diesem Fall. Auch wenn wir da noch nicht ganz durchblicken, klar ist, dass zumindest zwei von der glanzvollen Schicki-Micki-Firma kräftig zugelangt haben. Die Frage ist nur, wen wir noch am Kragen packen können. Oft genug ist ja nicht nur das Geld futsch, sondern auch der Betrüger ab durch die Mitte. Auf irgendeiner Yacht oder so. Wie gesagt, wir sind grade schwer am recherchieren. Klar ist aber bereits jetzt: Da ist etwas gelaufen! Und dieser Oberstenz, dieser Konerth, der hat ganz viel Dreck am Stecken, das kannst du mir glauben! Ich hoffe nur nicht, dass womöglich auch bei uns Geld geflossen ist, womit ich jetzt aber schon viel, viel mehr gesagt habe, als ich das hätte dürfen! Du weißt, was das heißt, Horst! Ein falsches Wort von dir zur falschen Zeit und ich hocke selbst in Teufels Küche!«

»Schon gut! Du kennst mich ja!«, versuchte Horst die Bedenken des Bankangestellten zu zerstreuen. »Allerdings, der Konerth wird das viele schöne Geld nicht mehr ausgeben können, wenn er's denn tatsächlich umgeleitet hat!«

»Hat er! Aber was heißt das? Meinst du ...«

»... dass er bei einem Grad plus eine Nacht lang in einem Bergsee im Montafon gebadet hat!«

»Aber das überlebt doch keiner!«

»Eben!«

»Ach so! Konerth ist tot!«

»Und sein Kollege Andreas Unruh gilt momentan als mutmaßlicher Mörder!«

»Der Unruh! Da schau an!«

»Was weißt du bankmäßig über den?« Horst wartete gespannt, welche Auskunft er gleich erhalten würde. Er fühlte es ganz deutlich, er war ganz dicht dran. Dran an der wirklichen Lösung.

»Der ... komisch!« Ott schien eifrig in seinen Unterlagen zu blättern. »Also, der scheint noch der Sauberste von den Dreckigen zu sein. Obwohl ich die Hand nicht herumdrehe in solchen Fällen. Etwas wissen sie ja immer, und manchmal halten sie sich auch bloß die Ohren zu. Auch eine Art von Betrug, wenn du mich fragst! Aber da ist eine Notiz abgeheftet worden in den Unterlagen. Wir haben nämlich ein Büro für unsere Nachforschungen engagiert.«

»Ein Büro! Wieso denn nicht die Polizei!«

»Nein, nein! Das geht bei uns diskreter! Also, unsere Nachforschungen haben ergeben, dass der Andreas Unruh auch psychische Probleme zu haben scheint und nur vordergründig noch den großen, tollen Immobilienhecht spielt. Der scheint in psychiatrischer Behandlung zu sein und ist offenbar suizidgefährdet.«

»Suizidgefährdet! Wie habt ihr denn das ... nein, ich möchte es lieber nicht wissen, wie ihr das herausbekommen habt!« Horst fühlte, wie sein Blutdruck stieg. »Zwei Fragen noch: Der Unruh hat also kein solches Privatkonto, beziehungsweise ihr habt noch keines entdeckt?«

»Richtig! Das Letztere ist der Fall: Wir haben noch

keines entdeckt, was aber nicht automatisch heißt, dass wir nicht noch etwas finden werden. Und die zweite Frage?«

»Die lautet: Hägele. Ulrich Hägele. Gibt's über den schon etwas?«

»Der Hägele!«, lachte es aus dem Telefon. »Mein lieber Schwan! Das ist dasselbe Kaliber wie der Konerth! Verschlagen, skrupellos, zu allem fähig, wenigstens in finanzieller Hinsicht!«

»Mensch, Richard! Wenn das stimmt ...!«

»Natürlich stimmt es! Und warte mal ab, in zwei oder drei Tagen wissen wir mehr! Auch wenn ich mir gar nicht so sicher bin, ob ich es überhaupt wissen will!«

»Auf jeden Fall hast du mir sehr geholfen! Ich werfe dir auch mal wieder einen Stein in den Garten, versprochen!«

»Untersteh dich!«, lachte der andere. »Also dann, viel Erfolg bei deiner Mörderjagd! Ich bin gespannt, was du mir zu erzählen hast. Spätestens bei unserem nächsten Tennismatch! Versprochen!«

»Versprochen! Tschüß!«, murmelte Horst und drückte, schon wieder tief in Gedanken versunken, die AUS-Taste seines Telefons.

Der Tatverdacht hatte sich erhärtet! Nein, andersherum, der bisher für den Täter gehaltene Andreas Unruh war unschuldig! Zumindest im Hinblick auf den Mord an Konerth. Diese Erkenntnis setzte sich in den Überlegungen des Kommissars immer deutlicher durch. Für Horst Meyer stand fest, dass er bei Hägele ansetzen musste. Bei diesem befand sich der Schlüssel zum Nachweis, dass es sich dort oben auf der Heilbronner Hütte keinesfalls um eine Eifersuchtsszene mit tödlichem Ausgang gehandelt hatte, sondern um Mord – eiskalt geplanten Mord! Aber noch immer würde ihm das kein Haftrichter dieser Welt auch nur für eine Sekunde abnehmen. Noch handelte es sich lediglich um ein Gefühl, aber eben nicht um einen glasklaren Beweis!

Wo musste er also ansetzen? Bei Hägele selbst? Unmöglich! Bei Sylvia? Hatte Hägele eventuell ein Verhältnis mit ihr, der Frau des mutmaßlichen Mörders, gehabt? War Lisa deshalb so heftig explodiert neulich? Aber weshalb hatte sie sich dann so schnell wieder beruhigt und tat nun so, als habe es nie eine Auseinandersetzung zwischen ihr und Hägele gegeben? Vielleicht also musste er hier weiterbohren! Was wusste die Fränkin? Ging es in dieser unseligen Nacht wirklich um mehr als um Eifersucht?

37

»Also, herausgefunden habe ich immerhin, dass auch die Sylvia in dieser Nacht etwas mitbekommen hat! Auf jeden Fall sagt sie, dass sie nicht mit Sicherheit beschwören könne, dass die Lisa die ganze Zeit über bei ihr war!« Claudia hatte ihren Mann auf die Seite gezogen und ihm ihr Wissen mitgeteilt, kaum dass dieser auf dem Parkplatz des Krankenhauses in Schruns aus dem Wagen gestiegen war. »Was sagst du dazu?!«

»Donnerwetter, das ist ja ein Ding!« Wieder eine neue Erkenntnis! Wie passte diese denn jetzt in das Gefüge? »Und wo ist die Sylvia jetzt?«

»Da drüben steht sie!«, deutete Claudia zum Krankenhauseingang hinüber, wo Sylvia mit gesenktem Kopf vor der Türe stand und auf die anderen zu warten schien.

»Komm!« Einem plötzlichen Entschluss folgend nahm Horst seine Ehefrau an der Hand. »Hallo, Sylvia! Ich habe schlechte Nachrichten für dich!«

Die Frau bedachte ihn mit einem langen, traurigen Blick. »Was kann denn jetzt noch kommen? Schlimmer geht's doch nimmer!«, murmelte sie leise.

»Doch, Sylvia! Leider!«, baute sich der Kommissar direkt vor ihr auf und musterte sie ernst. »Die Kollegen haben mir gerade mitgeteilt, dass eure Firma pleite ist!

Megapleite sogar! Und dass auch dein Mann ganz offensichtlich kräftig dafür gesorgt hat, dass diese Tatsache verschleiert worden ist! Über Monate hinweg! Und dass er zusammen mit den anderen gewaltige Summen ins Ausland geschafft hat! Wahrscheinlich sogar auch jetzt wieder, auf eurer angeblichen Urlaubsfahrt!«

»Aber ... das ist doch ... Nein! Das darfst du nicht sagen!«, brach die verzweifelte Frau in Tränen aus. »Der Andy hat sich doch immer nur dagegen gewehrt! Der hat das nicht haben wollen! Deshalb hat es ja diesen Streit gegeben! Die wollten ihn zwingen, nicht zur Polizei zu gehen! Erst das Geld in Sicherheit bringen! Aber der Andy wollte das nicht mehr! Da haben sie mich eingeschaltet. Ich solle ihn zur Vernunft bringen, hat der Sven gemeint. Hab ich sogar versucht, das gebe ich zu!«

Sylvia schniefte laut auf. »Der hat es sogar geschafft, einen Keil zwischen uns zu treiben! Er hat gesagt, wenn der Andy nicht mitmacht, dann ist das ganze Geld futsch! Dann haben wir gar nichts mehr! Dann kommt der Gerichtsvollzieher und die drei müssen ins Gefängnis! Und ich, ich würde auf einem Berg voller Schulden sitzen, den ich im Leben nicht mehr abbezahlen könnte! Und ich, ich dumme Kuh«, hämmerte sie verzweifelt mit der Faust auf ihr Brustbein. »Ich hab das Spiel mitgemacht und versucht, den Andy umzustimmen. Deshalb die Tour in den Bergen! Immer wieder haben sie ihn dann in die Zange genommen: Der Sven, der Uli und zu allem Überfluss dann auch noch ich! Wir haben gestritten ohne Ende! Und dann, dann hat sich auch noch der Sven an mich herangemacht!«

Sie schlug sich mit der flachen Hand an die Stirn. »Wie blöde ich doch gewesen bin! Gut, mit dem Andy gab's nur noch Streit, da war es mir schon lieber, die Komplimente von Sven zu hören. Der ist ja ein unglaublicher Charmeur gewesen! Jetzt erst bin ich dahinter gekommen, was der in Wirklichkeit für ein gemeines Spiel mit mir getrieben hat! Natürlich hat das den Andy umso mehr gereizt, als er den Sven und mich so gesehen hat! Eine Eifersuchtsszene hat die andere gejagt! Bis es mir auch zu viel geworden ist! Am liebsten hätte ich mit dem Andy Schluss gemacht! Auf der Stelle! Das hat er ja auch befürchtet! Außerdem hat er wohl tatsächlich geglaubt, ich würde mich mit dem Sven treffen in dieser Nacht! Na ja, zerstreut habe ich seine Bedenken nicht, das muss ich zugeben! Im Gegenteil! Und deshalb liegt er jetzt da drinnen!«, warf sie einen bitteren Blick auf das Krankenhaus und begann herzzerreißend zu weinen.

»Na, warte nur. Das wird schon wieder!« Claudia nahm die verzweifelte Frau in die Arme. »Du wirst sehen, es geht ihm bald schon wieder blendend!«

»Als Mörder? Wie denn?«

»Ganz langsam!« Horst versuchte es mit einem weiteren Wagnis. »Ich sage euch jetzt mal, was ich denke. Das ist zwar nur eine Vermutung, aber immerhin, es könnte uns schon auf den richtigen Weg führen.« Er überlegte noch einmal kurz. »Wie soll ich es sagen ... Claudia! Du hast mir doch immer vom Studium generale erzählt, das du an der Uni ab und zu besucht hast. Fächerübergreifende Vorträge«, setzte er erklärend hinzu.

»Ja, und?« Claudia schien noch nicht zu begreifen, worauf ihr Mann hinauswollte.

»Da fragen sie doch auch immer, wenn es beispielsweise um Entscheidungen in der Geschichte oder um historische Urkunden geht: Cui bono?«

»Was?!« Das Bebele hatte kopfschüttelnd die Hände in die Hüften gestemmt. »Was heißt das denn?«

»Wem nützt es? Und genau das«, Horst breitete die Arme aus. »Genau das ist es, wonach wir fragen müssen! Wem nützt es? In unserem Fall ist es doch so, einer ist übrig geblieben.«

Ein heftiges Schluchzen ließ den Kommissar zusammenzucken. Sylvia! »Aber der Andy lebt doch noch!«, schniefte sie mit fast erstickter Stimme.

»Ja, natürlich! Entschuldigung! Aber das ändert nichts an der Tatsache, dass er als nach wie vor Hauptverdächtiger mit einer Gefängnisstrafe rechnen muss. Tut mir leid, aber es ist so! Momentan wenigstens noch. Und der andere Partner, Sven also, der ist tot. Wem also nützt es?«, fragte Horst bedeutungsvoll in die Runde.

Ein lautes Geräusch platzte unvermittelt in die nachdenkliche Stille, die sich für einen Augenblick über die Runde gelegt hatte. Protnik! »Entschuldigung! Aber die Nase!«, lächelte der verlegen, während sich das Bebele mit indignierter Miene ein Taschentuch vor Mund und Nase hielt.

Horst bedachte seinen Kollegen mit einem missbilligenden Blick. »Also, cui bono? Wem nützt es? Was, wenn der Hägele in Wirklichkeit ein mörderisches Komplott geschmiedet hätte, um so an die ganze Kohle zu kommen. Den Andy hat er als mutmaßlichen Mörder von der Backe, den Sven, dessen Finanztransaktionen ins Ausland ja niemand kennt, außer er, der dasselbe gemacht hat, den hat er umbringen lassen! Fantastisch!« Triumphierend reckte er das Kinn in die Höhe.

»Fantastisch!«, nickte Michael Protnik wenig euphorisch. »In der Tat! Wie um alles in der Welt willst du das denn beweisen? Und, wie soll er das denn bewerkstelligt haben?«

»Indem ich die Geschichte weitererzähle. Also, der Sven und die Lisa haben da miteinander rumgemacht. Erst in der Damentoilette, wo ich ja dazugekommen bin und sie gestört habe.«

»Eben, die Lisa!«, wurde er neuerlich von Protnik unterbrochen. »Der Andy ist aber doch mit der Sylvia zusammen ...«, den Zusatz »gewesen« hatte er in letzter Sekunde dank eines warnenden Blickes aus Claudias Augen gerade noch stoppen können.

»Die Lisa ist genauso blond wie die Sylvia. Auch die Länge der Haare und der Schnitt stimmen fast hundertprozentig überein. Ein Schelm, wer schlechtes dabei denkt. Oder, wie lange hat die Lisa denn schon denselben Haarschnitt wie du?«, wandte er sich an die auf der Bank vor dem Krankenhaus zusammengekauerte Sylvia.

»Wie? Ach, höchstens seit vier Wochen! Mein Haarschnitt hat ihr so gefallen, da hat sie mich halt gefragt, ob es mir denn etwas ausmachen würde, wenn ...«

»... wenn sie dieselbe Frisur hätte! Ganz schön raffiniert! Also, Lisa ist in der Nacht von hinten so gut wie gar nicht von der Sylvia zu unterscheiden. Dem eifersüchtigen Mann aber haben sie einen bösen Verdacht eingeimpft: Nämlich den, dass die Lisa und der Sven an diesem Abend noch etwas miteinander vorhaben.«

»Und dem bist du samt deiner Übelkeit – zunächst – dazwischen geraten, diesem Vorhaben!«, begann Protnik allmählich zu verstehen, worauf Horst hinauswollte.

»Genau!«, bestätigte dieser zufrieden über die Tatsache, dass er nun auch den permanenten Zweifler Michael Protnik langsam aber sicher auf seine Seite gezogen hatte. »Es war zwar der Hägele, der dann nach der Lisa gerufen hat im Flur, aber ich bin mir fast sicher, dass das Teil der Show gewesen ist. Vielleicht war auch mehr im Spiel – auf jeden Fall sollte der Andy wach werden und merken, dass da etwas im Busche ist. Was auch immer!«

»Und dann hast du denen dazwischen gefunkt!«

»Anscheinend! Vielleicht aber war das auch nur so eine Art anfüttern, wenngleich die beiden da schon ganz schön bei der Sache waren«, erinnerte sich Horst an die bizarre nächtliche Szene in der Damentoilette.

»Manchmal entwickeln sich die Dinge halt einfach so«, pflichtete das Bebele Horsts Überlegungen kopfnickend bei.

»Also, auf jeden Fall ging's dann weiter auf der Selbstversorgerhütte. Ein idealer Platz für solch ein Vorhaben. Dunkel, abgelegen, kein Mensch geht da rein, solange die Haupthütte geöffnet ist!«

»Bis auf diesen merkwürdigen Wanderer«, warf Claudia ein.

»Bis auf diesen merkwürdigen Wanderer, der uns ja schließlich und endlich wohl auch auf die richtige Spur geführt hat! Also, irgendwann ist der misstrauische Andreas Unruh zur Hütte geschlichen und hat sich, blind vor Wut, auf den Sven Konerth gestürzt. Er hat in der Dunkelheit ja nur schemenhaft eine blonde Frau erkennen können.«

»Vielleicht aber hat er das mit der Sylvia gar nicht geglaubt, kann doch auch sein.« Gab Claudia zu bedenken. »Vielleicht ist er auch nur deshalb heimlich zur Winterhütte gegangen, weil er nachschauen wollte, was die alle da so heimlich zu tuscheln haben. Geahnt hat er auf jeden Fall etwas, und, wie auch immer im Augenblick, sie haben ihn entdeckt!«

»Und dann? Dann hat er vor den Augen der anderen den Konerth umgebracht! Also wirklich, Horst!« Protnik schüttelte heftig seinen Kopf.

»Michael! Noch mal: Wem nützt es? Was wäre denn, wenn die ihn niedergeschlagen hätten, als sie ihn entdeckt haben. Es könnte sogar durchaus so sein, dass die auf ihn gewartet haben! Ich meine, ich hätte da an seinem Hinterkopf getrocknetes Blut gesehen.«

»Das verwechselst du doch mit dem ermordeten Sven!«

»Nein! Ich kann das durchaus noch auseinander halten«, schnaubte der Kommissar unwillig. »Das werden wir jetzt auf jeden Fall den behandelnden Arzt im Krankenhaus fragen. Da kommt er nämlich gerade!«, deutete

Horst auf einen Mann in einem weißen Arztkittel, der sich der Gruppe mit eiligen Schritten näherte.

»Der wird uns sagen, dass der Unruh in seinem Vollrausch halt irgendwo dagegengeknallt ist«, brummelte Protnik.

»Womit aber immerhin die Wunde am Hinterkopf Tatsache wäre. Hervorgerufen durch was auch immer!«

Inzwischen hatte sie der Arzt erreicht und blickte mit ernster Miene um sich. »Die Frau Unruh ... Wer von Ihnen ist das bitte?«

»Ich«, murmelte Sylvia mit tonloser leiser Stimme.

»Aha!« Der Mann runzelte die Stirn und faltete seine Hände vor dem Bauch. Dann räusperte er sich verlegen. »Also, Frau Unruh ... ich muss ihnen eine Mitteilung machen ...«

Sylvia winkte traurig ab und schien in diesem Moment völlig in sich zusammenzufallen. »Lassen Sie nur. Er ist tot. Ich spüre es genau!« Sie hob den Kopf und blickte aus tränennassen Augen auf. »Wann ... wann ist er denn gestorben?«

»Vor zwei Stunden«, antwortete der Arzt und fuhr sich müde über die Stirn. »Wir haben getan, was wir konnten. Aber ... es war nichts mehr zu machen ... der Schock, die Kälte, der Alkohol. Brauchen Sie vielleicht etwas zur Beruhigung? Soll ich Ihnen eine Beruhigungsspritze verabreichen? Das würde Ihnen jetzt vielleicht helfen!«

»Nein, lassen Sie«, winkte Sylvia kraftlos ab. »Es geht schon.«

»Nun denn ... mein herzliches Beileid also!« Damit wandte sich der Mediziner um.

»Eine Frage noch, Herr Doktor.«

»Ja, bitte?«

Wie sollte er sich ausdrücken? Horst entschied sich für die direkte Methode. »Hat der verstorbene Herr Unruh vielleicht eine Wunde am Hinterkopf gehabt. Haben Sie da etwas gesehen?«

»Eine Wunde am Kopf?« Der Arzt schien einen Augenblick lang unschlüssig, ob er die Frage des ihm fremden Mannes beantworten sollte.

»Ja! Wissen Sie, wir haben ihn geborgen, an der Verbellahütte. Und mir war so, als hätte ich eine Wunde an seinem Hinterkopf bemerkt.«

Der Mann im weißen Kittel schien überzeugt. »Stimmt! Eine dicke Beule am Hinterkopf. Da muss er sich irgendwo übel gestoßen haben. Und später ist er anscheinend noch einmal darauf gefallen, denn dann hat es geblutet. Das ist es wahrscheinlich, was Sie bemerkt haben: Das blutverklebte Haar.«

»Genau! So war es«, nickte Horst dankbar.

»Kommt wohl von einem Sturz ... na ja, in seinem Zustand!«

»Könnte es vielleicht beim ersten Mal auch ein Schlag gewesen sein?«

»Ein Schlag? Wieso das denn!?«

»Könnte es so gewesen sein?«, ließ sich Horst nicht beirren.

»Es könnte! Ja, doch, natürlich! So, meine Herrschaften, tut mir Leid, aber jetzt muss ich mich wieder um meine Patienten kümmern. Auf Wiederschaun!« Ohne sich um weitere Fragen zu kümmern, eilte der Arzt zurück in das Gebäude.

Aber Horst Meyer hatte die Antwort bekommen, die er erhofft hatte. Er hatte genug gehört!

38

»Schau mal! Da kommt der Hägele mit der Lisa!«, deutete Claudia in diesem Moment auf die beiden Neuankömmlinge, die sich vom Parkplatz her dem Eingang des Krankenhauses näherten.

»Wo?! Ich will die nicht sehen! Auf keinen Fall!« Sylvia war blitzartig aufgefahren und sah flehend in die Runde. »Bitte! Bitte bringt mich weg von hier! Ich ... ich halte es nicht aus! Ich kann die jetzt nicht treffen!«

»Schon gut, Sylvia! Komm, wir gehen solange in ein Café. Ich denke nämlich, der Horst hat da schon noch einige Fragen an die, stimmt's!«

Claudia hatte richtig vermutet! Der Kommissar nickte dankbar. »Also, gut. Wie wäre es, wenn wir uns in einer Stunde wieder hier auf dem Parkplatz treffen?

»Kann ich auch mitkommen? So einen schönen Kaffee und einen guten Strudel könnte ich jetzt nämlich schon vertragen«, leckte sich Uschi Abele voller Vorfreude die Lippen.

»Aber natürlich, Uschi!« Claudia streckte den Arm aus und nahm Sylvia Unruh fest bei der Hand. »Siehst du, Sylvia, jetzt sind wir schon zu dritt. Komm, lass uns gehen, bevor die anderen da sind!«

»Hallo, Sylvia! Was ist denn los? Weshalb lässt die

uns einfach stehen und gibt keine Antwort?« Entrüstet schüttelte Hägele den Kopf. »Was soll denn das?«

»Das müsst ihr verstehen. Sie hat gerade erfahren, dass der Andy gestorben ist. Er hat es nicht geschafft!«

»Der Andy! Gestorben!« Schreckensbleich lehnte sich Lisa an die Eingangstür. »Du meine Güte!«

»Gestorben!«, wiederholte auch Hägele. Allerdings schien es ihm eher Mühe zu bereiten, eine dementsprechend betroffene Miene zur Schau zu stellen.

»Kommt, lasst uns hineingehen. Da gibt es eine Cafeteria. Dort könnt ihr euch von diesem Schock erholen. Michael, geh du mal schon mit! Ich muss nur noch schnell mein Geld aus dem Auto holen.«

»Aber ich kann dich ruhig einladen.«

Ein strenger bedeutungsvoller Blick aus Horsts Augen ließ Protnik verstummen. »Na gut. Aber beeil dich!«

»Mach ich!« Horst eilte zum Parkplatz, während sein Kollege mit wenig Begeisterung hinter den beiden anderen zur Cafeteria des Krankenhauses trottete.

»War Teiffel!« Ausgerechnet jetzt schoss ihm der merkwürdige Ausdruck wieder durch den Kopf, dessen nüchterne Brutalität ihn schon den ganzen gestrigen Tag über gepeinigt hatte. Jadranka! Auch die kroatische Köchin durfte er nicht aus den Augen verlieren! Zumindest als Zeugin, was sonst?!

Aber jetzt erst einmal konzentrieren. Vorsichtig sah er sich um. Kein Mensch auf dem Parkplatz, niemand in der Nähe. Gut! Mit schnellen routinierten Griffen hatte Horst die Fahrertür des pinkfarbenen Sharan geöffnet und sah sich suchend im Innenraum um. Was er suchte, war ihm selbst nicht klar, aber vielleicht würde er ja in aller Eile ein Ergebnis zutage fördern können. Wer weiß? Aber wonach suchen? Straßenkarten, Wegbeschreibungen zur Heilbronner Hütte, der Prospekt des Illwerke-Tourismus, Werbematerial von »Immo-Star« auf den Rücksitzen verstreut. Zwei leere Limonadendosen. Hmmh. Weiter hinten? Mal schauen ...

»Suchen Sie was?«, tönte da eine Stimme an sein Ohr.

Horst zuckte zusammen. Ertappt! Er blinzelte hinter sich. Ein kleiner älterer Mann mit Tirolerhut lächelte ihm verlegen entgegen und deutete mit seinem Stock ins Innere des Sharan: »Der hat ganz schön viel Platz, nicht wahr! Da hat man schnell etwas verloren!«

»Da haben Sie Recht«, nickte Horst und wandte sich bereits wieder um. Jetzt nur nicht in ein Gespräch verwickelt werden.

»Soll ich Ihnen helfen? Was haben Sie denn verloren? Vielleicht liegt's ja auf dem Parkplatz«, ließ der offenbar hilfsbereite Zeitgenosse jedoch nicht locker.

»Nein, nein! Wirklich nicht! Schon gut, ich hab's gleich! Vielen Dank! Wiedersehen!«, schlug er das freundliche Angebot rüde aus. Wieder Wasser auf die Mühle derjenigen Alpenbewohner, die Touristen, zumal deutsche, nur als rüpelhafte, arrogante Flegel kennen gelernt hatten. Aber das war Horst in diesem Moment relativ einerlei.

»Na ja, dann eben nicht. Wiederschaun!« Der Mann tippte grüßend an seinen Hut und setzte seinen kurzzeitig unterbrochenen Spaziergang fort.

Horst atmete tief durch. Er musste sich beeilen bei

seiner Suche. Dennoch war es eine bizarre Situation, in der er sich befand. Wirklich merkwürdig: Etwas zu suchen, von dem man gar nicht wusste, was es sein sollte! Vielleicht in den Seitenfächern der hinteren Türen? Das war es auch nicht, aber ... Schlagartig durchzuckte ihn ein elektrischer Impuls: Die Schuhe! Diese Schuhe dort hinten unter dem Rücksitz! Na und? Was war mit den Schuhen! Sündhaft teure Bergstiefel, um genau zu sein! Nasse Stiefel! Größe 43! Hägeles Stiefel! Richtig! Hägeles angeblich verschwundene Bergstiefel! Nass! Klatschnass – immer noch! Wie das? Es konnte nur eine Erklärung dafür geben! Klar! Jetzt war die Indizienkette vollständig! Hoffentlich!

39

»Na dann, macht's gut!« Wenig später hatte sich Ulrich Hägele zusammen mit Lisa Schönleber von den beiden Kommissaren verabschiedet, nachdem sie hastig eine Tasse Kaffee getrunken hatten. Allem Anschein nach lag ihnen wenig daran, eine längere Konversation mit Horst und Michael zu führen. Was Horst in diesem Fall nur allzu recht war, denn er brannte förmlich darauf, seine neuen Erkenntnisse mit dem Kollegen zu diskutieren und die notwendigen weiteren Folgerungen daraus abzuleiten. Während Lisa die ganze Zeit über kein einziges Wort gesprochen hatte und offensichtlich doch ziemlich geschockt von der Todesnachricht war, hatte Hägele mit einer wegwerfenden Geste bedeutet, dass es ja vielleicht das Beste sei, was Andreas habe passieren können. Angesichts der Schuld, die er sich aufgeladen habe. Horst war nicht entgangen, wie Lisa bei dieser Aussage krampfhaft die Fäuste geballt und sich auf die Lippen gebissen hatte. »Tja, wir dürfen ja noch ein oder zwei Tage länger Urlaub machen«, brummelte Hägele missmutig, während er Lisa den Arm auf die Schulter zu legen versuchte, den diese jedoch mit einer raschen unwirschen Körperdrehung wieder abschüttelte. »Eure österreichischen Kollegen meinen ja unbedingt, dass wir uns noch zu ihrer Verfügung halten sollten. Jetzt, wo der Andy tot ist! So ein Schmarrn aber auch! Typisch Österreicher mal wieder!«

»... aber eben nicht zu ändern«, stimmte Horst einen unbekümmerten Tonfall an. »Sieh's doch so: Urlaubsverlängerung in Österreich. Andere wären froh, sie könnten das auch machen!«

»Und die ganze Arbeit bleibt im Büro liegen! Das kannst du dir vielleicht als Beamter leisten, aber nicht als Selbständiger!«, warf sich der Angeber in die Brust. »Na gut, oder auch nicht gut. Jetzt ist es so, wie es ist! Dann hängen wir halt noch einen oder zwei Tage am Zeinisjoch dran. Außerdem wollte ich schon immer mal an den Silvretta-Stausee. Jetzt sind wir schon zweimal dran vorbeigefahren. Sieht ja wirklich beeindruckend aus. Also Lisa, wie wär's mit einem kleinen Spaziergang oder einer Bootsfahrt auf dem Silvrettasee?«

Die Angesprochene hob apathisch die Schultern. Kommentarlos öffnete sie die Beifahrertür des Sharan und kletterte auf den Rücksitz.

»Na ja, das kennen wir schon! Ist halt noch ein bisschen mitgenommen von dem ganzen Theater«, versuchte Hägele die peinliche Situation mit einem aufgesetzten, überlegenen Lächeln zu überspielen. »Aber der Appetit kommt mit dem Essen, wie man so schön sagt. Warte erst mal, bis wir oben sind! Die frische Luft wird sicherlich ein Übriges tun, um die düsteren Gedanken zu verscheuchen.« Er schloss die Fahrertür und startete den Wagen.

40

»Tja, Horst!« Gedankenverloren rieb sich Michael Protnik den Unterkiefer, als er die Erkenntnisse seines Kollegen noch einmal zusammenfasste. »Das heißt also, unsere Fränkin, die Lisa, das ist womöglich unsere einzige Zeugin! Wenn die tatsächlich mitgemischt hat in diesem unglaublichen Komplott ...«

»Mit Sicherheit!«

»Du hast ja Recht! Sieht ganz danach aus! Andererseits, scheint sie mit den Nerven ja ziemlich am Ende zu sein. Das hat sich doch schon neulich angedeutet, als wir den halbnackten Mann da am Kreuz gefunden haben.«

»Richtig!«, bestätigte Horst, den mit einemmal ein merkwürdiges Gefühl beschlich.

»... und das hat sich heute fortgesetzt, nachdem sich die beiden dann zunächst wieder zusammengerauft hatten. Aber jetzt, nach der Todesnachricht von Unruh ... Also ich glaube fast, dass die drauf und dran ist, die Nerven zu verlieren.«

»Sieht ganz so aus!« Das unangenehme Kribbeln in der Magengrube wurde stärker.

»Vielleicht hat es der Hägele deshalb auch so eilig gehabt, wieder zu verschwinden. Kaum dass der da war. Überleg mal, da gurkt der die ganzen Serpentinen von der Silvretta herunter, dann die Strecke bis Schruns, um zehn Minuten später wieder umzudrehen. Na, ich weiß nicht!«

»Der war halt auch geschockt, als er die Nachricht vom Tod seines langjährigen Kumpels erhalten hat!«, warf Horst mit wenig Überzeugung ein.

»Glaubst du doch selber nicht! So unbeeindruckt und regungslos, wie der das zur Kenntnis genommen hat. Dem stand ja beinahe die Freude ins Gesicht geschrieben, während die Lisa beinahe zusammengebrochen ist!«

»… und bevor das der Fall ist und sie in ihrer Verzweiflung womöglich Dinge sagt, die sie nicht sagen darf, hat er sie so schnell wie möglich wieder ins Auto gesetzt.«

»Und sozusagen aus dem Verkehr gezogen!«, ergänzte Protnik. »Mensch, Horst! Das kann aber noch was geben, sag ich dir. Immer vorausgesetzt natürlich, deine Theorie – die wir in der Praxis nach wie vor natürlich nicht beweisen können – trifft wirklich zu!«

»Die trifft zu!«, unterstrich der Kommissar mit fester Stimme.

»Und jetzt fährt der mit Lisa zum Stausee? Mit der Frau, die als Einzige etwas sagen könnte. Etwas, das ihm durchaus gefährlich werden könnte! Mit unserer einzigen Zeugin! Horst!«

Bei Horst Meyer schrillten längst sämtliche Alarmglocken. Dennoch versuchte er noch einmal einen Einwand. Man musste ja wenigstens in dieser Hinsicht auf Nummer sicher gehen. »Aber das wäre ja Wahnsinn! Er fährt also womöglich dort hoch, meinst du, um sie verschwinden zu lassen? Wahnsinn!«

»Aber nicht zum ersten Mal! Ein Bergunfall in hochalpinem Gelände! Und schon ist die einzige Zeugin stumm – stumm für alle Zeiten!«

»Aber die sind doch miteinander befreundet!«

»Es wäre nicht das erste Mal, dass beim Geld die Freundschaft aufhört! Und bei Mord und Totschlag gleich zweimal!«

»Also, wir alarmieren die Gendarmerie!«

Protnik schüttelte heftig den Kopf: »Wie denn! Die glauben dir doch kein Wort!«

»Aber ...« In diesem Moment klingelte das Handy. Mit einer unwilligen Bewegung zog es Horst aus der Jackentasche. »Tut mir Leid! Ich habe jetzt keine Zeit ...«

Doch als er, ohne eine Antwort abzuwarten, im Begriff stand, die Verbindung zu beenden, tönte eine laute Stimme aus dem Empfangsteil. »Horst. Ich muss dir dringend etwas sagen!«

Sepp Tschofen, der Hüttenwirt! »Ja was denn, mach schnell! Wir haben keine Zeit!«

»Die Jadranka ist zu mir gekommen! Sie hat mir gestanden, in der fraglichen Nacht den Hägele gesehen zu haben, wie der mit diesem Sven zur Selbstversorgerhütte gegangen ist. Soll ich es der Gendarmerie sagen, was meinst du? Die Jadranka will nicht so recht! Die würden ihr ja eh nicht glauben! Was sollen wir tun? Da stimmt doch etwas nicht!«

Jadranka! »Nein, Sepp, sie hat Recht! Das reicht noch

nicht! Aber du kannst etwas anderes tun: Komm so schnell wie möglich zum Silvrettasee! Der Hägele ist mit der Lisa gerade unterwegs dorthin! Ich trau dem nicht über den Weg! Halte ihn auf, wenn du vor mir da bist!«

Horst hatte während des Telefonats seine Schritte beschleunigt. Ihm war mittlerweile klar, was zu tun war. Hastig riss er die Tür seines Wagens auf und ließ sich auf den Fahrersitz fallen. »Bleib du hier, Michael, und geh bitte zum Gendarmerieposten. Vielleicht kannst du die Kollegen ja überzeugen! Das wäre wichtig!« Ohne eine Antwort seines verblüfften Freundes abzuwarten, schloss Horst die Tür und raste mit quietschenden Reifen davon.

41

Trotz des spärlichen Verkehrs kam es Horst endlos vor, bis er sich die zahlreichen Serpentinen zum Silvrettasee hochgequält hatte.

Auf dem Parkplatz beim Kiosk stellte er den Wagen ab und blickte sich hektisch um. Nichts! Gar nichts! Keine Menschenseele schien sich bei diesem trüben Wetter im Freien zu befinden. Die wenigen Touristen hatten es vorgezogen, sich in das gemütlich warme Restaurant zu flüchten. Also doch Fehlalarm?

Nein, dort hinten, keine hundert Meter entfernt, war der auffällige pinkfarbene Sharan geparkt worden. Und die beiden Gesuchten? Keine Spur von ihnen! War es also bereits zu spät? Oder saßen sie gemütlich im Lokal und würden überrascht zur Kenntnis nehmen, dass der von üblen Visionen gepeinigte Kommissar sie nicht einmal in ihrer Trauer um die beiden verstorbenen Freunde unbehelligt lassen konnte? Wirr schossen die Gedanken durch Horsts Gehirn, während er angestrengt die milchig-graue Fläche in Augenschein nahm, in der bei diesen Witterungsverhältnissen Nebel und Wasser ineinander zu verschmelzen schienen. Da! Da war doch etwas! Dort hinten! Auf der Staumauer! Zwei dunkle Punkte, die sich langsam bewegten! Zwei Menschen! Hägele und Lisa! Mit Sicherheit! Ja, sie waren es! Das erkannte er an dem pinkfarben leuchtenden Anorak von Lisa! Lisa und Hägele auf der Staumauer!

Von Panik getrieben hastete der Kommissar hinterher. »Lisa! Uli!«, brüllte er aus Leibeskräften. Sie hörten nichts. Noch einmal! »Lisa! Uli! Stopp!« Jetzt blieben sie stehen. Irritiert blinzelten die beiden einsamen Touristen in Richtung des merkwürdigen Rufers.

Tatsächlich! Sie waren es. Lisa und Hägele!

»Lisa! Gott sei Dank!« Keuchend und nach Atem ringend blieb Horst wenige Meter vor den beiden stehen.

»Was gibt das denn?«, nahm Hägele den erschöpften Mann misstrauisch ins Visier. »Was rennst du uns denn hinterher wie der Leibhaftige?«

»Das weißt du ganz genau! Lisa, komm bitte her!«, versuchte Horst, die Fränkin langsam zu sich zu winken. »Lisa komm!«

Doch Lisa Schönleber blieb wie angewurzelt stehen und starrte ihn entgeistert an.

»Was soll das denn? Kannst du bitte erklären, was das werden soll?«, zischte der Stiernacken gefährlich.

Horst drückte den Rücken durch. »Das Spiel ist aus!«, erklärte er mit fester Stimme. »Es ist vorbei!«

»Was soll vorbei sein? Was soll der Quatsch?« Hägele machte einen drohenden Schritt nach vorne.

»Bleib stehen!«, stoppte ihn Horst mit ausgestrecktem Arm. »Ich kann dir mittlerweile beweisen, dass in Wirklichkeit nicht der Andy, sondern du der Täter bist. Mord in einem Fall und – zumindest – Körperverletzung mit Todesfolge im anderen Fall!«

»Soso!«, höhnte der Verdächtigte. »Was du nicht sagst! Und was willst du bitte bewiesen haben?«

»Zum Beispiel die Sache mit den Fingerabdrücken! Es gab da nämlich welche auf der Schnapsflasche, die in Andys Hosentasche steckte, und die eindeutig nicht von ihm stammten. Und dann gibt es seit heute Morgen noch ein paar wunderschöne Fingerabdrücke auf einer Kaffeetasse im Krankenhaus-Restaurant. Die Kollegen bei der Gendarmerie in Schruns haben schnell herausbekommen, dass die mit denen auf der Flasche identisch sind! Mit anderen Worten: Du hast deinem Kollegen also die Flasche zugesteckt!«

Hägele zuckte kurz zusammen, dann aber machte er eine wegwerfende Handbewegung. »Blödsinn! Wieso soll ich die Flasche auch nicht angefasst haben? Die haben wir halt irgendwo einmal geschenkt bekommen und der Andy hat sie dann aus dem Büro mitgenommen!«

Eins zu null für Hägele, das musste man dem Kerl lassen. Horsts Bluff schien also ins Leere zu stoßen! Jetzt nur kein Anzeichen von Schwäche erkennen lassen.

»Werden wir ja sehen, wie der Richter dieses Indiz wertet. Eines von vielen in einer langen Kette!« Er fixierte den anderen angestrengt. »Die Geschichte hat sich nämlich in Wirklichkeit folgendermaßen abgespielt: Ihr, also du und leider auch die Lisa, habt den Mord von langer Hand vorbereitet. Ganz einfach deshalb, weil der Andreas Unruh das ganze Immobilien- und Kreditspiel nicht mehr mitmachen wollte. Und der Sven mit seiner Prahlerei war schließlich auch nur noch eine Gefahr für das ganze schöne Betrugsgebäude, das demnächst in sich zusammenfallen wird. Da habt ihr die angebliche Versöhnungstour auf die Hütte beschlossen, ein letztes schönes Wochenende in den Bergen. Immerhin, die Verfügungsgewalt und die notwendigen Codeziffern für die tollen Privatkonten in der Schweiz und in Vorarlberg hatten der Sven und du ja gegenseitig bereits ausgetauscht, vorsorglich, für den Fall des Falles. Nur, dass dieser Fall dann so auch eintritt, das hat unser Sven natürlich nicht ahnen können. Mit anderen Worten: Nicht der Sven hat die Lisa angemacht, sondern du Lisa, hast den Sven ein bisschen angetörnt. Was bei dem ja nicht sonderlich schwierig war. Und der Uli hat halt ein bisschen den eifersüchtigen Freund gespielt. So habt ihr ihn dann so weit gekriegt, dass der ein etwas abgelegenes Plätzchen für sein Schäferstündchen gesucht und mit der Winterhütte auch gefunden hat. Mir ist mittlerweile schon klar, dass die Sache in der Damentoilette wirklich nur das – nicht ganz unraffinierte – Vorspiel gewesen ist. Dann hast du in der Hütte auf ihn gewartet, er ist voller Vorfreude erschienen und gleich danach auch noch der tatsächlich von Eifersucht zernagte Andy, dem ihr geflüstert habt, seine Sylvia habe in Wirklichkeit ein Techtelmechtel mit Konerth. Sylvia, die mit dir, Lisa, im Matratzenlager übernachtet hat. Auf diese Idee hast du sie ja letztendlich ebenfalls gebracht. Unruh also sieht die blonde Frau in den Armen von Konerth, und dann, dann wird es endgültig dunkel um ihn! Denn sein Freund und Partner Ulrich Hägele befördert ihn mit einem Schlag – vermutlich mit der Schnapsflasche – ins Reich der Träume.«

»Unglaublich! Muss ich mir das eigentlich anhören!« Hägele ballte wütend die Fäuste, doch der Kommissar ließ sich nicht beirren.

»Natürlich musst du. Es geht ja noch weiter! Also, kaum hast du den Unruh außer Gefecht gesetzt, bekommt auch der überraschte Konerth die Flasche über den Kopf gezogen. Zwei auf einen Streich sozusagen! Dann schleppt ihr den bewusstlosen Konerth zum See und einer von beiden – oder beide – drücken ihn so lange unter Wasser, bis das Leben aus ihm gewichen ist. Die Eiseskälte im See tut im Fall des Falles ein Übriges! Während sich Lisa nun wieder leise ins Matratzenlager begibt, flößt der Ulrich Hägele seinem Freund Andy diesen hochprozentigen Schnaps ein. Ein ganzer Liter. Wo er genau weiß, dass dieser sonst gar keinen Schnaps trinkt, und erst recht keinen verträgt. Dann bringt er ihn ein ganzes Stück hinunter auf den Weg in Richtung Verbellaalpe und überlässt ihn da seinem Schicksal. Deshalb auch die angeblich gestohlenen Wanderstiefel, die in Wirklichkeit nur nass waren und die du dann in deinem Rucksack oder sonst wo verstauen musstest. Denn wenn die jemand gesehen hätte, dann wäre ja wohl die Frage aufgekommen, was du denn in dieser Nacht draußen getrieben hast. Also wirklich, ein teuflischer Plan! Die Schuld an dem Mord wird dem eifersüchtigen Andy in die Schuhe geschoben, der aus seiner Ohnmacht erwacht und in der Eiseskälte zur Verbellahütte hinuntertorkelt, wo er sich dann schließlich die Erfrierungen zuzieht, die zu seinem Tod führen! Unglaublich! Zwei Konkurrenten in einer Nacht beseitigt!« Horst fröstelte, als er die in sich zusammengesunkene Lisa musterte. Diese so nett und harmlos wirkende, attraktive Frau! Komplizin in einem eiskalten Mordkomplott? Unglaublich, aber doch leider wahr!

Hägele lachte diabolisch: »Eine schöne Theorie, die du dir da zusammengezimmert hast! Nur leider weder wahr, noch jemals beweisbar! Pech für dich!«

»Ulrich!« Lisa schüttelte langsam den Kopf, während sie weiterhin deprimiert vor sich auf den Boden starrte. »Das hat doch keinen Sinn mehr! Gib doch endlich auf!«

»Was sagst du da?!« Bevor Horst reagieren konnte, machte der andere einen Schritt auf Lisa zu und rüttelte derb an deren Schultern. »Du spinnst doch wohl! Der kann uns gar nichts beweisen!«

»Lass sie!«, fuhr der Kommissar entschieden dazwischen. »Lass sie los! Sofort!«

»Nur keine Panik!« Hägele hob mit einer entwaffnenden Geste die Hände. »Nicht, dass du mich womöglich noch in Notwehr erschießen musst!«, lachte er meckernd und zog sich einige Schritte zurück.

»Uli! Was ist denn nur in dich gefahren!« Mit einem Mal war anscheinend das Leben in Lisa zurückgeströmt. Sie rang verzweifelt die Hände und blickte ihrem Gefährten mit tränennassen Augen in das Gesicht. »Es ist aus! Sie haben uns! Diese ... diese ganze furchtbare Geschichte ist vorbei! Endgültig vorbei! Gott sei Dank! Ich habe es schon eine ganze Weile nicht mehr ausgehalten! Begreif doch, es ist vorbei!«

»Nichts ist vorbei!« Blitzschnell griff Hägele in seinen Anorak und zog eine Pistole hervor, die er Lisa hinüberwarf. Reflexartig griff diese zu und starrte verwundert auf die Waffe in ihren Händen. Auch Horst war kurz zusammengezuckt. Noch während der Kommissar überlegte, was Hägele mit dieser Aktion bezweckte, zog der eine zweite Pistole, entsicherte sie im selben Augenblick und drückte ab. Einmal! Zweimal! Dreimal! Wie Donnerschläge tönten die Schüsse in Horsts Ohren. Instinktiv hatte sich der Kommissar auf den Boden geworfen. Was er dann sah, als er die Augen wieder öffnete, ließ ihm das Blut in den Adern gefrieren.

Direkt vor ihm, auf dem nackten Betonboden der Staumauer, lag Lisa Schönleber. Regungslos. Tot! Mit weit geöffneten, entsetzten Augen starrte sie leer in den wolkenverhangenen Himmel.

Das konnte, das durfte doch nicht wahr sein! Hektisch wandte Horst den Kopf. Da stand der Schütze und legte den Sicherungshebel der Pistole um, während ein bitterböses Lächeln um seine Mundwinkel spielte. »Tja, Herr Kommissar! Jetzt ist auch noch deine einzige Zeugin tot. Du hast es ja selber gesehen! Es war Notwehr. Sie hat einfach diese Pistole gezogen und mich bedroht, weil ich ihr auf die Schliche gekommen bin! Ich hatte keine Chance: Ich musste schießen! Sie oder ich! Klassischer Fall von Notwehr also!«

»Das ist ja wohl das Allerletzte!« Mühsam rappelte Horst sich auf und rang verzweifelt um Fassung. »Du bist ja ...«

»Vorsicht! Keine Beleidigungen!«, legte Hägele grinsend den Zeigefinger an die Lippen. »Immerhin habe ich ja auch dir vielleicht das Leben gerettet! Ein bisschen Dankbarkeit wäre da schon angebracht, oder?«

Während Horst sich schwer atmend an das Geländer der Staumauer lehnte, streckte ihm der Mörder die Pistole entgegen. »Da, bitte, ich brauche sie nimmer! Ich habe uns ja gerettet. Du kannst sie dann gerne deinen Kollegen von der Gendarmerie überreichen. Ich gebe gerne zu, dass ich geschossen habe. Notwehr, wie gesagt! Und dass sie eine Pistole gezogen hat, dieser Beweis liegt ja sozusagen direkt vor unseren Füßen!« Wieder lachte er meckernd.

»Du bist ja vielleicht das Allerletzte ...« Während Horst drauf und dran war, sich auf den Mörder zu stürzen, warf dieser ihm die Waffe zu.

»Immer langsam mit den jungen Pferden! Registriert ist sie übrigens auch – falls die Kollegen fragen sollten!« Er breitete die Arme aus und streifte seine tote Freundin mit einem bedauernden Blick. »Eigentlich schade um das Mädchen. Aber sie hat halt doch im entscheidenden Moment die Nerven verloren. Tja, keine Zeugin, kein Mord! Und wo kein Kläger, da kein Richter! Ach, schau mal«, deutete er mit dem ausgestreckten Arm hinter Horst. »Da kommt dein Freund und Kollege angerannt!«

Der Kommissar wandte sich um. Tatsächlich! Michael Protnik näherte sich trotz seiner Leibesfülle mit beachtlicher Geschwindigkeit dem Tatort. Heftig atmend blieb er vor der Leiche stehen. »Was um alles in der Welt ist denn hier los?«

»Tja, klassischer Fall von Notwehr!«, zuckte der Mörder bedauernd mit den Schultern. »Die Lisa, meine

Freundin Lisa, ausgerechnet, sie hat mich in eine Falle gelockt. Und um ein Haar hätte sie mich erschossen, wenn ich nicht schneller gewesen wäre als sie!«

»Aha!« Protnik musterte sein Gegenüber streng. »Das heißt also, du willst mir gerade sagen, dass sie als Erste gezogen hat.«

»Das will ich nicht nur sagen, so ist es auch gewesen! Ich kann mir zwar denken, dass dein Kollege etwas anderes aussagen will, weil der mich ja unbedingt hinter Schloss und Riegel bringen will, weshalb auch immer ... Aber in diesem Fall steht dann zumindest Aussage gegen Aussage. Und das bedeutet in unserem Rechtssystem: In dubio pro reo! Im Zweifel für den Angeklagten!«, schmetterte er den beiden mit triumphierendem Lächeln hinüber.

Michael Protnik freilich schien wenig beeindruckt. Er deutete auf den Fotoapparat in seiner Hand und wiegte nachdenklich den Kopf! »Na ja, ist zwar nicht das allerbeste Modell, aber immerhin hat es ein Minizoom, und das macht ganz brauchbare Bilder. Fotos, die man ja im Labor noch vergrößern kann. Vor Gericht reicht das allemal – und einen Fotowettbewerb will ich damit ja nicht gewinnen! Also, selbst wenn wir dir die anderen Morde nicht definitiv beweisen können, diesen hier schon! Ich hab nämlich Bild für Bild fotografiert, wie du erst die eine und dann die andere Pistole gezogen hast und sie der Frau zugeworfen hast! Ganz schön raffiniert, aber vergebens! Dieser Fotoapparat hat übrigens auch eine Datums- und Zeitanzeige, optimal also für eine lückenlose Chronologie der Ereignisse!«

Schlagartig war bei Protniks Worten die Farbe aus dem Gesicht des Täters gewichen. Er schaute sich mit hektischen Blicken um. Ganz kurz schien er zu überlegen. Dann machte er einen riesigen Satz und war so blitzschnell auf das Geländer der Staumauer geklettert. Ein diabolisches Lachen entrang sich seiner Kehle. »Tja Freunde! Dann war es das jetzt eben! Auf Wiedersehen in der Hölle!«

Während Horst mit einem verzweifelten Sprung noch versuchte, Hägele an einem Kleidungsstück festzuhalten, löste der seinen Griff und warf sich nach hinten. Ein lang gezogener, Mark erschütternder Schrei folgte dem Körper in die Tiefe. Danach herrschte Ruhe. Absolute, tödliche Stille senkte sich über den Ort des schrecklichen Geschehens.

»Da ist nichts mehr zu machen!«, murmelte Protnik betreten, der sich über das Geländer gebeugt hatte und versuchte, den zerschmetterten Körper zu entdecken. »80 Meter sind das hier, so hoch ist die Staumauer. Da bleibt kein Auge trocken! Also, ich möchte den da unten nicht zusammenkratzen müssen!«

»Sputnik, bitte!« Horsts Magen krampfte sich zusammen, »Aber sag mal. Seit wann hast du denn so einen Foto?«

»Hab ich gar nicht!« Protnik lächelte listig. »Den hab ich schnell einem Wanderer da vorne abgenommen: Man weiß ja nie, wozu das gut ist! Und als ich auf euch zugerannt bin und die Tragödie vor mir habe liegen sehen, da hat es dann halt geklickt! War doch eine gute Idee mit den Fotos, oder?«

Aus den Augenwinkeln sah Horst den Hüttenwirt in Begleitung von Jadranka auf sie zueilen, war in diesem Moment aber mit Protniks erstaunlicher Andeutung mehr als beschäftigt. »Wie? Was soll das heißen? Heißt das ... willst du damit sagen ... Du hast also gar keine Fotos gemacht?«

»Seit wann kann ich denn fotografieren? Und das noch mit einem fremden Apparat!«

»Michael!« Horst fehlten kurzzeitig die Worte. »Das war also alles nur Bluff! Reiner Bluff?«

»Genau! Zum Glück hat's ja geklappt – mehr oder weniger wenigstens«, deutete er mit dem Kinn vielsagend in die Tiefe.

Horst fühlte wie eine Gänsehaut seinen Rücken hinaufkletterte. »Michael! Eines Tages bringst du uns in Teufels Küche mit deiner ganzen Blufferei!«

»Nix mehr Teiffel!«, drang die raue Stimme von Jadranka an sein Ohr.

Das also war das Ende. Ende eines harmlosen Urlaubstrips in die Berge. Aus! Schluss! Vorbei! Wie ein Echo dröhnte das nüchterne Fazit der kroatischen Köchin durch sein Gehirn.

»Komm Michael, lass uns gehen! Ich habe genug!« Nix mehr hören, nichts mehr sehen, nur noch Ruhe und Frieden!

Nix mehr Teiffel ...

ENDE

KRIMI IM GMEINER-VERLAG

Gunter Haug
Tauberschwarz

277 Seiten. 11 x 18 cm. Paperback.
ISBN 3-926633-53-0. EUR 9,90.

Ein Selbstmörder, der sich von Europas höchster Autobahn-Brücke – der Kochertalbrücke – stürzt. Für die Polizei und Kommissar Horst Meyer ist schnell klar: Tragisches Ende eines Menschen, der immer tiefer in Depressionen verfallen ist.
Ein Trugschluss wie sich im darauffolgenden Jahr beim Radurlaub der Meyers im Hohenlohischen herausstellen soll. Merkwürdige Gestalten auf dem Campingplatz, ein Grabtuch Christi und eine im Taubertal agierende Sekte versetzen den Kommissar samt Familie in einen Strudel religiösen Wahns, finsterer Intrigen und krimineller Handlungen.

Gunter Haug
Finale

293 Seiten. 11 x 18 cm. Paperback.
ISBN 3-926633-55-7. EUR 9,90.

Ein plötzliches Leistungstief, unsportliches Verhalten, Fernbleiben vom Training – Schlagzeilen, womit der junge italienische Nachwuchsspieler des VfB Stuttgart, Andrea Salvatore, von sich reden macht. Und plötzlich ist er spurlos verschwunden.
Kommissar und Fußball-Fan Horst Meyer stößt bei seinen Ermittlungen auf italienische Geschäftemacher und Spielervermittler. Die Spur führt nach Elba. Im dortigen Trainingslager von Juventus Turin kommt es zum Skandal.

GMEINER-VERLAG

www.gmeiner-verlag.de

Gunter Haug
Höllenfahrt

233 Seiten. 11 x 18 cm. Paperback.
ISBN 3-926633-49-2. EUR 9,90.

Kommissar Horst »Hotte« Meyer glaubt im falschen Film zu sein. Ausgerechnet bei der Zugfahrt im Regional-Express von Stuttgart nach Tuttlingen widerfährt ihm Merkwürdiges: Er befindet sich in (fast) derselben bedrückenden Situation wie vor knapp zehn Jahren eine junge Frau, die zum rätselhaften Opfer einer Bluttat geworden ist. Und was dem unermüdlichen Ermittler damals schlaflose Nächte bescherte, ist plötzlich wieder da.

Gunter Haug
Todesstoß

278 Seiten. 11 x 18 cm. Paperback.
ISBN 3-926633-46-8. EUR 9,90.

Mord beim größten Ritterturnier der Welt auf Schloss Kaltenberg zwischen Augsburg und Landsberg – vor den Augen von zehntausend entsetzten Zuschauern. Und mittendrin: Horst Meyer. Die Spur eigener Recherchen führt ihn in die württembergische Weinszene ins Unterland, wo er üble Machenschaften aufdeckt. Doch der Fall scheint im Sande zu verlaufen, bis er fast ein Jahr später bei einem mittelalterlichen Treiben in Heilbronn auf merkwürdige Bekannte trifft.

KRIMI IM GMEINER-VERLAG

Gunter Haug
Tiefenrausch

221 Seiten. 11 x 18 cm. Paperback.
ISBN 3-926633-41-7. EUR 9,90.

Horst »Hotte« Meyer, Kriminalkommissar im Urlaub in Ägypten, glaubt seinen Augen nicht zu trauen: 65 Meter zeigt der Tauchcomputer der verunglückten Taucherin an, die mit allen Anzeichen der Dekokrankheit im letzten Augenblick gerettet wurde. Doch wo ist ihr Tauchpartner? War es ein Unfall, war es Leichtsinn oder Mord?

Gunter Haug
Spannung im Dreierpack

»Tiefenrausch«, »Riffhaie« und »Sturmwarnung« im Schuber.
ISBN 3-926633-44-1. EUR 24,90.

Holen Sie sich mit diesem besonderen Angebot die gebündelte Spannung ins Haus! Im attraktiv gestalteten Schuber stehen die drei Krimis »Tiefenrausch«, »Riffhaie« und »Sturmwarnung« von Gunter Haug immer am rechten Platz.

GMEINER-VERLAG

www.gmeiner-verlag.de